十二階の母《マリア》

吉川英梨
Eri Yoshikawa

双葉社

目次

装幀	bookwall
写真	Getty Images/Adobe Stock
著者エージェント	アップルシード・エージェンシー

十三階の母《マリア》

プロローグ

東京駅の改札口で、また母にぶたれた。

はずみで紙袋の中のコーヒーを落としてしまう。鵜飼真奈《うかいまな》は慌てて紙袋を拾い上げた。肩掛けにしていたボストンバッグが背中から前に滑り、よろける。

「のろまね。なにをやっても」

母はさっさと改札口を抜けた。

まだ朝の六時だったが、今日は特別な日だから、新幹線の改札口は結構な人がいた。

二〇一五年三月、北陸新幹線の開通日だった。東京駅構内には、『ウフフ！ 北陸新幹線3・14開業』とパステルカラーで彩られた広告と、北陸新幹線かがやきの先頭車両を描いたイラストが何枚もぶら下がっていた。母にもウフフと笑ってほしい。真奈はがんばる。母を追って改札を抜けた。

真奈が母と乗るのは、かがやきの東京発の下り一番列車だ。記念すべき一番列車のグランクラスに席を取った。真奈はこのために、就職活動の時間を削りアルバイトをしてお金を貯めた。二月十三日の昼からみどりの窓口に並び、十四日午前十時の発売開始から十秒で売り切れたという切符をギリギリで手に入れた。

あの日、切符が取れた喜びで飛び上がりながら、真奈は母親に電話をかけた。

「お母さん。真奈は、いい子？」

「本当にお母さんのために取ってくれたの？　どうしてそんなにがんばるの？」

「お母さんが大好きだからだよ」

「誰が信じるの？」

23番ホームに上がる。鉄道ファンが詰めかけていた。マスコミの姿も見え、屋外であっても熱気が充満しているのを感じる。

かがやき501号がホームに進入してきた。

悠然としていて、ピカピカに光っていた。ブルーの顔とそれを縁取る金色のライン。二つの黄金色のライトは切れ長の目のようで、夜のサバンナを走るチーターみたいだ。

鉄道ファンたちが、歴史的瞬間に立ち会えた喜びに震えている。真奈は、人込み嫌いの母が不機嫌になっていないか注意しながら、先頭車両の12号車に乗り込んだ。

グランクラスの中は息を呑むような美しさだった。12号車だけの特別仕様で、十八席しかない。まだ誰も座ったことのないまっさらな革のシートが、真奈をお出迎えする。真奈と母の席は車両のほぼ真ん中にあった。

母が窓辺の席に座った。荷棚に荷物をあげている真奈に、コートを押し付ける。カメラを向けるホーム上の人々に、愛想よく手を振っていた。セミロングの内巻きの髪が揺れる。ハリウッドの黄金期を支えた大女優みたいな気品がある。

かがやき501号は定刻の六時十六分を少し過ぎたあと、東京駅を出発した。

停車した大宮、長野駅も、ホームにたくさんの人が集結していた。関東と長野の人も、北陸の人々も、誰も彼もが北陸新幹線の開通を歓迎している。

十八人しかいないグランクラスの乗客たちには一体感があった。互いに記念写真を撮り合ったり、新幹線を追う報道ヘリを指さしたりしている。

「写真、お願いしていいですか」

後ろの席に座っていた初老の女性が、母に声をかけてきた。その隣には、女児を膝に乗せた若い女性がいた。母は真奈に撮影を命令し、初老の女性には愛想よく答える。

「よろしいですわね。女三代北陸の旅ですか」

新幹線は新潟県に入っていた。新潟県は通過するだけで、かがやきは停車しない。

それでも、上越妙高駅や糸魚川駅のホームは人でごった返していた。歓迎の旗を振っている。時速二百キロ近く出ているので、数百メートルの長さがある新幹線ホームも、たったの数秒で通り過ぎてしまう。

通過されるだけの、輪郭のぼやけた人々。

自分とよく似ていると真奈は思った。

隣の母が苛立たし気に、アテンダント呼び出しボタンを押している。アテンダントは他の乗客の世話で手があかないようだった。

「真奈、ますずし食べたいんだけど」

ますずしは富山名物の駅弁だ。

「グランクラスには車内販売は来ないよ」

だからなにという目で見られる。

「お母さんは真奈のために全てを捨てたのに、真奈は車内販売すら探してくれないの？」

真奈は慌てて立ち上がった。グランクラスを出て、グリーン席車両も突っ切った先が、一般車両だった。みな、進行方向左手の窓辺の景色に見とれていた。立山連峰が見えているらしかった。

5号車まで来たが、車内販売が見当たらない。車両によっては、乗客が通路に出て飲めや歌えやの大騒ぎだった。先へ進めない。このあとますずしを買って12号車へ戻るまでに、更に時間がかかる。母を怒らせてしまう。

3号車でやっと車内販売を見つけたが、ますずしは売り切れていた。

真奈は、改札口でぶたれた頬がいまごろになって痛む気がした。どうしてぶたれたのか理由はよくわからない。いつものことだった。

真奈は12号車へ戻る途中、また例の車両で通路を塞ぐ一団に出くわした。

「てめぇら邪魔なんだよッ、常識ねぇのか！」

真奈は怒鳴り散らした。その車両はしいんと静まり返った。

グランクラスに戻る。さっき写真を頼んだ初老の女性が、真奈の席に座って母と談笑していた。互いの娘の話をしている。

「優しくて気の利くお嬢さんですわね～」

母がすかさず、大きな声で返した。

「どこがですかぁ。必死に愛情をかけて育てたのに、気が利かないし、ブスだし、頭も悪いし」

真奈はグランクラスの通路にしばらく控えていることにした。

金沢駅の手前で、初老の女性が自席に戻った。やっと座れる。真奈は母にますずしについて厳しく問い詰められた。

「売り切れだったの。ごめんなさい」

「やっぱりね。真奈はお母さんのこと、憎んでいるに違いないもの」

かがやき501号は、二分遅れの午前八時四十七分、金沢駅の11番ホームに滑り込んだ。その歓迎たるや、凄まじかった。ホームドアから人があふれんばかりだ。東京駅や、これまでの停車駅での見物人の数と比べ物にならないくらいの人が、ホームを埋めつくしていた。報道カメラに向かって叫ぶアナウンサーの金切り声が、車内にまで聞こえてくる。

車両の中にまで、カメラのフラッシュが入り込む。まぶしくて目を細めた。

窓辺に座る母が、皇族みたいに手を振り笑顔を向けている。

真奈の母は神々しかった。東京大学出の才女だったのに、真奈のために銀行のキャリアをあきらめ、家庭に入った。四十八歳になったいまでも、清く、賢く、美しい。真奈は父親に似たのか顔は醜いし、母に指導を仰いで血尿が出るほど勉強したのに、東大には行けなかった。

新幹線が完全に停車する。ホームにいる場違いな雰囲気の若い男性が、目に入った。

左目に眼帯をしていた。

真奈はその男性に目が釘付けになった。写真を撮るでもない、手を振るでもない。

眼帯の男の右目はなにも捉えていないようだった。そういう冥い穴が、右眼窩にぽっかり空いている。

真奈はなぜだか、自分を見ているような気になった。慌てて母に問う。

「お母さん。真奈は、いい子？」

視界の端に入る眼帯の男が、紙袋の中に右手を突っ込んだ。

母が笑顔でなにか答えようとした瞬間、閃光が走った。眼帯の男は真っ白の光に包まれ、姿が消えた。その光は強く鋭く母親を——真奈すらも飲み込んだ。

ドーンという、地を揺るがすほどの爆発音が聞こえたのは、その二秒後だった。

第一章　我が祖国

藤本乃里子《ふじもとのりこ》は午前中の内閣府での定例会議を終え、午後、自身の執務室に戻ってきた。

令和二年、五月一日金曜日。今日はメーデーだ。全国各地の労働組合がゴールデンウィーク返上で、デモ行進しているころだろう。一年中デモがある霞が関や永田町界隈も、拡声器の声やシュプレヒコールで最もやかましくなる日だ。

デスクの背後の窓のブラインドを上げた。霞が関の中央合同庁舎第2号館、十三階にあるこの部屋からは、周辺の官公庁の他、皇居の森と国会議事堂が見える。永田町の象徴を目にした途端、メーデーのデモなどどうでもよくなるほど、乃里子は胸糞が悪くなる。

〈ウサギ〉のせいだ。

天方美月《あまがたみつき》。

超タカ派と言われる天方信哉《しんや》総理大臣のひとり娘で、今年、二十七歳になる。草の根活動が大好きだ。弱者に寄り添う自分に酔う勘違い娘。一時期は極左テロ組織に資金を流していた左派政治家とも男女の仲にあった。父親泣かせのバカ娘は、冬にあった衆議院議員沖縄三区の補選で、議員先生になってしまった。

〈ウサギ〉は今日も、あの議事堂の中の衆議院議場で、『天方美月』という札を立てながら、若くてきゅっと引き締まった桃尻をぷりっと振って議席に座るのだ。

〈ウサギ〉は天方美月につけられた符牒だ。美しい月に住むのはウサギ、というわけだ。

乃里子は椅子に座り、未決ボックスに溜まった書類の束を取った。今年四十四歳になる乃里子は、去年から急激に老眼が進んだ。眼鏡をかけて書類に目を通し、判を押していく。秘書官が宅配便の荷物を抱えて入ってきた。ガラステーブルの上にまとめて置く。ここにはお中元やお歳暮の季節関係なく、全国各地から菓子折りが届く。

ここ警察庁は、全国都道府県警察を統括する場所だ。乃里子がいまいる十三階フロアには、警察庁警備局の警備企画課が入る。乃里子はこの課の理事官だ。階級は警視正にあたる。

だが、表にはその肩書と名前は出ていない。毎年の春秋に公表される人事異動欄から、乃里子の名前は消された。見る人が見れば、乃里子がいまどんな役職を担っているのかわかるはずだ。

警察庁直轄の諜報組織『十三階』。

全国都道府県警に公安捜査員として散らばり、諜報活動に徹する工作員集団だ。乃里子は彼らを仕切る存在だ。裏の理事官とか、『校長』とか呼ばれる。秘書官として乃里子をサポートするのは『先生』だ。現場の工作員――ここでは作業員と呼ぶ――から選ばれし生え抜き警部が、その座につく。先生ともなれば警察庁に出向となり立場は警察官僚と変わらない。現場でスパイ活動することはなくなり、全国の十三階作業員の工作活動を俯瞰する立場になる。

戦後に『サクラ』と符牒されてスタートしたこの組織は『チヨダ』『ゼロ』と、その名前が外部に漏れるたびに名称を変えてきた。令和のいまの時代でも諜報・工作活動を続け、国家体制の維持に努めている。

日本はテロが殆どないと言われているが、とんでもない。我が組織の優秀な作業員たちが日々精進し、テロの芽を摘んできたから、テロが起こらないだけだ。体制の転覆を狙う輩は常に存在し、地下活動を続けている。

乃里子の日々の業務は、全国の作業員からの報告書に目を通すことだ。特異な情報、喫緊のテロ疑惑があれば、即座に当該都道府県警内にチームを編成させ、工作活動を指示する。

香川県警本部に所属する十三階の作業員からの報告書に、乃里子は手を止める。キャンプやアクティビティができることで有名な無人島、余島《よしま》の利用予約リストの中に、不審な団体名を発見したというものだった。

『イレブン・サインズ』という名前だった。

この団体については、警視庁公安部にいる若手作業員からも、指摘が上がっていた。名前が悪すぎる。

公安警察の歴史上最大の敗北と言われる北陸新幹線爆破テロ事件を引き起こした団体を想起させるのだ。十三階はあのテロ事件を『3・14』と呼ぶ。

乃里子は受話器を持ち上げた。警視庁公安部、公安一課三係三班の直通番号を鳴らす。

「私。ちょっと来てくれる」

電話を切った。警視庁本部は、乃里子のいる中央合同庁舎第2号館のすぐ北側にある。呼び出した人物は息を切らせ、五分で『校長室』にやってきた。

南野《みなみの》和孝《かずたか》という警視庁の公安部員であり、十三階の作業員だ。三十歳になったというのに、名乗り方にも目つきにも貫禄がない。階級は巡査部長、ここに呼び出すにはあまりに若過ぎるが、南野の上司はいま日本にいない。他、班には分析員として二名のベテランがいるが、直接工作活動をする作業員は南野ともう一人、ピチピチの新人しかいなかった。

「イレブン・サインズについて、続報はある?」

乃里子は直球で尋ねた。談笑などはせずいきなり本題に入るのが、十三階の流儀だ。

「いえ。特に目立った動きはありません」

南野はきっぱり答えたが、あとが続かない。こういうとき、付随する情報を頼んでもいないのに勝手にしゃべって、どうだ、と上から目線でどや顔を決めてくるのが、南野の上司だった男だ。胸糞の悪い男だったが、感嘆するほど仕事はできた。

——物足りない。

「3・14のような失敗は二度とごめんだ」

南野がなにか質問しようとしたが、乃里子は彼を下がらせた。官僚は明言しない。上の意見を忖度し自分ですべきことを決定するのが、霞が関の常識だ。

乃里子は革張りの椅子の背もたれに身を預け、天を仰いだ。

——お前のようなクソ男を恋しく思う日が来るとはね。

脳裏に、南野の上司だった男の顔を思い浮かべる。典型的な二重人格顔だ。左目はうすぼんやりとした二重瞼なのに、右目は一重瞼で、鋭い色を宿す。人の印象に残らないように気配を消すことに長けているが、乃里子に物申すとき、誰かを動かすときに強烈なオーラを発する。

乃里子は煙草を吸いたくなった。応接ソファに移動し、メンソールの煙草を口に挟む。火をつけた。

積み上がった菓子折りに目が行く。煙を吐きながら、差出人の名前を確認していく。各都道府県警本部の警備部長クラスの菓子折りなら無視していいが、北海道警、大阪府警、福岡県警あたりの本部長なら、すぐに礼の電話を入れねばならない。

乃里子は、『上田銘菓くるみおはぎ』のロゴが入った菓子折りに目を止めた。差出人が、『黒江《くろえ》律子《りつこ》』になっている。

十三階の女。

または十三階のモンスターと言われ、他の作業員や官僚たちからも恐れられた、すさまじい女工作員だ。正月に子供を産んだ。いまは日本にいない。南野の上司だった男と、海外で仲良く暮らしている。二人は夫婦なのだ。強烈な愛憎劇を繰り広げた末、結ばれた。

送り主の住所は、律子の実家になっている。いまは精神を病んだ彼女の母親がひとりで住んでいる。

乃里子は包装紙を破り、箱を開けた。

安っぽいアラーム時計が目に入る。複雑に配された導線と、火薬でも詰まっていそうな銀色の信管が、菓子折りの中に窮屈そうに収まっていた。

蓋の裏に、殴り書きがしてあった。

『十三階、爆破！　次はなにを吹き飛ばそうかな。イレブン・サインズ』

乃里子はデスクに回り、受話器を持ち上げた。隣の執務室にいる秘書官に電話をかける。

「私です。コウエンはアサヒでお願い」

＊

アメリカ西海岸特有の閑散として、乾燥した谷間の景色が延々と続いていた。なだらかな勾配に散発的に生える灌木と、岩が転がるだけの砂地、はるか地平線の先に膨らんで見える青い海。四百年前、スペイン人たちがこの地に入植したとき、ここは砂漠地帯だったという。そんな名残が、開発され整備された美しい街並みの隙間に、広々と残っている。

それが、米国サンディエゴという街だ。

車はサンディエゴフリーウェイに入った。ＩＨ－５と表示されるそれは、アメリカ西海岸を縦に貫く州間道五号線のことだ。

隣の運転席に座る夫の古池慎一《こいけしんいち》が、いっきにアクセルを踏み込んだのがわかった。ノーネクタイのワイシャツにスラックス姿で、後部座席にジャケットが放り投げてある。アメリカ西海岸の日差しは、サングラス越しでもかなりきつい。しかめっ面で運転していた。

黒江律子はスピードメーターを見ながら、ため息をついた。すかさず古池が反応する。

「なんのため息だ」

「スピード」

「遅刻する」

「赤ん坊が乗っているんですけど。命より大切だと言ったのはどこの誰でしたっけ。時速二百キロ近く出すなんて、頭おかしいの？」

律子は体をねじり、後部座席のチャイルドシートに収まる我が子に声をかけた。

「ね〜？　しんちゃん」

「本名で呼ぶなと何度言ったらわかる。お前こそ死にたいのか。頭がおかしい」

古池がハンドルから手を離し、頭の横で手をひらひらと振る。渡米してもう半年、古池は身振り手振りが大きくなっていた。アメリカナイズされているのだ。

「そもそも時速二百キロも出てない。まだ八十マイルだ。いい加減、キロとマイルの換算を覚えろ。そんなんだからいつまで経っても車の運転が下手なんだ！」

「朝からわめかないで、慎太朗《しんたろう》が起きちゃうから！」

「朝っぱらからわめいているのはお前だ、そして何度言わせる。本名を言うな！　あれは幸太郎《こうたろう》だ！」

「いちいちそれを指摘しまくるあんたの方がどうかしている。この車が盗聴されていたとしたら盗聴者は大笑いでしょうね。あの工作員夫婦の息子の本名は慎太朗で、サンディエゴでは幸太郎にしているってバレバレじゃない！」

チャイルドシートの慎太朗が、ふぇ〜ん、と泣き始めた。古池が爆発した。

「ああ、もう、黙れ……！　黙らないとフリーウェイから放り出すぞ」

「やれるもんならやってみなさいよ！　慎太朗を道連れにしてやるから！」

古池は真顔になった。腹の底に響くとても低い声で言う。

「お前——言ったな」

「言わせているのはあんたじゃない！」

「わかった。一度、黙ろう。俺たちは今日、口を利くべきじゃない」

気が付けば、ミッション・ベイと呼ばれる美しい湾の景色からは遠ざかり、サンディエゴ国際空港を通り過ぎていた。ダウンタウンの表示を過ぎた先で、フリーウェイを降りる。

内湾沿いにある米海軍施設に向けて、ハーバー通りに入った。

サンディエゴの形は、西を向いた魔女の横顔に似ている。律子と古池は、その眉毛の位置にあたる、ラ・ホヤという高級住宅街に住んでいる。空港は鼻の穴の近く、ダウンタウンは上唇のあたりだ。この魔女は顎が異常にしゃくれて、鷲鼻とくっつきそうになっている。鼻と顎で囲まれた内湾には、米国最大の海軍基地がある。

次の角を曲がれば基地の入口というところで、サイレンの音が追いかけてきた。日本のパトカーとは違い、緊急性が高そうなせわしない音だ。

そこのトヨタ車止まりなさい、とスピーカーで呼び止められた。

古池がクソとハンドルを叩く。減速し路肩に停めた。慎太朗が泣き続けている。律子は授乳しようと、助手席のドアを開けた。

「正気か！　撃たれるぞ。両手をダッシュボードに置いて、動くな！」

古池に怒鳴られる。律子は言われた通りにしたが、言い返す。

「大人しく座っていろと言えばいいんじゃないの。どうしていちいち正気かとか、怒鳴り散らすような言い方しかできないの」

バックミラー越しに、警察官二人が悠然と歩いてくるのが見えた。アメフト選手のような体格の白人と、細身のアジア人の二人組だった。古池が窓を開け、ハンドルに手を置いて待つ。律子もならった。

白人警察官が、ワッツアップ、メン、と朗らかに声を掛けてきた。古池と英語でやり取りをしている。指示されライセンスを出す。

「ミスター……コージ・キヨタ？」

「イエス」

車外に出るように指示され、古池が運転席を出た。トランクに両手をつかされ、ボディチェックを受けている。白人に尻を触られながら、ずっと律子を睨んでいる。

律子のライセンスを見ていたアジア系の警察官が、コンニチハと得意げに言った。英語で続ける。

「泣いている赤ん坊を放置して夫婦喧嘩をしている車が走っていると、通報がありまして」

律子は肩をすくめた。アメリカは飲酒運転と児童虐待に厳しい。

了承を得て、律子は授乳のため後部座席に移動した。古池は警察官と雑談している。

「へえ。不動産屋か。どこかいい物件はあるか。五人目が生まれるから、手狭なんだ」

「あいにく、軍属の不動産屋です。ネイビー相手にしか商売できないんですよ」

律子は古池のジャケットを運転席の方へ乱暴に投げた。授乳ケープを首に巻き、息子をケープの下に入れる。ケープの隙間から息子の顔を確認しながら乳房を出し、息子の小さな口に近づける。慎太朗はきゅうっと律子の乳首に吸い付いてきた。生後四か月を過ぎ、吸う力が一段と強くなっているようだった。

アジア系の警察官が、夫から暴力を受けていないか尋ねる。古池は暴言が多いが律子も暴言を吐く。暴力は一切ない。工作員として特殊な訓練を受けている古池に手をあげられたら、律子は即死だ。ノーと否定した。

古池が運転席に戻ってきた。警察官二人に手を振られる。

「ハブアナイスデイ、コージ&サオリ」

律子と古池は身分を隠し、サンディエゴで生活している。清田幸次《きよたこうじ》と沙織《さおり》、その息子、幸太郎として。

古池はグローブボックスから基地の通行証を出し、ダッシュボードに立てかけた。

無言で車を発進させる。古池の空気が変わっていることに気がついた。参ったな、と口周りをさすっている。

「どうしたの」

「どうしたのじゃない。まずい」

律子はわからない。古池は重ねてため息をついた。

「お前は緊張感が足りない。気を抜きすぎている」

「なによ、急に」

「俺たちは追われる身であり、ここは潜伏場所だ。これからママ友ランチだったか？　今日はやめておけ」

この後、律子はサンディエゴ在住の日本人女性とランチをする予定だ。だから古池が出勤する車に乗っている。家族で一台しか車を所有していないのだ。

「せっかくの気晴らしを取り上げるの！　だったらあなたがもっと子育てを手伝ってよ。私ひとりで毎日どれだけ孤独な日々を送っていると思ってるの。日本の普通の母親は家族や行政を頼って育児している。でも私には一切それがない、せっかく現地でできた友達に頼るくらい――」

「黒江」

結婚して正式には黒江ではなくなっているのに、いまだに古池は律子を黒江と呼ぶ。

「あの警官二人組に、見覚えはないか」

律子は眉をひそめ、バックミラー越しに古池を見返す。

「今朝、アパートメントの通りに停まっていたパトカーの二人組と同じだった」

「ラ・ホヤから飛んできたというの？」

通報があったなら、ダウンタウン近くにいるパトカーが駆け付けるはずだ。ラ・ホヤまで約三十キロ離れているのだ。

「俺たちをつけていたんだろうな」

「なんのために」

「なんのために？　笑かすな」

律子は黙り込んだ。古池が大きなため息をついた。

「お前は、子供を産んで変わってしまった」

「……」

「確実に作業員としての感覚が鈍っている。いや、失っている。胎盤と一緒にどっかへやっちまったか。十三階随一の面識率を誇っていたお前は、どこへ行った」

面識率とは、一度見た人の顔を忘れない能力のことを言う。雑踏の中で人を見分ける速さでも、律子は敵なしだった。

確かに、アパートメントの前にパトカーが停まっていたことは覚えている。警察官二人がいたことも確認している。中に人が乗っている状態で停車している車は、要注意なのだ。中の人間の顔の確認は怠らない。常に尾行者がいないか、気を張っていなくてはならない。

だが、律子は顔を覚えていなかった。

「黒江。忘れないでくれ」

古池が切々と訴えた。

「俺たちは、追われる身だ。そして相手は権力者だ」

律子の脳裏に、ある若い女の姿が浮かぶ。

〈ウサギ〉こと天方美月だ。

「いまや議員先生で永田町を闊歩する存在だ。そして、現職の日本国総理大臣の娘だ」

サンディエゴ警察のひとつや二つ動かせる。古池は大きなため息をついた。

「そろそろサンディエゴも潮時か」

律子の心情を察したのか、古池は少し、軽い口調で言い直した。

「次はどこがいい。ラスベガスにでも行くか」

二〇二〇年一月二日、律子は古池との第一子である慎太朗を、東京・中野にある警察病院で産んだ。直前まで、沖縄三区選出の左派国会議員の儀間《ぎま》祐樹《ゆうき》という男のもとへ潜入捜査をしていた。

公安用語でこれを『投入』という。律子は古池の子を宿しながら、儀間の子を妊娠したことにして儀間と偽装結婚した。

儀間はもともと、天方美月の恋人だった。「娘と左派政治家との仲を裂いてくれ」と天方総理に泣きつかれての投入作戦だった。

律子は儀間の妻として振る舞いながら、内偵を続け、テロ資金規正法違反の容疑で儀間を逮捕させた。その後、うまく姿を消したつもりだったが、天方総理が律子に出産祝いの祝電を打ってしまったことで、律子は美月に素性がバレてしまった。

律子の情報は保釈されていた儀間に流れた。儀間は律子の入院先に押し掛け、病室内にあったハサミで律子を襲撃しようとした。総理の娘を捨ててまで結婚し、我が子の誕生を待ちわびていたのに、相手はスパイで赤子の父親も別の男だった——殺したくもなるだろう。律子は、産んだばかりの赤子まで手にかけられると思った。

だから、殺した。

儀間をハサミでめった刺しにした。

ママと赤ちゃんのために当てがわれた薄桃色の壁紙の病室は、血の海になった。

古池と律子、慎太朗の、逃避行の始まりだ。

病室の処理は〈掃除班〉がやった。作業員が汚してしまった現場をきれいに片付け、一切の証拠を消し去る。病室を消毒し、死体は奥多摩の御岳山《みたけさん》で骨の髄まで燃やし尽くされた。儀間は将来を悲観し、焼身自殺したということになった。

病院を脱出した律子と古池は、一旦、東京都福生市にある米軍横田基地内に身を隠した。十三階のカウンターパートとして最も信頼関係が厚いのは、米国の中央情報局ＣＩＡだ。米軍横田基地内にも支局がある。同基地内の病院で二週間過ごしたあと、古池と律子はハワイへ向かう米軍輸送機に同乗させてもらい、日本を出国した。

儀間の焼身自殺に疑問符をつけ、陰謀論を唱える人物が現れたからだ。

天方美月。

儀間に未練たらたらだったようだ。

人権派文化人や左派系の新聞記者が同調し、騒ぎだす。警視庁記者クラブの新聞記者が、突如消えた黒江律子と古池慎一という捜査員の存在をかぎつけ、夜討ち朝駆けで公安部長を突撃した。儀間の自殺を疑問視する報道は広がりを見せていた。

美月は週刊誌上で『日本の歴史の裏で暗躍してきた諜報組織〈サクラ〉が令和の今もまだ存在し、跋扈している』というインタビューを受けた。その工作員が、儀間を殺したと訴える。


ある有力筋からの情報によると、この組織では関係者の不審死や行方不明事件が相次いでいる。前理事官である警察官僚のT氏は自殺、情報提供者としてこの組織にテロ情報を上げていた女性Aは失踪したままで、東京都内の砂浜に〝埋まっている〟という話だ。犯罪行為をしてまで情報を取り、それを隠蔽する組織をこのまま警察庁内に置いていていいのか。一度、内部事情を全て暴き、国民の判断を仰ぐべきである。場合によってはこんな旧態依然とした秘密組織など解体すべきなのだ。

陰謀論好きの一部のネット民やワイドショーは大喜びでその話題に食いつき、政府や警察庁の批判を始めた。

律子も古池も日本に戻れなくなった。

たったの一日でハワイを出て、米国内線で本土へ渡った。ハワイは日本人が多過ぎるからだ。最初に降り立ったのは、米東側のバージニア州にある、ロナルド・レーガン・ワシントン・ナショナル空港だ。CIA本部の〝最寄り空港〟でもある。ラングレーという街そのものがCIAの巨大な施設と言われる。毎年多くの警察官僚や公安刑事が、ラングレーへ研修に訪れている。

律子は古池と共に、ここで研修中という体を装うための工作をして、アメリカ西海岸のポートランドに飛んだ。シアトルの南側にあり、日本人は少ない。雨が多くみぞれ混じりの雪も降る、薄暗い街だった。

二週間後には米南東部にあるフロリダ州のジャクソンビルに移動した。温暖な地で冷えた体が温まる暇もなく、内陸イリノイ州のセントルイス、テキサス州のオースティン等、そこそこの都市ではあるが日本人が少ない街を選び、名前を変えながら点々と米国を渡り歩いてきた。

節分のころには、日本のマスコミは「消えた二人のスパイ」の話に飽きたようだ。誰も話題にしなくなった。「都合が悪くなったら海外にやる」というのは、これまでも政府の不祥事の隠蔽等に関わった官僚たちの辿る道だ。こうやってフェードアウトし、世間が忘れたころにひっそりと元居た場所に戻る。

一方、儀間の死によって、沖縄三区の議席がひとつあいた。辺野古基地問題を抱える選挙区だ。与党も野党も候補者の選出に頭を抱えていたとき、声高に立候補の声を上げた無所属新人が、天方美月だった。

美月は歴代最多得票数を獲得し、当選した。基地問題を抱える地域で、政権を握る与党民自党に票を入れる有権者は少ない。かといって政権から相手にされない無所属や野党議員に票を入れたところで、現状は変わらないと知っている。

美月は違う。無所属議員ではあっても、父親が総理大臣という、最強のパイプを政権に持っている。美月ならば硬直状態の辺野古問題が動くかもしれないという期待が熱狂となり、沖縄に旋風を巻き起こした。

この一件は、十三階にとっては追い風とも言えた。美月は議員になったことで、現地沖縄の基地問題の討論会、勉強会、国会出席等で忙殺されるようになり、十三階へのあからさまな批判と攻撃ができなくなっていた。

十三階と天方美月は、休戦状態に入った。

米本土を流浪していた古池と律子は、三月、サンディエゴを居住地と決めた。

それから二か月が経っていた。

律子の緊張が解けていたのは、否めない。サンディエゴの日差しはあたたかく、ビーチに寄せる波はおだやかだ。どこに行っても目にするパームツリーは解放感がある。春先でもタンクトップにショートパンツ姿のアメリカ人たちが、にこやかに行き来する。

アメリカ西海岸最南端の都市であり、メキシコ国境に接しているから、南米系の移民も多い。メキシコ料理店があちこちにある。タコスを食べながらラテンミュージックに身を任せていると、過酷なエスピオナージの世界にいた日々の感覚が鈍ってしまう――。

車の窓をノックする音がした。

人の気配を一切感じていなかったので、律子は飛び上がってしまう。

律子はサンディエゴ最大のショッピングモール、ファッション・バレーの立体駐車場にレクサスを停め、考え事をしていたのだ。古池は米海軍基地内の職場で働いているので、とっくに車を降りている。

助手席の窓の向こうで、日本人女性が顔をのぞかせて、微笑んでいた。

つぐみ・ローゼンバーグだ。彼女は十年ほど前、サンディエゴに住む米国人と結婚し、永住している。律子の米国での唯一無二の親友であり、育児を手伝ってくれる大切な人だった。

律子は車を降りた。

「やだ、もう来てたの」

「いまちょうど着いたとこ。駐車場出ようとしたらさ、サオちゃん乗ってるの見えて」

律子はこの地で清田沙織と名乗っている。だから、サオちゃんだ。

「コーちゃんッ、やだぁ、超寝てる〜」

つぐみが後部座席を覗き込み、律子の息子に目を細める。つぐみにはハーフの息子が二人いる。二人とも小学生となり、母親には見向きもしないらしい。慎太朗を我が子のように可愛がってくれた。

つぐみは「おいで〜」と慎太朗を抱き上げた。律子は背後から、その後ろ姿を観察した。サンディエゴ警察の不審な動きがあった以上、近くにいる人間から疑わなくてはならない。

彼女は裏切っていないか。

内偵者ではないか。

かつてのように意識を集中しようとしたとき、慎太朗のお尻の方から、肌色の人形がころんと転がった。

律子はそれを拾った。一瞬で今朝の出来事が蘇る。

「コレ、つぐみさんなら知ってるかも」

つぐみは人形を見て、細い目を見開く。

「やだ超懐かしい！　キン消し!?」

「そう。キン肉マン消しゴム」

八十年代に日本で大流行した漫画『キン肉マン』のキャラクター人形だ。消しゴムと称しているが、実際に文字を消すことはできない。ポリ塩化ビニールでできた四センチくらいの人形だ。

「なんでサンディエゴにキン消しがあるの」

つぐみは世代だからだろう、大笑いだ。

「笑いごとじゃないったら。これのせいで朝から旦那と大喧嘩」

「まーた喧嘩したの？」

「もうほんとまじ勘弁な話なの。聞いて！」

律子はつい叫ぶ。緊張感を持てと言った古池の言葉も、吹き飛んでしまった。


ファッション・バレーは五つのデパートと二百を超えるショップが集う超大型ショッピングモールだ。グッチやティファニーなどの高級ショップから、GAP、H&Mなどの廉価な店舗も入る。十八のスクリーンを持つ巨大映画館まで備えていた。

律子はつぐみとフードコートでランチを摂る。膝の上に慎太朗を座らせ、お腹をポンポン叩いてご機嫌を取りながら、カリフォルニアロールを口に入れた。

つぐみが、キン消しをテーブルの上に立てて見せた。

「それで？　キン消しでなにがあったわけ」

「昨日の夕方、ラ・ホヤの自宅にいきなり届いたのよ」

色とりどり、種々様々のキン消しが、箱の中に入っていたのだ。つぐみはサルサソースのついた指先を舐めながら、肩を揺らして笑う。

「マシンガントークで、やたら物持ちが良いお姑さんの仕業ね？」

「さすが。つぐみは察してくれる〜」

律子は、つぐみのそばかすだらけの二の腕にすがった。つぐみはよしよし、と律子の頭を撫でてくれた。お姉ちゃんといるみたいだな、と思う。律子には姉がいた。交通事故で亡くなった。妹もいた。こちらは自殺した。二人とも妊娠中だった。

三姉妹で無事子供を産んだのは、スパイとして危なっかしい人生を歩んでいる律子だけだった。

「うちの子まだ生後四か月だよ。なんでも口に入れる頃でしょ？　数十年分の埃かぶった数百個のキン消しを、わざわざアメリカに送ってくるかって話よ！」

つぐみは刻み玉ねぎがたっぷり入ったタコスを噴いて、笑う。

表向き、古池も律子もCIA研修所にいることになっている。互いの家族にもそう話してあった。静岡県の興津《おきつ》という街に住む古池の母親は、CIA研修所宛に「慎太朗が遊ぶだろうから」とキン消しを大量に送りつけてきたのだ。古池や律子宛の荷物を全てあらためているCIA職員は、中に爆発物や毒物が仕込まれていないか検査に苦労したと聞く。

膝の上の慎太朗がテーブルを叩き始めた。アブアブ言いながら、トルティーヤを食べたそうにしている。

「コーちゃんにはこれ早いわ。ごめんねー」

ついでにつぐみが、「peek-a-boo」とあやしてみせる。アメリカ版いないいないばあだ。古池と律子は慎太朗を日本語で育てているのだが、不思議と慎太朗は英語の方に反応する。いまもつぐみのpeek-a-booにキャッキャと大笑いしている。古池が「いないいないばあ」をしても無反応でスルーすることが多く、古池がその場でズッコケる、というのが夫婦の定番の笑い種だった。慎太朗の笑顔は古池にそっくりだった。輪郭や耳は律子そのものなのだが、それ以外の顔のパーツや配置は全て古池に似ている。

「三十年近くガレージに放置されてたものなんか、捨てるでしょ?」

つぐみは「捨てるわよね、そりゃ」と同意する。

「で、うちの旦那、激怒よ。母親の思いを踏みにじる気か、だって」

ゴミ箱から拾って洗っておけと言われ、朝から大喧嘩になったのだ。

「頭きちゃって、キン消しを投げつけてやったの。そしたら旦那もキン消し鷲掴みにして投げつけてきたのよ」

つぐみは腹を抱えて笑う。

「いまどき、日本にもいないわよ、キン消し投げ合って喧嘩する夫婦……!」

つぐみは足をじたばたさせて、大笑いだ。慎太朗も興奮したのか、キーと猿みたいな声を上げて笑う。

「ほんと、君のパパは凶暴で困っちゃうわ」


授乳を終えると、慎太朗は寝てしまった。つぐみが気遣ってくれる。

「気晴らしに買い物でもしてきたら？　夫婦喧嘩の発散は買い物が一番よ」

旦那のカードでね、とちゃっかりした言葉を付け足す。

律子は買い物を楽しむことにした。スニーカーマニアの律子は、スニーカーショップに入るのが至福の時間だった。最近はキッズスニーカーばかり見ている。まだ歩けないのに慎太朗のファーストシューズを五足も買ってしまい、「もはやファーストでもなんでもない」と古池を呆れさせた。二十センチ近いスニーカーまで手が伸びてしまう。息子が履けるようになるころには売っていない可能性が高いので、ついレジに持っていってしまう。

ラ・ホヤの自宅のシュークローゼットの中は、慎太朗が小学生になるまで充分すぎるほどのキッズスニーカーで埋め尽くされている。

今日も律子はヴァンズに入った。安価でカラフルな柄が多いのが魅力だ。律子ははたとつぐみの言葉を思い出した。

夫に罪悪感が湧くほど高めのものを買うのがいい。

律子はくるりと引き返した。グッチのスニーカーを買ってやろう。ハチのワッペンのついたスニーカーは律子も持っていて、いつか子供とお揃いで履きたいと――。

男とぶつかった。

ソーリー、と互いに言い合い、律子はグッチの店舗へ向かう。アジア人の男性だったな、と思ったが、グッチのスニーカーの値段のことで頭がいっぱいになった。

グッチの仰々しいガラス扉を開けようとして、また立ち止まる。

律子は古池のカードを持っていない。自分で稼いでいるから必要ないのだ。ばかばかしい。律子は、夫婦間のことで逡巡する自分がおかしくなった。けれど、こんな些細なことで右往左往する人生を愛おしくも思った。普通の母親は、赤ん坊を育てながら国家のことや体制の心配などしないのだ。律子はヴァンズに引き返そうとした。

また男とぶつかった。

アジア系で、白いポロシャツにジーンズ。フェラガモの革靴を履いていた。

同じ男だ。

追尾されている。

律子はつぐみに適当な言い訳をし、慎太朗を連れてファッション・バレーを出た。車は駐車場に置いてきた。

なにかの影が迫っているという危機感が頭の中で肥大化し、パニックになっていた。

尾行点検だ。尾行をまいて、逃げなければ。

律子はダウンタウンの大通りにあるレンタカー会社に入った。ホンダの白いシビックとベビーシートをレンタルした。人の賑わいや喧騒が恐ろしかった。誰かが自分を見ている。自分と息子を狙っている。人のいないところに逃げなくてはならない。

律子は州間道路八号線に入った。サンディエゴの魔女の横顔の、ほっぺた部分を横切る道路だ。エル・カホンという内陸の地域に入った。通り沿いに点在する飲食店や雑貨店は個人商店も多く、こぢんまりとした街だった。白人よりもヒスパニック系の住民を見かける。

律子はホームセンターの巨大駐車場にレンタカーを乗り捨てた。慎太朗を抱っこひもで抱き、マザーズバッグを肩に掛ける。目の前のバス停に、路線バスが停車した。律子は走り、バスに飛び乗った。西の海沿いへ戻るバスだった。律子は車内をちらりと見渡し、ぞっとした。

乗っているのはみなメキシコ系の移民のようだった。白人はひとりもいないし、アジア系もいない。日本人で子連れの律子はあまりに目立つ。珍しいからか、人々がじっと律子を観察していた。

律子は頭を抱えた。尾行をまくのは人込みが一番なのに、なぜ日本人が悪目立ちするような内陸部まで来てしまったのか。

窓辺に張り巡らされた黄色の紐を引いた。降車の合図だ。ひと駅でバスを降りた。スマホを出し、地図アプリで現在地を確認しようとして、はっとする。

追尾者にGPSで検索されていたら、せっかくここまで逃げてきたのに居場所が一瞬でバレてしまう。風雨で劣化したベンチに座り、スマホの電源を切った。SIMカードを取り出し、足元の排水溝の穴に捨てた。しばらく大通り沿いを、後ろを気にしながら歩く。タクシーを拾った。

「ヒルクレストに行きたいの」

律子は住所を告げた。サンディエゴ屈指のゲイタウンで、ダウンタウンの近くにある。車中、何度も後続車を確認する。

ヒルクレストの住宅街に入った。二階建てのアパートメントが四棟並ぶ一画で降ろしてもらった。ここに、アジトがある。

慎太朗が抱っこ紐の中でぐっすり眠っていることに感謝しながら、足早に、庭の石畳を抜けていく。ゲイタウンの中にあるアパートメントということもあり、隣人同士が互いに深く干渉しないのがルールだ。格好の隠れ家だった。

律子は、アジトとして使用している2LDKの部屋に入った。バス・トイレが二つついた物件だ。土足のまま室内に入る。寝室のマットレスの上に慎太朗を寝かせた。

彼はひどく汗をかいていた。律子も汗だくだった。息子の額や首周りの汗を拭いてやり、室内のファンを回してキッチンに入る。シンクの下から米の入った缶を取り出す。その中に手を突っ込み、ジッパーのついた袋を取り出した。スマホのSIMカードの予備が十枚、入っている。そのうちの一枚をスマホに入れ、電源を入れた。すぐに、見慣れぬ番号から電話がかかってきた。

律子は記憶をたどる――。

これは、古池が持つ予備のSIMカードの電話番号だ。彼も番号を変え、律子の別の番号に片っ端からかけていたに違いない。

古池のところでもなにかあったのだ。

「ハロー」

念のため、英語で通話に出た。古池も英語で答える。

「煙草を買いに行く」

これは、国境を越えるという符牒だった。

律子は電話を切り、SIMカードを抜いた。ハサミで細かく切り刻み、トイレに流す。食糧庫の中に入る。ピーナッツの大缶を出した。蓋を開け、中からフリーザーバッグに入った緑色のパスポートを出す。普段は『清田沙織』名義の赤いパスポートを持ち歩いている。配偶者VISAが貼られ、サンディエゴ国際空港の入国スタンプが押されている。

緑の方は、公務員が使う公用旅券だ。黒江律子の本名で、ロナルド・レーガン・ワシントン・ナショナル空港の入国スタンプが押されている。


律子がファッション・バレーに置いていったレクサスは、古池が取りにいってくれた。パシフィック・ビーチという観光地で、律子は古池と合流する。

一般道路を抜け、州間道路五号線に入った。南へ向かう。雑談はない。

「ランチのデリバリーのピザ屋がメモを落としていった」

米国内にいる協力者によって、古池に十三階からの伝言があったということだ。たとえ一度の使用で捨てるSIMであろうと、米海軍内にある盗聴防御室であろうと、古池と律子が米国から十三階に直接連絡することは、許されていない。メールのやり取りも一切できない。十三階にアクセスした途端、潜伏先が周囲に漏れてしまう可能性があるからだ。

古池が、ワイシャツの胸ポケットに入れた英語のメモを、律子に渡した。

『マルボロ1カートン。クイ・ヒスコッティ』

国境を越えろという命令だった。国境の先に、十三階と直接話ができる連絡所がある。

「十三階でなにかあったようだな」

古池が確信顔で言う。お前の方は、と話を促された。

「ファッション・バレーで追尾者がいた。ポロシャツとジーンズに、フェラガモの靴の男」

「顔は」

「確認できなかった。怖くて、すぐ尾行点検に入ってアジトへ」

「撮影もしていないのか」

律子は唇を嚙みしめた。昔の自分なら、できただろう。

「〈ウサギ〉が刺客を送って来たのかと思って。とにかく逃げなきゃと」

右手に博物館となった灰色の巨大空母ミッドウェイが見えていたのだが、いつの間にか車はすっかり内陸部に入っていた。なだらかな谷間と、原っぱが延々と続いている。

『Last exit in USA』という緑色の表示板が見えた。


国境の町はサン・イシドロという。州間道路五号線はそのまま国境の出入国場に繫がっている。公共交通で来る人は、トロリーと呼ばれる赤い列車の終点駅、サン・イシドロ・トランジットセンターから、徒歩でボーダーへ入っていく。

国境の西側は開発され、アウトレットモールなどがあるが、東側は手付かずの自然が残っている。灌木と乾いた砂で覆われた、小高い丘が連なる。

古池と律子は免税店に入った。

メモの通り、煙草を一カートン買った。米国は煙草やアルコールの税率が高いので、メキシコへの日帰り観光ついでに、免税店で酒や煙草を買う人が多い。律子も古池も十三階との連絡所へ向かうとき、この免税目的の買い物を装う。十三階側もまた、律子や古池と連絡を要するとき、免税店での買い物を示唆する。

買い物を終え、州間道路五号線へ入る。ここからメキシコへ入るのは簡単だ。パスポートに出国スタンプも押されない。車で五号線を南へ走り、道路沿いへカーブした途端に道路の色が変わることで、メキシコに入ったことがわかる。この先に税関や入国審査場があるが、メキシコ側もパスポートに入国スタンプすら押さない。

薄汚いティファナ川を渡り、碁盤目状に張り巡らされた街を抜け、レボルシオン通りというメインストリートに出た。カラフルなパラソルが並び、露天商が観光客にあれ買えこれ買えと叫ぶ。街はゴミだらけでガソリン臭い。先進国ではない場所に来たと肌で感じる。とんがり帽子をかぶり、口ひげを蓄えた、ステレオタイプなメキシコ人がたくさんいた。首から花飾りをかけられたロバが見世物にされている。

古池は、観光客が足を踏み入れてはならないと言われる路地裏へ、車で突き進む。たまに露天商の商品棚を跳ね飛ばす。停車はしない。警察が追いかけてくることもなかった。

ヤシの葉で屋根を覆われた、オープンテラスのレストランが見えてきた。クイ・ヒスコッティという店だ。隣の空き地に駐車する。少年たちが、ボロボロになったボールでサッカーをしていた。

古池が車を降りた。

「待ってろ」

律子は頷いた。古池がちらりと、後部座席の息子を見る。慎太朗は小さな足をバタバタ動かしながら、グーにした両手を眼前に掲げ、不思議そうに眺めている。古池はとても困ったような顔で息子を見たあと、クイ・ヒスコッティに入っていった。

ラジオから音楽が流れていた。雑音まじりのクラシックだ。

律子は窓から、クイ・ヒスコッティのオープンテラスを見た。律子に様子を見せるためか、古池はテラス席の一番前のテーブルに座った。

向かいの道路からクラクションの音が聞こえた。赤信号をのろのろと渡る犬のようなものが見えた。人だった。下半身がなく、手で歩いている。間に合わず、赤信号になった。通りすがりの人が彼を抱えて走る。歩道に彼を置いた。ありがとう、どういたしまして、とでも言っているのか、二人は大人と幼児のような高低差でハイタッチした。

世界の果ての果てまで来た気分になった。

ラジオから、フルートの音が途切れがちに聞こえてきた。どこかで聞いたことがある曲のイントロだ。川のせせらぎを思わせるフルートの音色に、弦を弾く、水飛沫のような音――クラリネットが加わり、せせらぎが雄大な色を帯びていく。律子は故郷、長野県上田市を流れる千曲《ちくま》川を思い出した。

息子を振り返る。自分の拳を不思議そうに眺める幼い慎太朗に、律子は目を細める。上田の実家に残してきた母親に、出産したことはおろか、結婚したことすら話していない。

この状況下で、話しようがなかった。

話したら、母にも火の粉が飛んでしまう。

母は、律子が十三階のスパイだったがゆえに新興宗教団体に対する工作活動に巻き込まれた。

律子の妹もだ。そのせいで妹は自死し、母は精神を病んだ。

ドンッ、と車体を揺るがす大きな音がした。律子は悲鳴を上げ腰を浮かせた。何かが車体にぶつかったのだ。慎太朗も驚いたのか、ふえ〜んと泣きだす。

律子は周囲を見た。少年が、サッカーボールを持って走り去る背中が見えた。

律子はオープンテラスを見た。とんがり帽子をかぶり、アロハシャツを着たメキシコ人が、古池の前に座っていた。彼はカルロスというティファナの露天商だ。普段は、ドラえもんやピカチュウなどの違法グッズを売っている。メキシコにいる協力者であり、在メキシコ日本大使館に駐在する武官——警察庁からの出向者——が代々子飼いにしている。

慎太朗は泣き止まない。律子も胸が張って痛く、乳首がチクチクと痺れるような感じがした。授乳の時間なのだ。

律子は後部座席に移動した。赤ん坊の泣き声で人の注目を浴びたくない。授乳ケープを出す暇もなく、慎太朗を抱いて乳房を出し、慎太朗に吸わせた。

車窓の外で、サッカーをしていた少年たちがじっとこちらを見ている。

雑音ばかりだったラジオから、バイオリンの美しく雄大な旋律が流れてきた。

スメタナのモルダウだった。『我が祖国』という交響詩の中の有名な一節だ。プラハを流れるモルダウ川の流れを表現している。

律子は八歳のとき、目の前で死んだ父のことを思い出した。父の書斎でよく流れていた曲だ。「わがふるさと長野県をよりよくする」をモットーに、執務に励む県議会議員だった。選挙遊説中、刺殺された。

律子は慎太朗を強く抱きながら、息子の瞳を覗き込んだ。律子の体内を流れる川を、いま、慎太朗が飲んでいる。乳は血液でできている。慎太朗に、故郷・千曲川の流れが注ぐようだ。古池の生まれ故郷にも、興津川という河川が流れ、駿河湾に注いでいた。二つの故郷の川の流れが、慎太朗という合流地点に注ぐ――。

ぐらりと車が揺れ、ハッとする。

車の周りを屈強な男たちに囲まれていた。乳房を丸出しで授乳していたせいで、チンピラが集まってきたようだった。口ひげの男たちがニヤニヤと笑い、窓を叩いたり、扉を開けようとしたりしている。律子の動揺を面白がり、ボンネットに覆いかぶさって車を大きく揺さぶってくる男までいた。

律子は慎太朗の口に指を入れ、乳首を抜いた。途端に慎太朗は顔を真っ赤にして怒り、泣く。律子は胸をしまい、慎太朗を抱いたまま、運転席へ移った。逃げなければ。

運転席の窓に張り付いていた男が、突然、顔面をガラス窓にぶつけた。鼻血を噴きながら窓枠の外へフレームアウトする。

古池が後ろに立っていた。

別の男がスペイン語でなにか叫び、古池に殴りかかろうとする。古池は足を振り上げた。男の下顎は一発で外れ、鼻血が飛んだ。古池が運転席に滑り込んできた。律子は追いやられるように助手席に戻る。

古池がエンジンをかけると同時に、急発進した。ボンネットにいた大男が轢かれて見えなくなった。何人かは逃げていったが、ひとりの男がしつこく追いかけてくる。古池は急停車し、バックでその男を豪快に撥ね飛ばした。

古池は無言でギアを入れ替え、前進する。なにごともなかったように。

律子は泣いてしまった。古池が眉を寄せる。

「なんであれくらいで泣く」

「あれくらい？　あれくらいって、大男が何人も車を――」

古池は鷲掴みにしていた紙袋を、律子に突き出した。

「カルロスからだ」

中身はベレッタだった。ラ・ホヤの自宅に帰れば、古池のシグザウエルもある。

「十三階がテロターゲットになったようだ」

律子は目を丸くした。

「一体どこを狙われたの？　誰が――」

「具体的な話はこれから連絡所で聞く。お前、持ってろ」

律子は、紙袋に手を突っ込もうとして、躊躇する。

「使えるだろ」

使えた。いまは無理だ。

「赤ちゃんにおっぱいをあげながら、人を殺せというの。無理。絶対できない」

古池は「やるしかない」と静かに言う。

「犯行声明も出ている。イレブン・サインズという組織だ」

律子は、耳を疑った。

それはかつての——。

律子は慌てて紙袋からベレッタを手に取る。動作確認をした。

メキシコからアメリカへの入国審査は非常に厳しいため、車も人も大行列を作る。国境を越える道路は全部で二十四車線あり、それぞれの車内で入国審査を受ける。これだけレーンがあっても夕刻には渋滞する。

古池は東側にある車列に並んだ。

隣のレーンが空いていても、早く進んでも、決して東側の車列から出なかった。

国境の東側——右手には、米国税関がある。腰からけん銃をぶら下げた国境警備隊員が、一台一台の車に、窓を開けさせる。パスポートの準備をするよう叫ぶ。

古池が窓を開けて、緑色の日本国公用旅券を突き出した。隊員が足を止めて手に取った。パスポートを開く。カム、と手招きした。古池がハンドルを右に切る。オレンジ色の屋根の、税関事務所へ入っていった。

十三階との連絡所は、アメリカとメキシコの国境の真上にある。厳重に警備された場所であり、写真を撮ることも許されない。この国境上の建物で、尾行者が尾行を続けること、会話を盗聴することは不可能だ。

古池と律子は車を降りて、税関事務所の裏口から中へ入った。クリーム色の壁の廊下を抜け、取調室のような場所に入る。税関で足止めを食らった観光客が、手荷物を全てさらし、事情を聴かれる個室だ。

今日もそこにスーツ姿の白人男性がいた。受話器を持って待っている。ＣＩＡの極東アジア担当者だ。彼もまた、サンディエゴ米海軍基地内で働いているらしい。

古池が男から受話器を受け取ろうとしたが、遮られる。男が律子に言う。

「パスポート、プリーズ」

律子は、公用旅券を出した。ノー、と突き返される。

「サオリ・キヨタ」

律子は赤い旅券を出した。男はそのパスポートに、サンディエゴの出国スタンプと入国スタンプを両方押した。律子に返す。

「ＯＫ、ゴー」

不可解に思いながらも、律子はパスポートを仕舞い、事務所を出ようとした。十三階と話すのは古池だけで、彼もこの後、同じようにここを出るのだと思っていた。男は慌てて律子を呼び止めた。

「ノー、ノー。ベイビーは父親に預けなさい」

律子は思わず、「ホワット」と声を裏返した。赤ん坊を置いていけ、父親に託せ、と言葉を変え男が言う。有無を言わせぬ口調だった。

なぜなのか。律子は食い下がる。

「アイドンノー」

埒が明かず、律子は古池を見た。古池は「とにかく早く十三階と話をさせてくれ」と、受話器を摑む。男が初めて声を荒らげた。

「ダメだ。ワイフが一人でこの部屋を出てからだ。ワイフは徒歩でボーダーを渡りなさい」

「なぜ！　私も十三階の人間よ、なぜ私を排除するの。しかも子供まで！」

知らない、と男もうんざりした調子だ。突如、日本語を口にした。

「コウエンハアサヒ」

古池も律子も、硬直してしまう。

出国前、十三階の校長と決めた符牒だ。コウエン、は古池のこと。アサヒは旭、旭日旗のことで、つまり日本国のことだ。

古池は日本へ帰る、つまり帰国命令だった。

律子はつい食ってかかる。

「私は？」

「アイドンノー」

「慎太朗は……！」

もう行けと男に怒鳴られる。律子は唇を嚙みしめた。頭が真っ白になるばかりだ。なんの判断もできぬまま、律子は古池を見上げた。古池も悲壮に顔をゆがめ、律子と我が子を見る。

産後、片時も離れたことがなかった母子を、一旦引き離す。

これになんの意味があるのかわからない。

だが従うほかない。

それが祖国を守る組織の長の指示なのだから。その駒である古池も律子も、抗えない。

決断できない律子を促したのは、古池だった。一歩近づき、「大丈夫だ。お前にもすぐ帰国命令が出る」と耳打ちする。慎太朗を抱き上げた。慎太朗は母親から引き離され、目を歪ませた。うぅ、と泣き出しそうな顔で律子を振り返る。古池が慎太朗を自分の正面に向けて抱きしめた。慎太朗はウワーッと泣き出し、手足を突っ張った。「泣くな、大丈夫」と古池がその尻を叩き、体を揺らしながら、慎太朗をなだめる。

慎太朗は泣き止んだが、ぐずりは続く。父親の腕の中で諦めたように顔をうずめる。ひくひくと肩を揺らしながら、母親を見る。じっと見つめている。ママがいい、と……。

「無理、慎太朗を返して！」

律子はなおも赤ん坊を連れ戻そうとした。国境警備隊員に引き剝がされ、部屋から追い出された。

律子は財布とスマホとパスポートだけを返され、徒歩で国境を渡った。鉄の回転扉を抜けた先が、米国だ。

律子が抱えていたマザーズバッグは、ベビーグッズが入っていたからなのか、取り上げられた。ひとりの国境警備隊員が使い古しのビニール袋をくれた。素手で貴重品を持つのはかわいそうと思われたらしい。ウォルマートのロゴが入った、しわくちゃのものだった。ゴミ袋にでもしようと思っていたものだろう。律子はひとり、国境地帯を歩く。

車なら三十分のところを、律子はトロリーや路線バスを乗り継ぎ、二時間かけてラ・ホヤの自宅へ戻った。

途中、バスに同乗していた赤ちゃんが泣きだした。律子の乳首が狂おしいほどに疼いた。

授乳の時間は過ぎている。慎太朗のミルクは古池が与えているのだろうか？　いま息子は本当に父親の元にいるのか？　律子の乳房は悲しく張り裂ける。他人の赤子に触発されて、乳首からぽたぽたとお乳が垂れているのがわかった。授乳パットが重たく膨らみ、湿った不快感が両乳房に広がる。

尾行点検はできなかった。思考停止したままで、なにも考えられない。トロリーや路線バスの複雑な乗り継ぎを間違えず、よく自宅に帰って来られたと思う。

帰巣本能？

ここが巣？

夫も、息子もいないのに？

すでに日は落ちているが、アパートメントのすぐそばにあるラ・ホヤ・ケーブから、波の音と打ち付ける波飛沫の音が聞こえてきた。たまにグワグワと動物が鳴く声もする。ラ・ホヤ・ケーブは野生のアザラシが見られる観光地だ。

律子はエレベーターで九階まで上がり、カーペット敷きの廊下を進んだ。９０１号室の角部屋が、律子と古池の愛の巣だった。

律子は扉を開けた。古池の匂いを強く感じる。そこに、ミルクのような、甘ったるいにおいが混じる。息子のにおいだった。

律子は明かりをつけた。

ベビーベッドのメリーが沈黙している。朝、洗い立ての産着をたたんでベッドに置いておいた。オムツもあった。着替えさせなきゃ、授乳させなきゃと無意識に一歩、踏み出す。

なにかを踏んだ。
キン肉マン消しゴムが散らばっていた。

第二章　バー・アリエル

律子は成田空港の入国審査窓口に、緑色の旅券を出した。公用旅券だったからだろうか。入国審査官は入国スタンプを押したあと「ご苦労様でした」とひとこと添えた。律子は黙礼し、我が祖国、日本へ踏み出した。

手荷物は預けていない。レスポートサックのボストンバッグひとつで、日本に帰ってきた。ラ・ホヤの自宅にあった家族の荷物はほとんど捨てた。慎太朗のために買い揃えたスニーカーだけは捨てられなかった。律子は考えた末、古池の興津の実家に送った。古池の母親なら、慎太朗が履けるようになるまで、大切に保管してくれるだろう。

税関を経て到着ロビーに出た。尾行点検してバスに乗るつもりだったが、待合ベンチの前のモニターが目に入り、足を止める。

昼のワイドショー番組が『将来の総理候補ナンバーワン美女、天方美月議員、徹底解剖！』という特集を放送していた。

ハイヒールを履いて颯爽と国会議事堂の廊下を歩き去る美月の姿が、何度も繰り返し放送される。

――まさかのお出迎えが、〈ウサギ〉。

テレビの中のアナウンサーが、準備されたパネルを捲っていく。

魅力その一は、美貌。亡き母親は女優だったのだ。

その二はスタイル。身長百六十七センチ、体重五十キロ。長い手足と小さな顔。九頭身だという。

魅力その三はまさかの「ハイヒール」だった。もはや本人の素質とは関係がない。四月に米国大統領が来日した際の外交対応について、コメンテーターは絶賛していた。美月はファーストレディ代わりとして、大統領夫人をもてなしたのだ。

米大統領夫人は元スーパーモデルだ。砂漠だろうがジャングルだろうが米軍基地だろうが、クリスチャンルブタンのハイヒールで闊歩する。美月はそれに対抗心を燃やしたのだろう、特注の十五センチハイヒールを履いて、米国のファーストレディをもてなした。身長は元スーパーモデルとほぼ同じになったが、顔は美月の方が小さい。この美月の圧倒的な美しさを、『ハイヒール外交』として日本のマスコミは大絶賛した。

美月が特注したハイヒールが、日本の伝統的革製品を扱う和歌山県の職人による手仕事だという話が伝わると、ますます好感度は上がった。ルブタンに対抗する海外ブランド品を選ばなかったこと、東京でも老舗有名店でもない、一地方の職人を選んだことが、好意的に受け止められた。世論がどう反応するのかを読んだ上での行動なら、実に知的な戦略だ。二十七歳にしてそこまで先を読む力があるのなら、手ごわい相手と言える。

律子は席を立った。

早く組織の下へ戻らねばならない。古池が待っている。国境での突然の別れから、一か月経っていた。

慎太朗はいま日本にいない。十三階にとっても、律子にとっても、信頼できる人物が面倒を見ている。

その人物から定期的に、慎太朗の動画や画像が送られてきていた。慎太朗は離乳食が始まっている。十倍がゆからほうれん草、ニンジンのすりつぶしと、アレルギーもなく順調に食べている様子だった。ミルクもよく飲み、体重も増えている。

届いた画像や動画は、制限時間内に消去せねばならなかった。慎太朗の身を守るため、致し方ない。消去するときはいつも心が引き裂かれた。頭が真っ白になり、乳首が疼いてのたうちまわるばかりだった。

夫と子の気配が残るサンディエゴから出て、日本に戻ってきた。少しは気が紛れるか。

律子はリムジンバスカウンターに行き、新宿行きのチケットを買った。バス乗り場で、日本の夏特有の暑さを実感する。サウナにいるようだった。バスに乗り込んだが、次の停車地の空港第二ビルを発車間際に、降りた。尾行者がいないことを確認し、改めてリムジンバスカウンターで羽田空港行の直行バスのチケットを買った。

羽田空港へ移動後も尾行点検と着替えを繰り返し、東京モノレールに乗った。整備場という駅で下車する。ホームを見渡したが、降りた乗客は律子以外ひとりもいなかった。空港関係者が通勤に使う他、人が降りることがなさそうな駅だった。

律子は改札を出た。

背の低いビルが点在する殺風景な場所だった。白のスカイラインが一台、停まっている。警視庁公安部が使用する捜査車両だ。

運転席から若い男が降りてきた。南野和孝だ。

律子に向けて、十五度腰を折り敬礼する。

「お帰りなさい」

「ただいま」


南野は尾行点検のため、神奈川県方面を回って東京都に入り、多摩地域から霞が関を目指すらしかった。多摩川を渡って川崎市に入ったところで、南野が口を開いた。

「お子さんのこと、お悔み申し上げます」

律子は唇を嚙みしめた。

慎太朗の身を守るためとはいえ、息子を死んだことにするなんて、母親として受け入れがたいことだった。乃里子の指令だ。慎太朗はティファナを旅行中、乳幼児突然死症候群で呼吸困難になり、発展途上国で充分な医療を受けられず急死したというシナリオだった。律子は口にも出したくない。ただひとつ南野に頷き、前を見据える。

南野は気遣ったのだろう、深く事情を探ることなく、すぐに話題を変えた。

「古池さんも、黒江さんの到着をいまかいまかと待ち構えていました。昨日からずっと、落ち着かない様子で」

十三階の作業員として、また公安部直属の上司としての古池の姿を、律子は思い出せなくなっている。古池の顔を思い出そうとするとき、いつもそこにセットのように慎太朗の顔があった。

休日はよく慎太朗のために、家庭用プールを膨らませ水を張ってくれた。アパートメントには共用プールがついていたが、古池はこれまでの作戦で負った大けがの痕が上半身に残っている。

水着になると人の印象に残ってしまうから、共用プールを使うことはなかった。ハーフパンツ一枚という姿で、屈強な僧帽筋を誇りながら「ちゃぷちゃぷしようぜ」と慎太朗を片手で軽々と抱き上げる。張った水にそうっと息子を入れてやる手つきは新米パパらしく緊張感があった。

小さな慎太朗が水を怖がって泣いたり、恐る恐る触ったり、やがてはしゃいで水飛沫を上げる様を、古池は瓶ビールを呷りながら、愉快そうに見ていた。

「素敵なパパだったのよ」

つい、遠い目になって呟く。南野は申し訳なさそうにほほ笑んだ。

「古池さんは、愛情深い人だと思います。想像つきますよ」

「本当？　想像つく？」

「いや、冗談です。全く想像つきません」

律子はほんの少し笑った。南野がほっとしたように、ドリンクホルダーからコンビニのアイスコーヒーを取った。どうぞと律子に渡してくれる。

一口飲んで、律子は尋ねる。

「イレブン・サインズの方はどう」

律子は、彼らが校長室に爆発物を送りつけてきたところまでしか知らされていない。

「当日、霞が関にイレブン・サインズのリーダーがうろついているのを、監視カメラ映像が捉えていました」

「逮捕は？」

「組織の広がりがまだ見えていませんので、泳がせています。アドレス作業を終え、本格的に作戦を立てるところです」

十三階の、しかも校長室が狙われた。古池が突然戻されたのはそのせいだろう。なぜ律子は一か月も待ちぼうけを食らったのか。尋ねたが、南野は口を濁した。

「じゃあ私の任務は。爆弾を送り込んできたテログループの壊滅？」

もうひとつ、と南野が緊張感ある目で言う。

「第二の黒江を育ててほしい、と」

「テロリストとセックスしてでも情報を取ってくる若い女、ということね？」

律子はもう三十三歳だ。しかも出産した。中年以上の男や権力者なら、律子が相手をする方が適任だが、極左暴力集団は若者が多い。三十代中盤になりかけた律子は「女」を使って落とすのが難しくなってくる。

律子の育児休暇中に、すでに白羽の矢が立った人物がいるらしい。春の人事異動で新人女性作業員が十三階にやってきた。表向きの所属は、警視庁公安部公安一課三係三班の、かつての古池班だ。

女の穴を埋めるのは女、ということだ。そしてその教育を施せるのもまた女、か。

「どんな子なの」

「普通の子です。見た目は地味ですし、目立たない。作業員向きの女性かと思います」

「普通なわけがない。普通の子が、十三階を希望して入ってくると思う？」

女性警察官にとって、刑事になることすら大きなハードルなのだ。運よく刑事になれたとしても、十三階に入るための警備専科教養講習で過酷な訓練が待ち受けている。

個も消される。

家族を捨てろ。思い出を捨てろ。意思を捨てろ。国家の駒となり、命を賭して体制の擁護者となれ。

こんな教えに共鳴できる若い女性なんか、いまどきいない。

「過去、公安事件に巻き込まれたトラウマがあるとかならまだしも」

律子は目の前で父親をテロで失った。南野は黙りこくっている。律子は改めて訊く。

「彼女にもなにか、そういう傷が？」

「改めて、校長からお話があると思います」


律子は中央合同庁舎2号館の地下駐車場から、エレベーターに乗った。

『13』の数字を押す。

体が上へ、吸い上げられていく。

この建物に来たのはいつ以来だろう。まだ慎太朗がお腹にいたときか。

律子は、そこにもう我が子はいないのに、お腹に手を当て、心の中で唱える。

あの時、しんちゃんもママも、がんばったよね。そしてパパとアメリカ西海岸の眩しい日差しのもと、幸せに暮らしていたのにね。

十三階に到着し、扉が開いた。

目の前に、十三階の秘書官『先生』として新たに任命された男が立っていた。日本の諜報組織の、事実上のナンバー2に上り詰めた作業員――。

古池だ。

つい一か月前まで、息子の前では「パパ」と甘ったるく呼んでいた男が、いま、目の前に君臨している。

「来たか」

律子は十五度、腰を折った。

「先生。ご昇任、おめでとうございます」

古池は無言で踵を返した。早足で歩き出す。古池はいつも速い。律子は小走りで追いかけねばならなかった。

古池は現場の工作活動を愛していた。幹部になって書類に決裁印を押すだけの仕事はいやだと昇任試験を受けることもなかった。四十を過ぎても現場にこだわる。それが、受けた覚えもない警部昇任試験に受かったことになっていたらしい。乃里子の右腕として、秘書官に大抜擢されていた。

乃里子と古池は犬猿の仲だ。古池は乃里子をいつも苦々しく見るし、乃里子は古池を持て余していた。乃里子が古池をそばに置くことにしたのは、ボディガードを求めたからだろう。自分宛に爆発物が送られてきたのだから、常に校長をサポートする『先生』は十三階一屈強な男がいい、というわけだ。

律子は、早足で歩く古池の背中を一心に見つめる。いつも任務中はジャケットを着ない。ワイシャツ姿で腕まくりをしていた。官公庁は今日から夏服への衣替え、スーツの者はすでにノージャケット・ノーネクタイが推奨されるが、古池はジャケットを着用している。律子は、一か月前まで息子を乗せて遊んでいたその背中に、投げかける。

「あの。改めまして、ご指導ご鞭撻のほど、よろしくお願いします」

古池はチラッと律子を振り返っただけだ。ひたすら校長室に向かって突き進む。

「――先生？」

夫を初めてそう呼んだとき、そこになんとなく甘い響きがあることに気が付いた。

「なんだ」

「慎太朗は……」

「その名前を絶対に口にするな」

何度言ったらわかる、と強く睨まれた。

しばらくまた無言で歩く。校長室の扉が見えてきた。

「……じゃあ、キン消しの話は？」

古池は立ち止まり、困ったように律子を振り返る。慎太朗を眺めていたときの目と、よく似ていた。

古池は校長室のドアノブを握っていたが、「あとだ」と独り言のように言い、隣の部屋へ律子を案内した。扉を開け律子を中に通す。秘書官の執務室だ。校長室の半分ほどしかないが、夫は執務室を持つほどに昇任したのだ。律子は誇らしい気分になった。

扉が閉まる音が合図だった。律子は古池の胸に飛び込んだ。互いにすがりつくように抱き合い、唇をむさぼる。

律子と古池の胸を隔てる、無機質な物体を感じる。古池は、ジャケットの下のホルスターにべレッタをぶら下げていた。

銃器を携帯した『先生』など、史上初だろう。それだけ十三階が危機的状況にある、ということだ。


古池が校長室の扉を開けた。扉の目の前で乃里子が腕を組み、待っていた。律子は敬礼しようとしたが、乃里子が遮る。

「一度通り過ぎたね？　自分の個室に妻を招きいれて熱い接吻でもしていた？」

律子は返答に困った。古池は顔色ひとつ変えない。

「無粋な想像はおやめください。まるで夫に愛されない鬱憤をメロドラマに求める暇な主婦みたいですよ」

「失礼ね。私は熱烈に愛されているよ」

この二人は相変わらずだ。

乃里子は律子を見下ろし、口角を上げた。

「改めて。お帰り」

「ただいま戻りました。その節はご迷惑をおかけしました。また、産後は大変なご配慮をいただき、おかげさまで家族水入らずの時間を過ごすことができました。感謝しております」

促され、律子はソファの前に立つ。乃里子が座るのを待って、古池と同時に座った。

「国境での一件は申し訳なかったね。熟慮の末の判断だったことは、同じ母親として伝えておく」

乃里子が珍しく真摯な態度で、律子に言う。

「しばらく会えなくなるから残りの時間を存分に過ごしなさいと指示するのと、わけもわからない状態で一旦引き離すのと、どちらが残酷か。同じ母親として、最良の方を選んだつもりだ」

律子は頷く。

「まさしく、最良の選択だったと思います。別れのカウントダウンがあったとしたら、発狂したことでしょう。任務に戻ることを頑なに拒否し、子供を抱いてアパートメントの九階から飛び降りていたかもしれません」

古池がぎろりと律子を睨んだ。大げさではなく、これは率直な感情だった。

母親が乳児と引き離される苦しみを、父親は理解できないだろう。特に授乳中は、乳房が赤ん坊の胃の状態と完璧に連動する。乳房が張るころに、赤ん坊は腹を空かせる。母親が泣けば赤子も泣く。母親が笑えば赤子も笑う。母子はまさに一心同体なのだ。

乃里子は咳払いし「よろしい」の一言で、この一件を片付けた。

「さて本題。古池、説明してやって」

古池はガラステーブルの上に置かれたタブレット端末を手に取る。

「発端は一か月前の五月一日。これが届いた」

画像のサムネイルをタップし、律子に見せる。菓子折りのような箱の中に、古臭い形態の爆発物が入っていた。目覚まし時計、赤と青の配線、そして小さな信管。

「いまは令和ですよ。目覚まし時計の起爆装置なんて、昭和の話では?」

「実際、アラームが鳴って起爆するまで四時間以上あったから、警察庁職員の避難誘導が済み、爆弾処理班が液体窒素で速やかに無力化して事なきを得た」

乃里子が言った。本物の爆弾だったようだ。古池が続ける。

「小型で火薬の量もたいしたことはなかった。本当に爆破していたとしても、校長の手が吹き飛ぶ程度だっただろう」

乃里子が眉を上げる。

「手が吹き飛ぶなんて、とんでもない。趣味のピアノが弾けなくなる」

「ピアノがご趣味とは、初耳です」

「最近また始めたんだ。今度聞かせてやろう」

「遠慮いたします」

二人の丁々発止のやり取りを聞き流し、律子はタブレット端末をスクロールした。爆弾の入っていた菓子折りの包装紙に目を留める。

「くるみおはぎですね。私の実家のある上田の銘菓です」

宅配便の伝票には、自分の氏名と実家の住所が、印字されていた。一応、訴える。

「私は覚えがありません。実家にいる母は病気療養中です、爆弾を作れるはずは――」

わかってるよ、と乃里子は肩をすくめる。

「誰が黒江の名を騙ったのか」

「そして誰がお前の情報を漏らしたのか」

古池も続けて言った。国境で突然律子だけ外に放り出されたのは、これが理由だったのだ。校長はこの一か月の間に律子の周辺を徹底的に洗わせたのだろう。『白』判定が出たので、律子を日本に戻って来させたのだ。

「くるみおはぎの購入者からは辿れなかったんですか？」

「店に防犯カメラ映像もなく、店員の記憶に残るような特異な客もいなかった」

古池が次の画面をスクロールさせる。

「箱の裏側の画像で、ここが重要だ」

画像が表示された。

『十三階、爆破！　次はなにを吹き飛ばそうかな。イレブン・サインズ』

犯行声明とも次のテロ予告とも取れるこの蓋の裏の文言は、筆跡を隠すためか、定規を当てて書いたようなカクカクした文字だった。昭和のような古臭いやり方が余計に不気味だ。

ひと昔前は、印刷されたものが犯行声明に使われることが多かったが、インクや紙が遺留品として残る。ネット上に犯行声明をあげれば、ＩＰアドレスから足がつく。アナログだからこそ足がつきにくいということを、犯人はよくわかっているようだ。

「アラーム時計を使った古風な爆弾を使用したことも、意味がありそうです」

二〇〇〇年代以降、携帯電話の着信で起爆する爆弾がテロの主流となったが、いまはこれに使用する『流し』『飛ばし』と呼ばれる携帯電話が手に入りにくくなっている。特殊詐欺が横行し、携帯電話を手に入れるときの身元確認が厳しくなったからだ。

「ネットで最新の爆弾の製造方法を探ることでも、足がつきます」

かつて某国で、圧力釜を使った爆発物がテロに使用されたことがあった。情報機関が、圧力釜の爆弾の製造方法を記したサイトにアクセスした人物をリストアップし、その中から、実際に圧力釜を購入した人物を絞り込んで、犯人を特定したのだ。

「こういったアラーム時計を使っての爆弾製造方法は、かつての極左勢力の機関紙など、古い書物から学ぶことが可能です」

いまどきは書物から爆発物の製造方法を学ぶ方が、却って足がつかないのだ。古池も同意する。

「信管もアラーム時計も配線も、どこのホームセンターでも手に入る大量生産品だった」

火薬は、市販されている手持ち花火の火薬を削り集めたものらしい。

乃里子が肩をすくめる。

「子供のお遊び程度の爆発物と簡単に考えない方が良さそうだね。防犯・監視カメラの目をかいくぐって他の荷物に爆発物を紛れさせる手法も手が込んでる」

伝票は偽造されたものだったようだ。宅配便の配達員が台車にまとめた荷物を傍らに置き、中央合同庁舎2号館のロビーで入館手続きをしている間に、何者かが荷物を紛れ込ませた。だが、その決定的瞬間は、監視カメラには捉えられていなかった。

当日、中央合同庁舎2号館の周囲をうろついているイレブン・サインズメンバーがいたと南野が話していた。その人物の仕業か。

古池が「組織のチャートを作成中だ」と立ち上がった。壁に括りつけられたモニターに、イレブン・サインズの情報を表示させた。

「6signsとの関係は？」

律子は前のめりになった。

かつて6signsという学生中心の反政府団体がいた。一部の過激派が『名もなき戦士団』

というテロ組織に合流し、３・14――北陸新幹線爆破テロ事件を起こしたのだ。

この爆破テロは日本の公安史上最大の敗北と言われる。七十三名が死亡し、五百六人が重軽傷を負った。公安の人間はこの事件を『３・14』と呼ぶ。

イレブン・サインズと６ｓｉｇｎｓ。

名前が似すぎている。

「６ｓｉｇｎｓは東京六大学のインカレだったことが名前の由来ですが、イレブン・サインズは？」

律子の問いに、古池は首を横に振る。

「名前の由来はわかっていない。また、６ｓｉｇｎｓのどのメンバーとも無関係だ」

６ｓｉｇｎｓは二〇一六年に解散、当時の主要メンバーで活動家に転身したものはひとりもいない。古池が校長室の白い壁にプロジェクターを向け、大学のホームページを表示させる。

「イレブン・サインズは新宿にある工学舎大学の公認サークルだ。いわゆるアウトドアサークルで、バーベキューやキャンプなどのアウトドアを楽しみながら、地域の過疎問題や環境問題について学ぶとしている」

公認サークル一覧のホームページにその活動内容が記されていた。活動は月に一、二回の関東近郊でのバーベキューやキャンプで、夏休みは沖縄の海合宿、冬休みは北海道でスノーボード合宿をしているとある。具体的に過疎化や環境問題のどんな勉強をしているのか記載はない。一見するとただのお気楽なお遊びサークルのようにも見える。

「設立は二〇一五年、翌年に大学の準公認を受け、二〇一七年に公認サークルとなった」

「会員数や規模は？　インカレですか」

律子の質問に、古池がすらすらと答える。

「発足当初の会員数は、準公認される最低基準の十名だ。翌年に二十名、公認となった年に爆発的に増えて、七十名となっている。以降は減り気味で、今年七月一日時点で、四十八名だ」

インカレであり、工学舎大学生以外の会員は三分の一、新宿を中心とした都心の四つの大学から参加者が来ているそうだ。

乃里子が指先をくるくる回しながら、スクリーンを指す。

「この一見お気楽なのアウトドアサークル、会員の九割が女性なんだ」

テロ組織において女の方がより過激で活動的になるというのは、過去の歴史からも明らかだ。

『名もなき戦士団』も中心人物は女性だった。

「いまのところ、女子会員たちの目当てはサークルの創設者の男のようなのだが……まずはナンバー2の男の説明だ」

古池がスクリーン上に青年の顔写真画像を出す。

「サークルの六代目の会長だ。北上康平《きたがみこうへい》、昭明大学のジャーナリズム学部メディア研究開発科の四年生」

将来はアナウンサー志望らしいが、主要民放各局は書類選考で全滅したという。いまは地方局にアタック中らしい。

「北上は高校生のとき、『スノウ・ホワイト』にファンレターを送っている」

律子は背筋がざわついた。名前を聞くのもいやだった。『名もなき戦士団』のリーダーだった女だ。律子が逮捕したが、彼女とは血と泥の海で互いに窒息しかけながら刺しあうような戦い方をした。

「また、北上の父親は刑事専門弁護士だ。父親の司法学生時代の同期には、スノウ・ホワイトの弁護団に名を連ねているのもいる」

弁護士の息子なら警察組織の情報を取るツテがありそうだ。スノウ・ホワイトのファンなら、十三階を狙う動機もある。

古池がプロジェクターを操作する。

「次に、女性会員の中でちょっと気にかかるのがひとりいる」

学生証らしき画像が出てくる。青白い顔をした化粧っ気のない女性のアップ写真が出てくる。

「望月かなりあ。工学舎大学の機械システム工学科の三年生だ」

「かなりあ？　本名ですか」

「ここで偽名を言ってどうする。親が鳥好きなんじゃないのか」

古池は名前などどうでもよさそうに続ける。

「望月かなりあという女、イレブン・サインズには新入生歓迎会に来ただけの幽霊会員なんだが、筋金入りのミリタリーマニアだ」

古池が分厚い書類を律子に回してきた。ミリタリーマニア向けの雑誌へ望月かなりあが投稿した画像、文書をまとめたものだった。海上自衛隊の護衛艦の公開イベントでの写真、米軍横田基地の友好祭で、銃器を構えて警備にあたる米兵と写っている写真なども出てきた。

「この手の女性がなぜお気楽ご気楽なアウトドアサークルに？」

律子の問いに、あっさり乃里子が答える。

「実態がお気楽ご気楽なアウトドアサークルではないからだろ」

「この幽霊会員の望月かなりあ、気になるのは、この春から休学し米国に留学していることだ」

「アメリカのどこに？」

「ハワイだ。ホノルル市内の大学の語学学校にいる」

律子や古池がサンディエゴに居を置いたのとほぼ同時期に、米国に留学してきた。確かに気になる情報ではあるが、サンディエゴにいた古池や律子と違い、望月かなりあは本土から遠く離れた離島のハワイにいた。古池や律子の逃避行とは関係がないだろう。

「彼女はいまも？」

「ああ。語学学校の寮で生活している」

古池が画面を切り替える。

「いずれにせよ、いま我々が最もマークすべき重要人物はこっちだ。実質的にイレブン・サインズを仕切っているのは、この男」

人目を引く男の顔が、スクリーンに映し出された。アフリカ系の外国人とのハーフのようだ。肌の色が浅黒く、鼻筋が通った端正な顔立ちだ。アフリカというより、中東にいそうな雰囲気だった。

「泉《いずみ》セバスチャン、通称セブ。大学四年生のときに、イレブン・サインズを立ち上げた。以降、三年間サークルの長を務め、大学院を卒業して研究員となってから、サークルの名誉会長という立場に退いた。出自が稀有だ。タンザニア人の父と、日系英国人の母との間に生まれた」

「すごい混血ですね。ヨーロッパとアフリカとアジア、全ての血が入っている」

ヘーゼルグリーンに輝く瞳が目を引く。一般的にアングロサクソンの青や緑の瞳は、アジアやアフリカ系と混ざると茶や黒になる。ごくまれに、宝石のように輝く美しい目を持つ子が生まれてくる。

「ロンドンの高校を卒業後、母方の親戚を頼って来日し、工学舎大学に入学。いまは大学院卒の研究員で、二十七歳だ。この男の経歴が非常に興味深い」

工学舎大学に入るまでは、母方の親戚とロンドンに住んでいた。日本語、英語、スワヒリ語に堪能という。

「ロンドンで暮らすようになる十歳以前の記録が、まだ手に入っていない。母親は未婚でセブを生み、タンザニアに住む父親に預けたらしいが、どこでどう暮らしていたのかもわかっていない。父親の素性も不明だ」

「外事のアフリカ担当に話は？」

乃里子が答えた。

「したよ。そうしたら、ＭＩ５がしゃしゃり出てきてね」

ＭＩ５とは、イギリスの諜報機関のことだが、ＭＩ６という世界を股にかける諜報機関の方が有名だ。映画『００７』の主人公が所属する。国内テロ担当はＭＩ５という。

「ＭＩ５が目をつけている——つまり、英国内でのなんらかのテロ活動に関わっている、ということですか」

古池が首を横に振る。

「ＭＩ５が目をつけているのは、セブの父親の方だ。セブの情報を出すとなると、父親の情報も付随してくるから、書類の黒塗りに時間がかかっているんだろう」

いまに海苔弁当が届くに違いない。

「犯行声明まで出ているのに逮捕を見送り、組織の内偵に時間をかけているのは、ＭＩ５が目をつけている大物に繋がる可能性があるからですか？」

小物の逮捕で終わりたくない、大物を釣り上げたいという乃里子の大胆な思惑を感じたのだが、乃里子は否定する。

「犯行声明を読んだだろ。次はなにを吹き飛ばそう」

律子も気になっていた。「どこ」ではなく「なに」と記している。つまり今回の十三階のように、特定の「場所」を狙うのではなく、特定の「もの」を狙っているということになる。

テロターゲットになりうる「もの」など、乗り物しかない。

古池が言った。

「セブの大学院での研究対象が大問題だ。機械工学が専門で新幹線の新技術の研究している」

律子は背筋の粟立ちが止まらなくなった。

「新幹線の新型車両の台車設計を手掛ける研究チームに名を連ねている。その気になれば、警察が探知できない、または手出しができない場所に爆弾を設置することが可能だ」

乃里子が厳しい顔で律子に言う。

「どういうことかわかるね？　万が一、セブが彼の知識をフル活用して新幹線に爆発物を仕掛けた場合、こちらが内偵の末にその情報を得たとしても、爆発物を撤去できない可能性がある」

つまり、目の前でみすみす、新幹線テロを許してしまうということになる。

かつてのように。

「しかもだ」

乃里子が膝を叩き、立ち上がる。

「この男の大胆極まりないこと。爆発物が届いた五月一日午前中、桜田通りをうろついている」

桜田通りは官公庁が集まっている。北から警視庁、法務省、警察庁と総務省、外務省といった具合だ。

リーダー自ら、爆弾を持ってきたということか。かつてのスノウ・ホワイトも、自ら現場に乗り込んで、航空機を爆破しようとしていた。

「もうすでに小細工を終えた後だとしたら――逮捕自体がテロの引き金になりかねない。だからいまは手出しができない状況だ」

律子は悪寒が止まらない。唇を噛み、感情を抑えこむ。

「黒江」

乃里子が厳しく、律子を見おろした。

「もう二度と、新幹線の爆破は見たくない」

律子は大きく頷く。

「必ずや、組織の全容を解明し、新たなるテロを阻止します」

「無事終わるまで、十三階の〈血〉には会えないよ」

十三階の血、つまり、古池と律子の息子、慎太朗のことだ。

「〈アメリカン・ポリス〉の件もある」

律子は古池の執務室で、改めて警察手帳を貸与された。桜の代紋の下に、律子の新しい身分証が入っていた。

「私、警部補になってますが」

律子は産休前、巡査部長だった。警部補昇任試験を受けた覚えはない。十三階は昇任人事にまで口出しできるというわけだ。

「俺だって警部になってた」

古池が出来立てほやほやの名刺の束を渡す。律子の肩書が、そこにある。

『警視庁公安部　公安一課三係三班　班長　黒江律子　警部補』

古池の後釜ということのようだ。

「で、〈アメリカン・ポリス〉の件だ」

古池がデスクに尻を乗せ、腕を組みながら言った。サンディエゴ警察の、白人とアジア人の二人組の符牒だ。古池と律子の車を「通報があった」と嘘をつき、停めた。

「バックに誰がいるのか、CIAの極東アジア担当者が調べている。サンディエゴ警察の外線発着信番号を片っ端から分析したそうで、興味深い番号にあたったそうだ」

古池が書類を律子に渡した。該当箇所を指で弾く。

イスラエル、モサド、日本担当。

律子は天を仰ぐ。

「セブの件で、ＭＩ５の話が出たばかりですよ。今度はモサドですか」

モサドと呼ばれるイスラエルの諜報機関は、ランク付けするならば、確実にＣＩＡに次ぐ組織だ。パレスチナ問題が活発化していたころは、イスラムのテロリストたちと血で血を洗う争いを繰り広げた。

彼らは十三階の存在を、日本国民よりも詳しく知っている。情報を共有するカウンターパートだからだ。

イレブン・サインズにはＭＩ５が関わっている。彼らが律子の名を爆弾小包に使えたのは、海外の諜報組織の力を頼っているからか。

アメリカン・ポリスの件にしろ、イレブン・サインズの件にしろ、律子や十三階を貶めようとするなんらかの機関の影を感じる。何としても真相を暴かねばならない。

ノック音がする。南野だ。古池は書類をデスクに仕舞い、律子と古池双方を指さした。俺たちだけの話だ、と言いたいのだろう。古池と律子が息子と共にサンディエゴに住んでいたことを知っているのは、あと乃里子だけだ。古池の許可を得て、南野が入ってきた。

「黒江さん、お迎えに上がりました。本部で三部《さんべ》さんや柳田《やなぎだ》さんが待っています」

三部は元鑑識捜査員で、柳田はＩＴに強い分析官だ。十三階の作業員を支えるこの二人は、長らく古池の部下だった。今日から律子が彼らの上司となる。

「新人は？」

「作業中です」

律子は南野と共に、十三階を出た。

桜田通りに出る。南野と共に、赤と白の巨大アンテナがシンボルの警視庁本部庁舎へ歩いた。

律子は警視庁の職員であり、警視庁から給与が出ている。だが警察学校に入ったときから、ここを母体と思ったことはない。律子は学生のとき古池に〝作業員として〟スカウトされ、警察官になった。

心はいつも、十三階にある。

南野が、律子の横顔を眺めていた。

「なに？」

「いえ。朝、空港近くまでお迎えにあがったときとは、顔つきが変わったな、と」

警視庁本部庁舎の中へ入った。通行証でゲートを抜けた。エレベーターに乗る。律子は公安一課の入る十四階のボタンを押した。南野が耳を押さえ、袖口のマイクでひっそりと話をしている。

「スタンバイOKですか」とか「もう着きます」とか囁く。

「まさか、私の復帰を祝う花束贈呈とか、企んでないわよね？」

かつて古池が怪我から現場復帰する際に、祝福の花道ができていて居心地が悪かったと話していた。南野の顔が、あからさまに引きつった。苦笑いに変わる。

律子は階表示を見た。七階だった。八階のボタンを押す。すぐに箱を降りた。

「私は目立つことも拍手喝采されることも大嫌いなの。ごめんね」

徹底した影であれ——十三階の教えだ。

工学舎大学新宿校舎は、西新宿の高層ビル群の一画にある。四十七階建てのビルの、二十階から上が大学のキャンパスになっている。その下は一般企業が入居する。一階から三階は吹き抜けになっていて、おしゃれなレストランやカフェ、本屋が入っていた。

律子はビルの中に入り、四十五階のボタンを押した。セブが在籍する研究室がある。高速エレベーターであっという間に着いた。

扉が開く。壁に案内表示があった。このフロア全体が、先進工学部らしかった。セブはこの中の機械システム工学科の研究室に籍を置く。

律子は迷路のようなフロアを回り、尾行者がいないことを確認、機械システム工学研究室の扉の前に来た。

ここへ来る前、リバーシブルの花柄のワンピースを買い、デパートの一階で若者向けのメイクをしてもらった。なんとか大学生に見えるはずだ。

手にぶら下げていた化粧品の袋を前に抱き、そわそわした様子を装って、扉をノックした。三十代くらいの、古参兵に白衣を着せたような男が出てきた。

「泉さんはいますかぁ」

律子は甲高い声を出し、若い女を装った。

「アポは?」

律子は、ぶんぶん首を横に振った。

「私、ファンで。あのぉ、差し入れ……」

中身は化粧品だが、菓子折りだというような顔で、胸の中の紙袋を見る。男はため息をついた。またかという顔だ。

「カフェテリアにいるよ。三時のおやつ」

律子は礼を言って立ち去ろうとした。呼び止められる。

「君、身長、いくつ？」

「百五十三です」

「やめとけよ、セブは百九十センチはあるぜ」

「どうしてやめといたほうがいいんです？」

男はにやついたまま、声を潜めた。

「アレも馬並みだぜ。前に遊んだ女が、子宮破裂したって噂だよ」

律子は絶句してみせたが、ちらりと研究員の名札を盗み見た。室長・牧村《まきむら》とある。なにかの工作の時にこのセクハラ室長を使ってやろうと律子は思った。


三十階はフロア全てがカフェテリアになっていた。十五時、お茶をしているグループがいくつか見える。

セブを一瞬で見つけた。

クリームソーダを飲みながら、分厚い参考書を開いていた。律子が缶コーヒーを買っている間に、セブは女学生に囲まれた。中東の王子様のような見てくれだから、ファンが多い。

律子はセブがハーレムを作るテーブルから離れた、隅の席にひとり座る。セブは女子学生たちに物理を教えてやっているようだった。研究員というのは教授の手伝いで授業のサポートをすることがあるから、宿題なども見てやるのだろう。

イレブン・サインズに圧倒的に女の数が多いのは、セブ人気のせいだろう。セブが十三階に爆弾を送りつけ、新幹線テロを企てているかもしれないことを知っている女性は、何人いるのだろう。もしくは知っていて、共闘するつもりなのか。彼女たちの浮ついた表情を見るに、共に体制や警察と戦うという気概は全く見えないが……。

律子は、カフェテリアに座っている他の面々を横目に収めながら、スマホを眺めるふりをする。そして考える。

今日から律子が三班のリーダーだ。かつて古池がしたように、作戦を立て、部下を配置しなくてはならない。すでに爆発物を送るほど挑発しているのだから、セブ側も工作員がやってくることを警戒しているだろう。セブを取り巻く女の群れの中から協力者を獲得するか。南野を使うか。まだ挨拶もしていない新人女性作業員を投入するか。

律子自ら、入るか。

想像した途端、吐きそうになった。背筋がざわつき、尻の穴が浮くような不快感で座っていられないほどになった。

セブは魅力的だ。人種も肌の色も律子は気にならない。だが、今回はどうしても無理だと思った。

セブだから無理なのではない。

出産したから、無理なのだろう。

絶対に、息子の父親以外の男と寝たくない。そんなことをしたら、息子が汚されるような気がした。律子は古池の目の前でテロリストに足を開き、よがってみせたこともある。古池は裏切れるのだ。でも慎太朗だけは絶対に裏切れない。

セブが立ち上がった。女性たちにチラシを配り始める。「無人島?」「超楽しそう!」という黄色い声が上がった。香川県の無人島・余島で、七月に研修キャンプを予約しているという情報は、イレブン・サインズの基本調査情報書類の中にあった。女たちを余島のキャンプに誘っているようだ。

「じゃあね。もう戻らないと」

セブは立ち上がった。女の子宮に響く、艶のある声だった。ヘーゼルグリーンの瞳で見つめられ、あの声で愛を囁かれたら、女は子宮を揺さぶられる。濡れてしまうだろう。

セブが立ち上がり、エレベーターホールに向かった。

律子は缶コーヒーを中身ごと捨て、カフェテリアを出た。エレベーターホールを横切る。接触はせず一旦離脱するつもりだった。

セブが昇りのエレベーターを待っているのを横目で確認する。突如、セブが踵を返す。階段を上り始めた。

律子は帰るつもりだったのに、思わず立ち止まってしまう。

三秒後、彼を追うように、ひとりの女性が階段を駆け上がっていった。

タンクトップにプリーツスカートを穿いていた。足に白いトリーバーチのサンダルをつっかけている。カフェテリアにこんな格好をした女はいなかったが、彼女はカフェテリアから出てきた。

白いサンダルの女は記憶している。律子の四つ前のテーブルにひとりで座り、ノートを取っていた。彼女はボリューム袖のトップスにスリムジーンズという格好だった。

着替えたのだ。尾行のために。

彼女が、十三階待望の新人女性作業員だろう。顔はよく見えなかったが、『第二の黒江』は捜査対象の尾行中だったようだ。彼女は靴を替え忘れていた。新人は失念しやすい。

律子は慌ててエレベーターの昇りボタンを連打した。彼女は靴を替えるのを忘れていた上、階段を上るセブを追いかけていった。セブの研究室は四十五階、ここは三十階だ。エレベーターを待たないのはおかしい。なんのために階段を使ったのか——。

尾行に気が付いているからだ。

階段の尾行は要注意なのだ。対象者が踊り場などで突然引き返してきた場合、顔を見られてしまったり、尾行を咎められたりする。対象者が突然階段を使ったら、一旦離脱するのが正解だ。

律子はやってきたエレベーターに飛び乗った。いまあの二人が何階の階段を上がっているか予想し、律子は三十五階のボタンを押した。五秒で到着する。

教室が並ぶ廊下を突き進む。教授の授業の声が各教室から聞こえてきた。女子トイレに入る。

ワンピースを裏返した。花柄から、チャコールグレイのコットンワンピースに早変わりだ。リバーシブルの服は追尾中には重宝する。サンダルを脱ぎ、もともと穿いていたパンプスに履き替えた。トイレを出る。廊下に置かれたシェルフに、建築関係の分厚い書籍が並んでいた。律子は二冊拝借して、階段を駆け下りた。

予想していた光景は、三十四階の踊り場で繰り広げられていた。やはり、セブは尾行されることに慣れている。

「お前、公安だな！」

セブが巨体を震わせ、白いサンダルの女に迫っている。女の鼻先に指を突きつけ、襟首をつかみ上げそうな勢いだ。

律子は短い悲鳴を上げた。参考書をバラバラと階段に落としてしまう。

セブが律子に気がつき、女から一歩、退く。スマホで女の顔を撮影はした。

「今度つきまとったら、公安だとネットで顔を晒す！」

セブは言い放ち、苦々しい顔で階段を上がっていった。律子には見向きもしない。律子も顔を見られまいと、教科書を拾うそぶりでしゃがむ。立ち上がったときにはもう、女は姿を消していた。

律子が悲鳴をあげたのも、参考書を落としてしまったのも、セブの気をそぐための演技ではない。律子は素だった。

彼女を知っている。

階段に、座り込んでしまう。しばらく動けなかった。


律子はかつて、赤羽橋にある警視庁借り上げの官舎に住んでいた。今日から、ＪＲ新橋駅より徒歩六分のウィークリーマンションが我が家だ。住所は千代田区内幸町になる。

古池は銀座八丁目のマンションに住んでいる。夫婦で一緒に住むつもりだったらしいが、律子は断った。古池と暮らしているのに、そこに慎太朗だけがいない苦しみに耐えられない。ひとりの方がましだった。

古池のマンションの最寄駅もまた新橋駅だ。律子はその西側、古池は東側に住んでいる。律子と古池は、五つの路線が束になっているJR線によって分断されている。直線距離では数百メートルしか離れていない。乃里子は、律子が欲する古池との微妙な距離感に、苦笑いしていた。近くにいてほしいが、そばにはいたくないのだ。

帰国した初日だというのに、動きすぎて疲れていた。時差ボケもある。律子は十七時には帰宅し、備え付けのベッドにバスタオルだけ敷いて、泥のように眠った。

赤ん坊の泣き声がした気がして、はっと飛び起きる。

「しんちゃ……」

伸ばした手が、壁にぶつかる。とても狭くて小さなベッドに寝ていた。サンディエゴ時代はキングサイズのマットレスに、川の字になって寝ていた。乳首の先がちくちくと疼く。慎太朗と離れて一か月、お乳が垂れ流しになるほど出ることはなくなった。律子の乳腺は少しずつお乳の生産をやめている。胸が張ることもなくなったが、乳首をしごけば、まだ母乳は出る。

車のクラクションの音が聞こえた。走行音もひっきりなしに流れてくる。たまに人の嬌声もした。東京にいるのだと痛感する。

窓を開けたら、隣のビルの壁だった。東京の夏特有のもやっとした空気が流れ込んでくる。サンディエゴの夜、律子と古池と慎太朗の寝室に届いたのは、波と風の音、そしてアザラシの鳴き声だった。

スマホを見る。深夜零時を過ぎていた。古池から三件の着信が入っている。メールが一通、届いていた。

差出人は、〈アオジ〉

慎太朗を預かる協力者だ。〈アオジ〉という符牒は渡り鳥から取った。緑と茶の羽の色は森林に溶け込む。目立たない鳥だ。

メールには、今日の育児記録が書かれていた。ミルクと排泄の詳細と、離乳食も進んでいるようだ。歯が生えてきたことが、特記事項として記されていた。

驚いて添付画像を見る。ぽかんと口を開けた慎太朗のアップ写真だった。〈アオジ〉の指が、慎太朗の上唇を持ち上げていた。ピンク色の歯茎から、白いものが見えていた。

律子はこみ上げる感情を抑えきれなくなり、嗚咽を漏らした。

届いた記録、画像、動画は一分以内に消去するように言われている。記録の書き写しも厳禁だ。記憶にとどめることしか許されていない。乳首の疼きが止まらなくなった。母親でいたいという思いが、母乳という形になって、乳首の先からどろどろと流れ出てくる。

律子は、メールと画像を削除した。

シャワーを浴びて部屋を出る。

夜の都心へ出た。昼間に太陽の光を浴びたコンクリートから、熱が上がってくる。西側の日比谷公園のむこうは霞が関だ。北側には帝国ホテルがある。ＪＲ線の高架下を抜け、銀座に出た。

律子は銀座八丁目の路地裏にある細長いマンションを見上げた。古池が住んでいるオートロックのマンションだ。９０５号室の番号を押した。深夜だが、夫は「はい」と短い声で応答した。

「黒江です」

扉が開いた。律子はエレベーターに乗って九階で降りた。適当に歩を進めていたら、背後から「こっちだ」と声がかかる。東側の角部屋から、古池が手招きしていた。

律子は走り、古池の胸に飛び込んだ。珍しく古池はふらついた。律子はそのまま古池を上がり框に押し倒した。どうした、という古池の唇にむさぼりつく。

「おい……鍵ぐらいかけさせろ」

体を押しのけられた。古池が立ち上がり、鍵を二か所と、U字ロックもかけた。しゃがみこんでいる律子の横を素通りし、部屋へ入ろうとする。律子はその足にまとわりついてみせた。

「追っ払いはしないから、部屋に入れよ」

律子は古池の体に登り詰めるようにして立ち上がり、その体にすがった。わかったわかった、と古池は律子の体を殆ど引きずるようにして、リビングの方へ向かおうとした。

「寝室がいい。先生」

古池の新しい肩書で、甘ったれてみる。

古池は引き返し、玄関脇の部屋の扉を開けた。五畳くらいの部屋に、大きなベッドがどんとあった。律子を受け入れるために準備されたものだろう。律子はそこに飛び込んで、古池の腕を引いた。古池は律子の体の上に覆いかぶさったが、事情を聴こうとする。

「こんな夜中にどうした」

「時差ボケでめちゃくちゃなの」

「巻き込むなよ。寝るとこだったのに」

キスをする。

「先生。おっぱい、触ってみて」

律子は古池の手をつかみ、ティシャツの下に招き入れた。

「湿ってる」

「母乳、まだ出るの」

言った途端、律子は涙が溢れた。

「見たのか。歯」

古池の元にも、〈アオジ〉からメールと画像が届いている。父親の彼ももう見て、そして、息子の画像を消去しただろう。

律子は泣き、わなわなと震える指で古池の衣服を脱がしていく。古池は気持ちがついていけないようだ。

「少し落ち着け」

「したいの。先生と」

夫の、穴ぼこだらけの体を見る。腹部に縦一直線のケロイド状の傷がある。右胸部は抉れていた。全部、作戦の末についた傷だ。律子はその傷を指で撫でた。

「いつ見ても、かわいそう。傷だらけ」

「そうか。お前の傷は？」

「私は無傷よ」

「心は？　体の傷は治る」

それ以上言わせまい。律子は古池の唇を、自分の唇で塞いだ。気乗りしない様子の古池の乳首や下腹部を律子は刺激してやり、やっと固くなったそこに、お乳くさい自分の体を沈め入れた。

古池は震えるようなため息をひとつついたあと、あきらめたように、上半身を起こした。律子の体をベッドに横たえ、上になり、腰を振る。夫に突かれる悦びに吐息を漏らしながら、律子は囁いた。

「セブのことなんだけど」

「いま言うか」

古池は律子の両足首を摑み大きく広げて、中へ中へと入ってきた。子宮に響く刺激に律子は悶える。古池は律子の中をかき混ぜて、どんどん猛っていく。律子も快楽の頂点へ、緩やかにのぼっていく。

「ねぇ……セブは、馬並みなんですって。子宮が破裂した女がいるって——」

古池は動きを止め、律子の足を下ろした。

「どこからの情報だ。しかもいま言うな」

律子の子宮口を刺激するのを遠慮したように、古池は緩慢な動きになった。「やめないで」と律子は甘く囁き古池の尻を厳しく叩いた。古池は射精の直前、「どうする」と尋ねた。

「聞くまでもないでしょ」

古池は、律子の腹の上で射精した。

律子はその様子を、いやらしく眺めた。古池の先から飛び出すものと、絞り出そうと自分で陰茎をさする古池の手と、その向こうにある、苦しそうな顔を。

男は、射精中がいちばん、無防備だ。

「先生。私、とても怒ってるのよ」

えぇ？　と古池が精液を絞り出しながら、うるさそうに呻いた。

「私が育てなきゃいけない新人。第二の黒江」

古池は、汚れた右手をベッドにつけまいと、右手の甲を下にした状態で手をつき、大きなため息をついた。

「だから、なんでいま言う」

古池は腕を伸ばし、ティッシュを大量に取る。律子の腹の上に、十枚くらい投げ捨てた。自分はさっさとシャワーを浴びに行こうとする。律子はその背中に言う。

「私には無理」

「校長に言え」

律子は、古池の背中にティッシュの箱を投げつけた。罵倒する。

「彼女、3・14の被害者じゃない！」

古池が立ち止まる。不愉快そうに、背中をさすった。

「鵜飼真奈！　あのテロで下半身に大やけどを負った重傷者のひとり。母親は七十三人の死者のうちのひとりの鵜飼由美！」

古池はティッシュの箱を拾い、ベッドの上にぽいと投げた。

「シャワーを浴びてくるから、待ってろ」

律子はベッドから降りて、古池の背中を捕まえた。その広い背中をめいっぱい殴る。

「どうして！　なんでテロの被害者を、過酷な十三階の世界に引きずり込んだの！　彼女は絶対にここに来てはいけない人だった！　私たちは彼女を守るべき立場でしょう。作戦に使っていいはずがない！」

律子の腹の上に張り付いたティッシュが揺れる。古池の精液が太腿に流れ、陰毛の隙間を縫って垂れる。

「鵜飼は自ら希望して入ってきた。誰もリクルートしていない！」

「だとしても、私が育てろと⁉」

「そうだ！　他に誰がいる」

「あのテロを引き起こしたのは、私！　失敗したのは私！　あの子は私のせいで地獄を……！」

今日、セブに尾行を暴かれ、震えあがっていた鵜飼真奈の顔を思い出す。律子は古池の体をぶちまくった。

「あの子はッ……！　あの子だけは絶対に、こんな世界に引きずり込んでは……」

いけなかったのに……。

ここもまた、地獄なのだ。

律子は再び泣き崩れた。

精神的に不安定になっているからしばらく休養するように、と律子は言われた。

古池は、律子を自分の部屋に住まわせたがった。とんでもないと律子は古池の腕を振り払い、内幸町のマンションに戻った。

アメリカの薬局で手に入れた睡眠薬を飲んだら、一瞬で眠ることができた。次に目覚めたとき、深く寝たせいか、記憶が飛んでいた。律子はまだサンディエゴの続きにいた。

シーツを探り、息子を探してしまう。

いない。国境で見た最後の我が子の顔を思い出し、また胸が張り裂ける。

もう一日が終わる二十三時だった。風呂に入っていない。乳房からは母乳のにおいがし、腹からは古池の精液のにおいがした。下腹部にも不快感がある。甘臭いような、独特のにおいが立ち昇ってきた。

トイレに行く。下着を下ろして驚いた。血がついていた。どうやら生理のようだった。

律子は便座に座り、ため息をついた。

一年半ぶりの生理だった。妊娠すると止まる。人にもよるが、授乳中は基本、生理は来ない。授乳をしなくなって一か月経ち、生理まできてしまった。

たぶん、昨日した古池とのセックスで、体が母から女に戻ったのだろうと思った。米国にいたときもたまに体を重ねはしたが、眠る子を起こさないように、父と母として、そっと済ませていた。昨日は、男と女に戻っていたのだと思う。

律子はどんどん赤ちゃんのママではなくなっていく。

いつまでもトイレに座っていた。

インターホンの音で、我に返る。玄関の鍵が開けられる音がした。「入るぞ」と古池の声がする。律子はトイレの鍵を閉めた。

「黒江……？」

古池が廊下を歩く足音がする。

「なんで合鍵持ってるのよ」

「夫婦だ。大丈夫か？」

「生理、来たー」

甘えた声で言ってみる。古池の返事は聞こえないが、気配は強く感じる。律子は、全身が悶えるのを感じた。生理中だというのに、古池とセックスがしたくてたまらない。こんな風に激しい性欲を掻きたてられるのは初めてだった。子を奪われ、淋しすぎておかしくなったのだろうか。

いや、違う――。

体が子を欲している。奪われてしまったのならまた産めばいいと、律子の本能が言う。次の子供を生むための種を、律子の体が狂おしいほどに欲しているのだ。

ユニットバスのドアノブが、ガチャガチャとやかましい音を立てる。

「開けろ」

「いやだ。顔を見たら、また先生としたくなっちゃうから。先生に襲いかかっちゃう」

「部下を連れて来てる」

律子は、はっと息をのむ。

「早く言ってよ！」

慌ててシャワーを浴びる。鍵を開け、扉の向こうの古池に、「着替えを持ってきて」と叫んだ。

古池はレスポートサックのボストンバッグごと脱衣所に放り込んだ。

律子は新しい下着と衣類を身に着け、ようやく廊下に出た。

古池はダイニングテーブルに横向きに座り、足を組んでいる。向かいに座っていた女が、慌てた様子で立ち上がる。

「初めまして。警視庁公安部、公安一課三係三班、鵜飼真奈巡査です」

十五度、敬礼した。軽やかなショートボブヘアが頬にかかる。目よりも鼻が目立つ顔だった。鷲鼻が存在感を放っているが、真ん中にちょんとほくろがあり、いかめしさが半減している。かわいらしくもあった。律子は名刺を渡し、名乗る。古池の膝を叩いた。

「なんでいきなり連れてくるのよ」

真奈が答える。

「すみません。昨日は、助けてくださってありがとうございました。工学舎大学の階段で……」

「ああ。いいの、いいの」

古池が座るよう促す。備え付けのダイニングテーブルは二人掛けだ。なにか飲み物を、と真奈が立ち上がる。

律子は先にキッチンに立った。

「大丈夫、私がやるわ。どこになにがあるかわからないでしょ」

「どこかになにかをしまうほど、食料や食器を揃えたのか?」

古池が嫌味ったらしく言う。真奈が財布を出した。

「近くのコンビニで飲み物を買ってきます」

真奈が出て行った。律子は古池を睨んだ。古池が偉そうに言い訳する。

「改めて場をセッティングしたら、嫌だと言って逃げ出すだろ」

「でも、生理が来たとか、したいとか襲っちゃいそうとか、変なこと言っちゃったし」

古池はにやけただけだ。律子はダイニングテーブルに座る。古池に手を握られた。

「なに」

「お前はあの子を育てなければならない」

反論しようとして、校長の指示だと封じられた。これを言われたらぐうの音も出ない。律子の手を握る古池の力が、強くなっていく。

「あの子は、お前のことを誤解している。名もなき戦士団を潰し、3・14の仇を討ってくれた人だと、勘違いしている」

律子は眉を上げた。

「アリエル事件のことは？」

古池は、首を横に振った。

「いずれ話すの？」

「どうしたい」

律子は、顔が痒くなった気がして、古池の手から左手を引き抜こうとした。古池は、離さなかった。

「お前が彼女を育てる。お前が決めていい」


律子は、コンビニでコーヒーカップを持って並んでいた真奈に声を掛けた。手を引き、タクシーに乗る。

六本木にあるバー『アリエル』に向かった。

平日の深夜だったからか、アリエルはすいていた。律子は店員に個室を指定する。運よく、あの部屋があいていた。

店員に案内され、律子はその個室に入った。自分で来ておいて、背筋がざわつく。ここへ戻ってくるのは五年ぶりだった。二度と来ることはないと思っていた。真奈を部下として受け入れる以上、戻ってこなくてはならない場所だった。

律子は、五年前と同じ場所に座った。かなり低いソファだ。膝の高さより下まで尻が沈む。真奈も何度も座りなおしている。

律子はビールを二つ頼み、真奈に訊いた。

「名もなき戦士団を壊滅させた報告書、読んだんでしょ？」

「大変勉強になりました。黒江さんの報告書を、穴があくほど読みました」

「私がテロリストとセックスしたってのも、読んだ？」

真奈が、張り詰めた様子で答える。

「先生の報告書で、読みました」

ビールが来た。乾杯し、律子は飲み干した。すぐさま店員を呼び出した。

「五年前と同じ赤ワインを、グラスで二つ」

店員は困った顔をした。

「覚えてるわけないか。シャトー・ラトゥールで」

真奈が遠慮がちに尋ねる。

「五年前――なにかの用事でここにいらしてたんですか？」

「作戦」

律子は短く答え、続ける。

「情報提供者——作業玉とここで飲んでたの。テロ情報の書類をようやく手に入れたと連絡があってね。高級赤ワインを飲ませてあげてたの」

律子は、あの火災報知器、と天井を指さした。テーブルの上のキャンドルも手に取る。

「ここにも、秘撮機器が仕込まれてた。秘聴器は私が持ってた。路地裏で、清掃業者を装った作業車がバックアップしていた。三部さんや柳田さんもいた。南野君がまだ十三階に来る前」

真奈が細かく頷く。

「司令塔は、古池さん」

店員がやってきて、グラスを二つ置いた。グラスに赤い液体が注がれた。あの日も思った、血のようだと。

律子の、血で血を洗うようなスパイ人生の本当の幕開けは、ここだったのだと思う。

「私の作業玉は貧しくて内気な青年だったから。おいしい食べ物と高いお酒、女性とのデート。あとは誉め言葉ね。これを褒美に作業玉として彼を運営していた。でも彼は、私にそれ以上の関係を求めていた」

真奈はもう涙目になっている。律子に同情している様子だった。

「あの頃は、女を売って情報を取ろうなんてこれっぽっちも考えていなかった。ハニートラップは、頭の悪い女がすることだと思ってた。知識と戦略が足りないから、そういうことをするのだとね。古池さんも、当時の校長も、絶対にそういう作戦は認めなかったし」

律子は赤ワインで喉を潤す。体がかあっと熱くなった。真奈が尋ねる。

「——一体、なにがきっかけで？」

テロリストと平気で寝るようになったのか。

「3・14よ」

真奈が細かく、頷いた。

「けれど、黒江さんがそこまで責任を負うことでは……」

「二〇一五年、三月一日のことだったの」

律子は真奈の言葉を強引に遮った。

「あなたがテロ被害に遭う、ちょうど二週間前ね。なにをしていた？」

真奈は話についていくのがやっとという様子だ。視線を外し、遠い目になる。

「就職活動を、始めたばっかりで」

「なに系を回ってたの？」

「金融系です」

「警察じゃなかったのね」

「3・14で志を変えました」

「私の情報提供者は、ここに座ってたのね、三月一日の深夜」

律子は、真奈とは反対側のソファを叩いた。

「その向こうに、男の肩掛けバッグが見えてた。フラップつきの。その下に封筒が。テロ情報が入った――」

律子は意を決して言う。

「新幹線を爆破するという内容のものだった」

真奈が、怪訝そうに律子を見た。

「名もなき戦士団に『投入』されたのは、3・14の二年後のことですよね？」

投入とは、潜入捜査のことだ。

「その、テロリストと寝たというのも……」

「その話じゃないの。アリエル事件の話」

「アリエル事件？」

「表に出ることはない事件よ。なんで隠蔽されたかわかる？　アリエル事件がなかったら、3・14は防げていたから」

あの日、あの男の肩掛けカバンの下には、別の情報が入っていた。

「ゴールデンウィークを狙った東海道新幹線のテロだと聞いていた。でも、私が作業玉をここで怒らせてしまって、彼は暴走したの。十三階が作戦を立て直している間に、目標を変えて、時期も早めた」

二〇一五年三月十四日の、北陸新幹線開通日が狙われることになった。

真奈の唇が震えていた。律子は罵倒を覚悟で続けた。

「五年前のあの日、私はここで男に体を求められたの。セックスしてくれたら、情報を与えると」

真奈の、ワインを持つ指も震え出す。いまにもその華奢なグラスの首をへし折りそうだった。

「私は必死になだめたんだけど、男はスイッチが入っちゃって全然ダメ。最後は殆ど、レイプ状態だった。私は――私は」

律子は咳払いを挟んだ。全部、さらけ出さなくてはならない。彼女には。

「部屋中に仕掛けられた秘撮機器から、古池さんが見ているのがわかっていたから、とても、耐えられなかった」

姉の結婚式の直後だった。強く、古池との結婚にあこがれを抱いていた時期だった。

「無理だと思って男の体から逃れようとしたとき、脱げたハイヒールが手に……。咄嗟にそれを摑んで、男の顔面に振り下ろした」

「右目のない男⁉」

真奈が血相を変えて、律子に迫った。真奈の豹変に、律子は背筋が粟立った。礼儀正しくて真面目な子という印象を持っていた。いま真奈の目は、怒りで赤く燃えたぎる。

「私、見ました。爆発の瞬間。新幹線の中から。右目に眼帯をつけた男が――」

律子は観念し、静かに頷いた。

「その男が実行犯で、私が運営していた作業玉――」

言い終わらないうちに、赤い液体が顔面に降りかかる。

赤ワインだとわかっているのに、それは、真奈の血だと思った。

「ふざけんな……！」

ここまでの激変を、律子は想定できていなかった。真奈が立ち上がり、鬼のような形相で律子を睨み下ろす。

「お前のせいじゃないか！　お前は、人殺しじゃないか……！　七十三人も、殺した！」

次に飛んできたのは、グラスだった。律子の頬骨にあたり、床に落ちて粉々に砕けた。

真奈はバッグを摑み、個室を去った。

静まりかえった個室内に、バーカウンターの嬌声だけが、聞こえてくる。

律子は店員を呼ばなかった。砕け散ったガラスの破片を指先でひとつひとつ拾う。指を切っても、血の流れる手で片づける。今度こそ、自分の手で掃除せねばならないのだ。

第三章　血を吸う女

律子は内幸町の部屋にこもった。あまり腹がすかなかったし、冷蔵庫が空っぽなので、この三日でまた更に痩せてしまった。古池がせっせと食事を持ってくるのだが、半分くらいは胃に入らない。やがて腐らせてしまうほど、律子は没頭していた。

支給されたタブレット端末で、繰り返し、二〇一五年三月十四日の金沢駅十一番ホームの防犯カメラ映像を見る。

八時四十七分ちょうど、定刻より二分遅れで、東京発の一番列車がホームに滑り込む。先頭車両のグランクラスの4Bの席に、真奈は乗っていたらしい。画像をキャプチャし拡大処理するのだが、どの窓からも真奈の顔をとらえることはできなかった。

四列目の窓側の真奈の母、鵜飼由美の姿はよく見えた。上品な笑顔で手を振り、隣にいるはずの真奈を振り返っている。

母子の最期の会話は、なんだったのだろう。

直後の八時四十七分十二秒、閃光で画面が真っ白になった。ドンという音が遅れて聞こえ、黒煙の隙間に人々の手足や頭が血と共に舞うのが見える。

律子はタイムバーを戻した。四十七分で指を離す。右目に眼帯をした男は、今日も映像の中から律子を見つめる。

古池から着信が入っていた。昨日から無視している。「私ひとりでなんとかするから心配しないで」とメッセージは送ってある。するとそれまで以上にしつこい着信が律子を急かした。

古池は律子の決断に気がついている。

インターホンが鳴った。古池だろうと思って律子は無視した。扉が叩かれる。

「黒江さーん！」

南野の声だ。律子は仕方なく玄関扉を開けた。南野は荷物をたくさん持っていた。

「古池さんから頼まれて……」

南野が改めて律子を見つめ、悲壮に顔をゆがめる。

「頬、ちゃんと消毒しました？　傷口が膿んでます。しかもまた痩せて……」

南野は部屋に上がり込み、両手いっぱいの食材を冷蔵庫に手早く仕舞う。家電量販店の紙袋から取り出したのは、体重計だった。

「なんでこんなもの」

「古池さんに頼まれて。四十キロ切っていたら、口をこじあけてでも飯を食わせろと」

体重計に乗るように言われた。

「女性作業員の体重管理までするの？　十三階はとんでもないセクハラ部署だわ」

「それ以上のことをするくせに」

律子は南野が買ってきたペットボトルの水を一気に飲み干そうとした。ダメですよ、と奪われる。

「セブのところへ自ら『投入』されるつもりなんでしょう。それでいま、必死にスパイとしての使命感を盛り立てようと、五年も前のテロ事件の映像を見ている」

律子は渋々、体重計に乗った。三十六キロしかなかった。

「これはまずい」

「いやだ。食べたくないの」

「なにか作ります」

南野がジャケットを椅子に引っ掛け、ワイシャツの袖を捲り、料理を始めた。律子は不貞腐れたまま、ダイニングテーブルに戻った。南野の料理姿を眺めてみる。

「料理、うまいんだね」

「十歳の時から自炊していましたから」

南野は育児放棄の家庭で生まれ、親戚や児童相談所をたらいまわしにされて育った。誰よりも個や気配を消すのがうまい。

「セブね、馬並みなんだって」

南野が蛇口の水を止め、訊き返す。

「男根が。大丈夫かな。私は体が小さいから、子宮突き破られそう」

「黒江さんは今回、司令塔であるべきです」

「じゃあ誰がセブのところへ入るというのよ。あの新人は面割れしているから無理じゃない。南野君にできる？」

「もちろんです、僕がやります」

南野はシンク下の棚や吊戸棚を片っ端から探り出した。

「包丁とまな板は？」

「ないわよ」

「せっかくビーフストロガノフでも作ろうと思ったのに」

仰々しい料理名に、律子は吹きだしてしまう。南野はほっとしたように微笑む。財布をポケットに突っ込んで「買ってきます」と言う。カバンの中から書類を出した。

「読んでおいてください。作戦〈タール〉の概要です」

律子は目を丸くした。

「誰が作ったの。タールってなによ」

「セブ島があるフィリピンの活火山の名前です。鵜飼本人が考え、作りました」

「司令塔は私よ。作戦概要は私が考える」

「鵜飼はもう、決断しています」


律子は警視庁本部へ向かった。昼時だったから、昼食に出ようとする刑事、食堂の前に列を作る制服警察官の姿が見える。

律子はエレベーターを十四階で降りた。

復帰後、初めて古巣に帰ってくる。昼休みで人がいないのが幸いだった。三係へ向かう。三班のシマを改めて通路から見る。

いつも古池が座っていた上座の席は、空っぽになっている。新たな班長——律子が収まるのを、待っているようだ。

分析員の三部と柳田の席が、上座の目の前に向かい合う。二人は昼食か不在だった。かつて、律子が古池班にいたころに座っていた下座のデスクに、真奈が座っていた。書類を捲っている。

律子はその後ろを素通りし、自席にバッグを置いた。真奈が頭を上げる。気まずそうな顔に、律子は投げかける。

「おはよう」

昼過ぎだったからか、真奈は皮肉に口角をあげながら、おはようございますと言う。すぐにぷいっとそっぽを向く。上司に赤ワインをぶちまけ、グラスを投げつけて怪我をさせたことを、謝罪すらしない。

「作戦〈タール〉を読んだ」

律子は立ち上がり、南野が置いて行った概要書類を出した。A4で二十枚弱のものだった。律子はいつも作戦概要書類を百枚以上書く。古池はそれ以上のものを、たったの一晩で作ってくる。十三階の司令塔というのはそういう能力を求められる。

作戦概要は、実現可能性が高いものを作ろうとすればするほど、ページは増えるものだ。具体性を追求しディテールを詰めれば、問題点が事前に浮かび上がり、対策を練りやすくなる。そこまでやって初めて作戦に現実味が帯びてくる。

律子は書類を持って、真奈の脇に立った。わざと汚い口調で新人を罵る。

「この春に異動してきたばかりの分際で、作戦概要なんか作るんじゃねーよ。偉そうに」

真奈がぎょっとした顔をする。テロ被害者だから、なにをしても優しくしてもらえると思ったか。

「クソみたいな作戦たてやがって」

律子は真奈の口調を真似ている。アリエルで話す前まではあんなに腰が低かったのに、スイッチが入るとヤンキーかヤクザみたいな口調になる。なかなかの二面性だが、初日に見られてよかったとも思う。

「投入の現場なめんなっ」

律子は真奈の顔に、書類を投げつけた。真奈の顔にぶつかったそれは紙を跳ね上げさせながら、真奈の胸、膝、床へと落ちていく。

フロアに人はあまり残っていないが、隣の班の公安刑事が、ちらちらとこちらを見る。

「現場は命がけなんだよ！　人生かけてテロリスト捕まえてんだよ！　三流小説みたいな作戦概要を立てて、自分に酔うな！」

真奈が目を血走らせたが、反論の言葉はない。律子は隣の柳田の椅子に座った。声を押し殺し、迫る。

「こんな程度の接近でモテ男のセブを寝落とせると思ってんの？　相手は混血、ロンドン育ち、それ以前の出自はＭＩ５絡みで不明。普通の日本の男じゃない。どこにその価値観があるのかもわかっていないのに、なんだこれは！」

律子はページをめくり、真奈が記した文章を指で叩いた。

「声に出して読み上げて」

真奈は涙目になりながら、文章を読み上げた。

「北陸新幹線テロの被害者であることを晒し、その傷も見せ、同情を引く。そして心を通わせて、テロ計画を聞き出す……。場合によっては、性交渉もいとわない」

律子は敢えて無言を貫いた。真奈が言い訳する。

「見方の甘さはあるかもしれませんが、現場に入ったとき、臨機応変に対応します」

「あんた、彼氏いたことあんの」

「勿論、彼氏くらい……！」

「セックスは？」

真奈は目を逸らした。

「処女でしょ？　だよね。知ってるよ、あのテロであんたは臀部から大腿の裏側にかけて大やけどを負った。ケロイドになっているんじゃないの」

そんな体では、男性経験を豊富に積むことはできないだろう。

「経験もないくせに簡単に性交渉もいとわないなんて言うな！」

真奈は反論しない。いじけたように視線を下の方へせわしなく動かすだけだ。律子は、「こんな体にしたのはあんただ！」くらいの罵倒は覚悟していた。今日の真奈は大人しい。職場にいることで、律子との上下関係を意識しているからだろうか。

「ここはテロ被害者がいるべき場所じゃない」

律子は声音を元に戻し、言い聞かせた。

「警察官でいるのはかまわない。被害者を癒す力はあると思う。でも、テロリストの被害者だからテロを防げるとは思えない。あなたは十三階の作業員にはむいていない。いますぐ校長に辞表を出してきなさい」

律子はバッグを摑んだ。もう帰る。これだけを言いに来た。

「待ってください。それじゃ、イレブン・サインズにはどうやって――」

「私が入る」

真奈が、黙り込む。

「私がセブと寝る。あなたは自分の人生に戻りなさい」

律子は公安一課フロアを立ち去った。真奈が追いかけてくる。廊下で手を引かれた。

「アリエルでの一件については、謝りません！」

呼び止めておいて、強情っぱりだ。

「でも、それ以外のことについては、心から黒江さんに敬意を持っています。それは本当です」

真奈は声だけでなく、律子の手を握る手も震わせ、訴えた。

「そして私は、次はこの手でテロを阻止したい。無辜《むこ》の命が散るのを防ぎたいんです」

唾を一度飲み、震える声で断言する。

「セブは私が落とします」

真奈の瞳に揺らぎはない。律子が画面越しでしか見なかった3・14の現場にいたひとりの女。その光景が焼きついたであろう真奈の眼球に、律子は圧倒される。真奈が律子に書類を突き出した。

「イレブン・サインズの新たなるテロ計画が見えてきました。奴らはきっとこれを狙うはずです」

律子は書類に目を通した。ＪＲ東海新幹線がマスコミに発表したリリース書類だった。

古池は十三階の秘書官執務室で〈アオジ〉から届いたメールを、消去した。

慎太朗お気に入りのおしゃぶりがちぎれてしまい、泣いている写真と、新しく買い与えられたものを神妙な顔で口に入れている画像だった。この時の息子の顔と言ったら――。

つい、古池は口元が緩んでしまう。

同時に、妻のことが心配になる。どうやら律子は、古池と同じように遠くから息子の成長を見守る、という気持ちになれないようだ。腹を痛めて産んだ子だ、父親には想像もつかないつながりが母と子にはある。

体重は三十六キロだったと昼に南野から報告を受けたばかりだ。突然いなくなったと思ったら、本部に顔を出して真奈とやりあったらしい。

昔から直感を頼りに動き神出鬼没なところがあった。母親となり、職場では班をまとめる司令塔となった。落ち着くどころか、右往左往しているようにしか見えない。

時間が解決するだろうか――。

パソコンでメール画面を開く。ＭＩ５からの返信は今日もない。古池は急かすメールを送る。

セバスチャン・イズミに関する基本調査情報を求む――。

内線が鳴る。乃里子だ。受話器を取る。

「ねえ、ランチ行かない？」

「行きません」

古池は受話器を叩き切った。ＭＩ５が、慌てて情報を出したくなるような切迫した文面を考える。また内線が鳴った。乃里子だ。

「溜池山王のフレンチ、もう予約しちゃったのよ、二人分」

「別の方と行かれてはいかがですか」

「ランチが終わったらアメリカ大使館に立ち寄る予定なんだけど」

アメリカ大使館内に、ＣＩＡの分局がある。

「〈アメリカン・ポリス〉の件で、進展があったみたいよ」

古池は「すぐ参ります」と言い、ジャケットをはおった。


シェ・マルヤマというこぢんまりとした店だった。イライラしながら、メインの肉料理が来るのを待つ。現場の作業員だったから早食いだ。乃里子はまだスープをちまちま掬《すく》っている。律子の話になった。

「予想はしていたけど、すさまじい不安定さだねぇ」

「あんなふうに母子を引き裂いておいて、正直、私からすればどの口が言う、ですが」

「恨まないでよ、その話については黒江だって納得した。産後でホルモンバランスがめちゃくちゃになっているのもあるだろうけどね」

生理が来たと聞いた。これでバランスとやらは落ち着き、律子は元に戻るのだろうか。女の生態が、古池にはさっぱりわからない。

「産後うつは怖いよ。子を道連れにして死ぬ母親だっているんだから」

子を産み命を育む女性本来の機能を促す女性ホルモンが、翻って自己や新しい生命を脅かそうと暴走する――古池は女が生来持つ摩訶不思議な機能に、ぞっとする。

「子を手放さざるを得なかった母親の怨念は、怖いからね」

「怨念があるのなら、あなたに。お気をつけください」

「あの子が私に怨念を向けてくると思う？」

古池は店員を呼びつけた。早く肉料理を持ってこい、と。

「あの子が怨念を向ける相手はいつも、お前だよ」

古池はあっさり言う。

「我々は、愛し合っています」

乃里子はグラスの水を噴きださん勢いで、大笑いした。古池は目を細め、歯の浮くようなセリフを続ける。

「美しくあれ、醜くあれ」

乃里子は仰々しく笑う。

「傑作だよ。お前たちのラブストーリーは一流のメロドラマだね」

「でしょうね。夫婦で官僚、子供たちは東大を目指し私立の名門小学校で日々勉強と絵にかいたような退屈な人生をお送りになっている校長は、我々が羨ましくてたまらないはずだ。もしかして、セックスレスの欲求不満ですか」

いきなりビンタが飛んできた。

痛くはないし、首はびくとも動かなかったが、驚きはある。

乃里子がわなわなと肩を震わせ、席を立った。前菜とスープしかきていないのに、帰ってしまった。

どうやらこっちの『女』も、情緒不安定のようだ。

二十一時過ぎ、古池はタクシーで銀座の自宅に帰った。玄関に、ルコックのスニーカーが散らかっていた。右足の方は裏返っている。

合鍵は渡してあるので、勝手に入ったのだろう。居間の灯は消えている。寝室をのぞいた。布団がこんもりと膨らみ、定期的に上下している。すやすやと寝息も聞こえる。

「黒江……?」

「寝るには早過ぎるだろ」

返事はない。起きる気配もなかった。灯をつける。律子の瞼が灯に反応することもない。ベッドサイドに、オレンジ色の容器があった。米国の処方薬だ。側面に貼られた印字シールを見る。睡眠薬のようだ。

古池は中身をトイレに流した。米国の薬は強過ぎて、律子の小さな体に合うとは思えない。改めて日本の医者に診てもらうべきだったが、そもそも睡眠薬に頼って欲しくない。

律子の妹は精神的に追い詰められた末に、発作的に薬を大量に飲んでしまい、嘔吐物で窒息死したのだ。

古池はベッドサイドに、CIA米国大使館支局の担当者から受け取った書類袋を投げた。シャワーを浴びに行く。律子に〈アメリカン・ポリス〉の話をしようと思っていたのだが、彼女はしばらく目覚めないだろう。

シャワーから出て缶ビールを飲みながら、南野に電話をかけた。律子の今日の様子を尋ねる。

「一進一退といった感じですかね」

南野は今日の律子をそう表現した。

「東海道新幹線のリリース書類を見て火がついた様子はあったんですが……」

今日の午後、古池のデスクにも回ってきた。

『二〇二〇年七月一日　新幹線のぞみ新型車両「N700S」出発式典』

と題されたマスコミ向けの文書だ。

「当日、東京駅には数百人のマスコミ、数千人規模の鉄道マニアが集結すると予想されています。しかもこの新型車両N700S型の開発に、セブの研究室が関わっていました」

真奈が突き止めたらしい。新たなるテロターゲットの目星はこれでついたというわけだ。

七月一日まであと四週間切っている。作業員同士がもめている時間はないと、律子は真奈と協力し合い作戦〈タール〉を詰めていると言うが……。

途中、南野が口ごもった。

「なんだ。なにか問題が?」

「いえ、突然、黒江さんの態度が一変して。黒江さんのスマホにメールが届いた直後です。一旦席を外し、戻ってきたときにはもう……なんというか」

頭がまっしろ、という様子だったらしい。「なにか言おうとしても、口ごもって、考え込んでしまうんです。あとはずっと、しどろもどろです」

「メールが届いたのは、何時ごろだ？」

「十二時半ごろです」

〈アオジ〉から慎太朗の画像が届いた時刻だ。

古池は通話を切った。缶ビールを飲み干し、潰して、ゴミ箱に放る。歯を磨いて寝室へ行こうとして、廊下の壁に立てかけてあったものに足を取られた。律子のトートバッグだ。真奈の作った作戦〈タール〉に、細かい赤字が入っていた。律子も仕事の話をするつもりで来たのだろう。

古池はその書類も手に取り、寝室に入った。

律子は目覚めていた。ペタンとベッドに座り込んでいる。掛け布団は床の上に落ちていた。恥ずかしそうな顔をしている。

「ごめんなさい――あの」

「どうした。寝しょんべんでもしたか」

冗談のつもりだったが、ツンと鼻をつくアンモニアのにおいに気がついた。真っ白のシーツに、薄桃色の丸いシミが広がっていた。生理の血も混ざっているのかもしれなかった。

律子の目は完全には覚醒していなかった。壁を見て、ぼんやりしている。

「お前、シャワー浴びて来い。片付けておくから」

「はい……」

律子は、汚れた下半身を晒し、部屋を出て行った。古池はシーツをはいで、ゴミ袋に入れた。マットレスにもシミが残っていた。濡れた雑巾でふいたあと、消臭除菌スプレーをまいて、ドライヤーで乾かす。使い古しのバスタオルで覆う。予備のシーツを敷きながら、ふと、サンディエゴ時代の律子を思い出す。

慎太朗が明け方に大量のうんちをして、衣類、シーツ、マットレスまで汚してしまったことがあった。赤ん坊の便は液状で漏れやすい。寝返りを打てるようになったことで、脱糞後もゴロゴロしており、家族の寝処は汚れに汚れまくった。

古池は朝から途方に暮れたが、律子は「あらーっ、しんちゃんたら」と言っただけだった。慎太朗をあっというまに素っ裸にして、浴室で体を洗い、新しい衣類に取り換えてベビーサークルに入れた。ベッドの片づけも手早かった。洗面所で入念にシーツを下洗いし、マットレスも水拭きしたあと、バルコニーに出して天日干ししていた。小さな体で、キングサイズのマットレスを引っ張り出す――。

あの時の、エプロンをした後ろ姿が印象的だった。出産で少し腰回りが豊かになっていた。エプロンの結び目が律子の尻をくすぐっていたのを、妙に鮮明に覚えている。なにがあっても動じない、母としての芯の強さが現れていた。

いまの姿とは大違いだ。産んだ子供を引き離すというのは、母親を支えるまっすぐの芯を骨ごと抜き去ってしまうということなのかもしれない。

古池はひと息つく。ベッドに寝転がろうとして、浴室が無音であることに気がついた。

「黒江……？」

古池は慌ててバスルームの扉を開けた。律子は、湯を張っていない空っぽの湯船の中で、膝を抱えて、寝ていた。

朝六時、古池はアラームの音で目を覚ました。昨日、浴室から担ぎ出し、隣に寝かせた律子は、もういなかった。

キッチンから水の音がする。ベッドサイドに置いた二つの資料は、そこにはなかった。リビングに行く。

「先生、おはよう」

律子が笑顔で言った。昨晩の寝しょんべんも、なんにも覚えていない様子だ。

「早いな。何時に起きてた」

「四時に目が覚めちゃって。朝ごはん、食べる？」

朝食は食べない主義だ。

「食べないよねー。作ったもの、冷蔵庫入れとく。夜にでもあっためて食べて」

やけにテンションが高いなと思いながら、古池はシャワーを浴びた。部屋に戻る。律子が寝室の布団やシーツをひっぺがし、なにか探していた。

「薬か？」

気まずそうな顔で、律子が古池を見る。

「捨てた」

彼女は目を剝いた。

「なんで勝手に……！」

「飲むな」

「無理」

「ここに一緒に住めばいい。俺が支える。薬には頼るな」

律子は目を血走らせ、なにか言おうとした。いまにも罵倒が始まる顔だった。だが、今日は続かない。つと目を逸らし寝室を出た。

テレビの前のガラステーブルの前にぺたんと座り、トーストにバターを塗りたくる。

「黒江。イレブン・サインズの狙いが新型車両出発式典の可能性が高いと、南野から聞いた」

「わかっているわ。そっちは任せておいて。それより、CIAの報告書も読んだ」

話がコロコロ変わる――。いや、変えることで激情にスイッチが入らないようにしている。律子にとって睡眠薬は、慎太朗を奪われた発狂のスイッチを切る『装置』だったのだろう。それをも奪われたら、仕事に逃げて気持ちを切り替えるしかない。

古池はコーヒーを二つ入れた。どう思う、と律子に寄り添うしかない。

「〈アメリカン・ポリス〉のアジア人の方はギャンブル依存症で借金まみれ、白人の方は五人の子だくさんで教育ローン地獄。双方とも金に困っていた」

「モサドの誰かに金で雇われて、私たちのサンディエゴでの生活を調べていたのかも」

モサドは資金が潤沢だ。金に困っている相手だったら、簡単に動かせただろう。

「問題は、なぜモサドが私たちのことを調べていたか、ということよね」

律子は古池の腕を取り、すがった。

「慎太朗、本当に大丈夫？」

「問題ない。〈アオジ〉は命がけで慎太朗を守り、育ててくれる。お前が一番、わかっているはずだ」

アジトも申し分ない。慎太朗は、〈アオジ〉と、インド領アンダマン諸島にあるポート・ブレアという港町に住んでいる。ベンガル湾の東に浮かぶ楽園だが、日本人観光客は滅多に来ない。ポート・ブレアに上陸するには、インド政府の上陸許可がいる。インドにある十三階のカウンターパートは、ＩＢと呼ばれる情報局だ。日本人の上陸許可申請があった場合、ＩＢから十三階に通知が来るようになっている。

「俺たちを狙う人物がいたとしても、慎太朗には手も足も出せない。大丈夫だ」

律子は細かく頷いたが、首も傾げる。

「それにしても、なぜ、モサドが？」

「モサドが日本を相手にすると思うか？　俺たちに用があるのは、別の誰かに決まってる」

〈ウサギ〉こと、天方美月だ。

「だが、モサドと接点があるとは思えない」

美月は政治家になってまだ半年に満たないぺーぺーだ。大学時代の英語の成績は十段階評価の六だった。

「先の大統領来日の際も、立派だったのはハイヒールだけだ。通訳がいないとファーストレディと意思疎通ができなかった」

「すると、〈ウサギ〉の手先が、モサドと親しい人物ということ？」

古池は大きく頷く。

「〈ウサギ〉は、モサドの職員と良好な関係を持っている人間を、使っている」

古池はカバンから、タブレット端末を出した。顔と指紋と暗証番号、三段階認証で起動したあと、画像一覧ファイルを呼び出した。

「モサドと接触歴のある警察官、官僚、政治家を抜き出した。全部で二千人近くいる」

ほとんどが外務省の外交官やイスラエルへ外遊に出たことのある政治家だ。警察官、自衛官、海上保安官も多数、含まれる。彼らは武官として、世界各国にある大使館に書記官として勤める。

「覚えがないか、確認しろ」

律子は、スーツか制服姿の男ばかりの顔が並ぶのを見て、眉間に手をあてた。

「二千人も――顔だけでなにを確認しろというの。まずは名前や肩書から」

「肩書や氏名は俺が全部、確認した。〈ウサギ〉と繋がる者はいない。俺たちや十三階に恨みを持ちそうなのもいなかった。だが、お前がサンディエゴの雑踏ですれ違った者がいるかもしれない」

律子の反論を許さず、古池は続ける。

「お前はサンディエゴにいる間、よくできた母親だったと思う。俺は安心してお前に慎太朗を託して仕事に行けた」

律子が潤んだ目で古池を見返す。

「だが、諜報員としては全く機能していなかった。見逃していることが必ずあるはずだ」

古池はタブレット端末を律子に突き出す。

「文字情報に頼るな。お前の才能は、人より抜きんでた面識率だ。お前の無意識の中に必ず、サンディエゴ時代に見過ごしていた不審人物の顔が、インプットされている」

探せ。きっとこの中にいる。

週明けの午前中、古池は執務室でルーティンをこなしていた。乃里子が内閣府の定例会議で報告する資料の作成と、全国都道府県警察に散らばる十三階作業員の報告書の下読みだ。クソみたいな報告書は基本、校長には上げない。

インテリジェンスとは『情報』だと日本語で訳されるが、実際は違う。これにぴったり合致する日本語は、存在しない。

嘘も無駄もばかばかしい情報も含めて大量の情報を浴びるようにインプットしたあと、真実味と喫緊性があるものを、プライオリティをつけて並べたもの、それがインテリジェンスだ。

十三階の中で、地を這う虫のように細かい情報を見て上にあげるのが作業員ならば、秘書官は空を飛ぶ鳥として、それら情報の草原を俯瞰して見下ろし、適切な情報を選別して校長に届ける。

校長は決断し、予算付けする。失敗があれば首を切られる。すぐにやってくる新しいあるじのもとで、虫と鳥はそれぞれの作業にいそしむのだ。

昼前になり、ノック音がした。

「先生」

律子の声だ。声でわかると思っているのか、名乗らない。相変わらず、声音に媚びがある。律子の呼び方はどこか卑猥なのだ。

「入れ」

律子が顔を出す。書類の束を持っていた。

「作戦〈タール〉の概要がまとまりました」

早い。週末、そんなそぶりは見えなかった。来て、と律子は校長室の方へ顎を振る。司令塔らしい貫録があった。ついこの間、古池のベッドで、経血だけではなくしょんべんまで漏らしたとは思えない、理知的な目をしている。

古池は椅子に掛けたジャケットを取り、律子のあとを追った。

校長室に入った律子がプロジェクターを準備する。乃里子はソファで紫煙をくゆらせていた。古池はケーブルを接続してやった。律子は礼も言わず、前置きもなしで、いきなり始めた。作業員としてスイッチが入っている。

「作戦〈タール〉についての概要を説明します。まず、次の新幹線テロがいつどこでどの列車が狙われるのか、大体の予測がつきました」

乃里子の表情が一気に険しくなる。

「七月一日、東海道新幹線のぞみの新型車両がデビューします」

N700S型と呼ばれるものだと律子が改めて説明する。

「これは東海道新幹線では十三年ぶりとなるフルモデルチェンジです。式典は東京駅で行われますが、当日は東京駅ホームにて来賓やマスコミを招いての記念式典が行われます。北陸新幹線開業日に近い混雑が予想されています」

古池は眉をひそめた。

「この記念式典を狙うという情報を得たのか?」

「この新型車両の開発に、セブの大学院の研究室が関わっていることがわかりました」

古池は思わず舌打ちする。これは本格的にまずい。乃里子の眉間の皺がますます深くなる。

「私がかつて口にしたことが実現しそうだね」

律子の表情も厳しい。

「私が怪しいと睨んでいるのは、新幹線車両の客室床下です」

Ｎ２００Ｓ型は、新幹線車両としては初となるバッテリー自走システムがついているのだという。

「停電時に作動するためのバッテリーであり、このバッテリーは客室の床下に格納されています。この格納を可能にしたのは、車両床下の機器の小型・軽量化に成功したからであり、セブの研究チームはこの台座と客室床下の間にある精密機器の小型化の研究に携わっていました」

古池の額に冷や汗が浮かぶ。

「製造途中に爆弾を床下に紛れ込ませていたら、防ぎようがありません。警察が新幹線の床下を破って爆弾の有無を確認することは大きなハードルです。つまり、セブは警察にどれだけ警戒されたとしても、新幹線を爆破することが可能です」

乃里子が書類を捲り、先走る。

「現在この新型車両は川崎市内の京浜車両工業株式会社が製造中となっているが？」

「いまのところ、セブの出入りはありません」

古池が警戒する。

「セブがこの開発に携わっている以上、顔パスでこの工場に入れるはずだ。いつ爆発物を設置するのか予測できない以上、早急にイレブン・サインズへ投入が必要だ」

乃里子が頷きながら、律子に問う。

「誰を投入する」

「鵜飼真奈を」

古池はすぐさま却下した。

「無理な話だ。彼女は尾行に失敗して面が割れている」

律子は無言で白い壁に動画を再生する。乃里子がすぐさま目を逸らした。

「これは鵜飼真奈が3・14に巻き込まれ、金沢市民病院に搬送された直後の映像です」

真奈は担架の上で、ぼろをまとっている。爆風で衣類が焼け落ちたのだろう。うつ伏せ状態だ。顔は煙で黒い。涙とよだれと鼻水の痕が、白く光る。もともとどんな髪型をしていたのかわからない。髪が右上になびき縮れて固まっている。

肩に衣類がかぶさり、左脇からブラジャーのようなものが垂れていた。背中は赤く腫れている。腰から下は皮膚が裂け、めくれあがっていた。

「お母さん……お母さん……」

動画の中の真奈はうわ言のように、母を呼び続けている。患部の洗浄が始まった。真奈は目をひん剝き、絶叫して暴れた。

律子が動画を停止した。

「新幹線爆破テロを企てているセブがこれを見て、なんとも思わないはずがない。七月一日まで時間がありません。テロは決して許されるものではないと躊躇させるに十分な傷が、彼女の体に刻まれています」

躊躇させ時間を稼ぎたいということなのだろうが、乃里子は納得しない。

「鵜飼はセブに面割れしてる上に採めているんだよね。いきなりこの動画を持っていって、〝私こんなに辛い目にあったのよ〟と演説させるのか？」

律子は別の動画を再生させた。

他の重傷者の治療映像だった。乃里子は「やだもう……」と顔を覆う。古池は見たが、早く終われ、と思わずにはいられない。

その重傷者は、顔面崩壊していた。髪はなくなり、鼻も唇も失い、三つの穴がぽっかり開いているだけだ。右目からは眼球が飛び出している。死んでいるのではないかと思ったが、呼吸器をつけている。看護師たちが爛れた全身に次々とガーゼを張っている。治療しているということは、生きているのだ。

「彼女は小林《こばやし》美咲《みさき》さん、当時二十三歳です」

未来ある若い女性だった。古池は絶望的な気持ちになる。重軽傷者五百六名の詳細をよくは知らない。誰かに把握しろとも言われなかった。避け続けてきた。自分が指揮を取っていた作戦の失敗の末の犠牲者なのだ。

律子は、見つめ続けてきたのだろう。

あのテロのあと、律子は公安四課資料室に異動になった。資料の管理をしながら、テロで生き残った人々のその後を追っていたのかもしれない。

今朝まで、律子は弱くなったと思っていた。

違う。やはり、強い。

律子は、小林美咲がテロに遭う前の画像を表示した。履歴書の証明写真のようで、リクルートスーツ姿だった。おかっぱ頭で小粒な感じが愛らしい女性だ。

「彼女は毎夕テレビのADでした。北陸新幹線の開通の様子をお茶の間に届けるため、当日、ホームでカメラマンの横に控えていました。爆心地から二メートルの場所です」

左目から眼球が飛び出してしまったのは、テレビカメラの直撃を左側頭部に受けたことが原因だという。

「彼女は、いま？」

古池はいたたまれなくなり、尋ねた。

「二〇一八年に亡くなりました。鵜飼さんの火傷は全身の三十パーセントで、皮膚移植ができましたが、美咲さんは移植できるだけの健全な皮膚が殆どなかったんです」

皮膚培養の末の移植を繰り返すという長い治療生活の末、六十七回目の皮膚移植のあと、容体が悪化した。

「やがて敗血症で亡くなりました。享年二十七です。彼女を使います」

最後の言葉に、古池は目を眇める。こんな悲惨な死に方をした女性を『使う』。

これが黒江律子という女の本質だった。

押し黙っていた乃里子が、ゆっくり目を上げた。目を細め律子を見る。

「どういうことかしら？」

「鵜飼真奈の名前は使いません。彼女を小林美咲に見立て、フリージャーナリストとして、イレブン・サインズに投入します」

つまり——古池は声がかすれた。咳払いし、確認する。

「キャンパスでセブに付きまとっていたのは、公安ではなく、ジャーナリストの小林美咲？」

「ええ。取材でセブに話を訊こうとしていた、ということにします」

律子は画像を切り替えた。白衣姿の、痩せこけた男の顔が出てくる。

「セブと同じ機械システム工学の研究室にいる牧村室長です。セクハラ気質があり、調査によるとパワハラもひどい」

差別主義者で、外国人とのハーフのセブを毛嫌いしているらしい。機械工学の世界では名のある人物だ。N200S新型車両で成功した、車両精密機器の小型化に関する技術開発の中心人物といっていいだろう。

「彼をどうすると？」

「中国に日本の最新の新幹線技術を売っている産業スパイに仕立て上げようかと」

乃里子は腹を抱えて笑った。

「なるほど。小林美咲はフリージャーナリストとして、彼を追っていた？」

「ええ。室長の情報を得るためにセブに近づいたが、セブは公安と勘違いして追っ払ってしまった――という筋書きです」

乃里子が煙草を挟んだ手の親指で顎をかきながら、古池を見る。

「どうする？　先生」

「入り方は悪くない。すこぶるいい。だが、鵜飼は投入作業員としてはまだまだ未知数だ。小林美咲というジャーナリストをどこまで演じきれるか――」

「私が鍛えます」

「具体的に」

「一週間ほど合宿をします。小林美咲の生まれ育った群馬県高崎市で、彼女の人生を追い、鵜飼さんの中に小林美咲の魂を吹き込みます」

古池が口を挟もうとしたところで、律子が次の画像を示した。

ひとりの警察官僚の顔がアップになる。警察制服を着ている。古池には古い写真だとわかる。もう退官している警察官僚だった。

「高崎に滞在するのは、この男のことについても調べさせていただきたいからです」

古池は乃里子を見た。

乃里子には、事前に知らせていない。

この警察官僚は、古池が〝モサドとの接触歴がある人物〟として、リストアップしたうちの、ひとりだ。

乃里子は煙草をすりつぶしながら、呑気な顔で尋ねた。

「佐倉《さくら》先輩だね。彼がどうしたの？　都庁に出向後、三年前に退職したはずだが」

佐倉隆二《りゅうじ》、四十五歳。半年前まで東京都の副知事をやっていた。都知事に気に入られ、抜擢された四人のうちの一人だ。退職して副知事となれば、当然、政治家への転身を視野に入れているのがわかる。

「彼は平成二十年、三十三歳の時、外務省に出向。在イスラエル日本大使館の一等書記官として、二年を過ごしています。当然、モサドと密接な関係を築いたことでしょう」

だから古池はリストの中に佐倉を入れた。律子がそれに反応を見せた、というわけだ。

「私、サンディエゴで彼と会っています。ファッション・バレーというショッピングモールで二度、彼とぶつかりました。フェラガモの靴を履いていました」

「官僚らしいチョイスだね」

乃里子がおもしろくなさそうに笑った。古池は尋ねる。

「元警察官僚だとその場で気づかなかったのか？」

「申し訳ありません。佐倉元警視正とは接点がありませんでしたので、ピンと来なくて」

神妙な様子の乃里子に、律子は訴えた。

「挽回させてください。佐倉隆二も、群馬県高崎市出身なんです。彼の過去と現在を徹底的に洗い、〈ウサギ〉との接点を探ります」

乃里子は煙草を灰皿にすりつぶし、きっぱりと言った。

「ダメだ」

律子が眉を上げる。古池は黙って乃里子の様子を観察した。

「元警察官僚の内偵など、現役警察官僚の私から許可できるはずがない」

「相手が敵だとしても、ですか」

「敵ではないから言っている」

「敵ではないと断言できる根拠は？」

律子の視線から逃れるようにして、乃里子は古池に言った。

「女の直感」

もう終わりだと言わんばかりに立ち上がる。昼食の時間でもないのに、乃里子は出ていってしまった。律子が困惑気に古池を見た。

「――校長、変ですね」

「最近おかしい」

「なにかあったんですか？」

「引っぱたかれた」

律子がぶっと噴き出した。古池はぴしゃりと命令する。

「黒江。佐倉を徹底的に洗え。責任は俺が取る。遠慮せずにやれ」


律子はハンドルを左へ切り、関越自動車道を前橋ＩＣで降りた。国道17号に出たところで、高崎白衣観音が見えてきた。

「うわー。山に降り立った宇宙人、みたいな」

助手席に座る真奈の罰当たりな感想に、律子は苦笑いする。捜査車両の運転は基本、下の階級の者がするが、今日は長距離だ。埼玉県の高坂サービスエリアで運転を代わった。

サービスエリアからの本線合流で律子はなかなか車線に入れず、ギリギリでえいやとハンドルを右へ切った。かなり車がぶれて、真奈は悲鳴をあげた。

「米国にいたときは、車の運転、大丈夫だったんですか」

「全然大丈夫じゃない。自損事故起こしちゃって、私専用の車は取り上げられちゃった」

「ＣＩＡに？」

「ううん、先生に。あいつが助手席でとにかくうるさいのよ」

真奈が缶コーヒーを飲み、けらけら笑う。

「想像つかないです。先生なら助手席で腕を組んで、ぐっと堪えてそうですけど」

「全然。姑もよくしゃべるのよ、また」

律子は軽口をたたくのをやめた。北陸新幹線の陸橋が見えてきたのだ。かがやきの下り列車が横切っていく。

陸橋をくぐったあと、真奈は缶コーヒーをホルダーに戻し、改まった様子で言った。

「あの──アリエルでのことなんですけど」

「もういいわよ」

「もちろん、謝りませんよ」

でも、と真奈は真剣に続ける。

「理解というか、納得感はありました」

律子は自分の分のミルクティを手に取った。

「先生とは、そのころからお付き合いが？」

「付き合う一歩手前くらい」

「うわぁ……。男女が一番難しいときじゃないですか」

そんな微妙な関係性の中、好きな人が監視している先で、作戦のために別の男に足を開く──。

「普通は無理ですよね」

律子は飲み物を口にする。ゴクゴクという音が妙に頭に響く。

「最初はやっぱり無理だったんだ、ってほっとしたというか。黒江さんが戻ってくるまでの二か月間、あちこちから黒江さんのいろんな噂を聞いていたんです」

「十三階のモンスターとか？　オスを食うメスのカマキリとかだっけ？」

律子の自嘲を真奈が真面目に受け止める。

「超ヤバい人だと思ってたんです。でも、自分だったらどうしただろう、とも考えて」

真奈がまたホルダーに手を伸ばした。缶コーヒーを持つ手が、少し震えていた。

「同じようなことをしただろうと思うんです。最初は拒んでしまう。でもそのせいで、テロが起こった。あんなの目の当たりにしたら、身も心も全部、テロを阻止するために捧げるしかないです。黒江さんは怖い人だって教えられていたけど、正直、理解できてほっとしたと言うか」

律子はなぜか、下腹部が落ち着かなくなった。子宮に疼きを感じる。あの時、古池が監視しているとわかっている秘撮カメラの下で、テロリストとセックスをした。古池は猛烈に怒り、嫉妬したが、それを乗り越えてからは狂おしいほどに律子を求めるようになった。

今日から一週間、真奈と高崎に滞在する。古池の自宅には行けない。今朝、律子は古池と二回もセックスをしてきた。昨晩もした。今朝二度目を求めたときには古池はすでにへばっていた。勘弁してくれとぼやき、勃起してもすぐにしぼんでしまって射精に至らなかった。古池はそれを少し気にしていたようだった。朝食のあと、三度目を求めたら「俺はお前の性のはけ口じゃない！」と激怒した。

律子の子宮も、怒っている。どれだけセックスをしても、頂点が何度来ても、愛する人の精液は一滴も入ってこないのだから。

赤ちゃんを。

慎太朗を、抱っこしたい。

乳首の先がまた痺れる。本当は、セックスがしたいんじゃない。慎太朗を抱きしめ、お乳をあげ、オムツを替えて、体を洗い、添い寝してやりたいだけなのだ。

真奈がなにか話しかけていた。律子ははっと我に返る。聞き返した。

「いえ――山道の運転はスムーズだなって」

すでに県道28号に入っていた。榛名山《はるなさん》の中腹を走っている。

「山に囲まれたところで育ったからね」

「上田でしたっけ。そういえば帰国後、帰られました？」

律子は首を横に振った。

「母の様子を見に行かなきゃならないんだけどね。私のいまの状況をとても話せないし。母とはもともとあまり仲が良くなくて」

真奈が遠慮がちに、首を傾げた。

「私、パパっ子だったのよ。父親にはめっぽう可愛がられてた。三姉妹の真ん中で、勝気な性格でね」

父は跡継ぎの男の子を欲しがっていたから、そんな律子を頼もしく見ていた。選挙遊説も、おっとりした姉ではなく、ビラまで配ってしまう律子を連れていった。

「小学生でビラ配ってたんですか」

「お父さんをお願いしまーす、ってね。子供をだしに使っていると批判する大人がいたら、好きでやってるって、生意気に言い返してた」

母はそんな律子を苦い目で見ていた。女は一歩下がるべきだ、と――。

「真奈ちゃんのところは？　ご両親とはどんな感じだったの」

「母とは、超絶仲良しでした」

真奈は強い口調で言った。真奈の母親はあのテロで亡くなっている。

「父の影がすごく薄い家庭で育ったので。母は、絶対的な存在でした」

ジェーン・シーモアを彷彿させる妖艶な美人で東京大学経済学部出の才色兼備だったという。大手銀行の総合職に就きトレーダーをしていたが、結婚と出産で現場を退き、全力で愛してくれた――。テロで突然奪われた命だからなのか、真奈は臆することなく、母親を絶賛する。律子への当てつけではなく、母を無心に崇めているふうだった。

榛名神社に到着した。

奇岩が境内の屋根を覆っている。荘厳な空気漂う立派な神社だった。榛名山の山頂にも近いせいか、涼しい。観光客もたくさんいた。

律子は真奈と並び、神前に祈願した。

作戦〈タール〉の成功を。

「ついでに、榛名湖の方まで登ってみる？」

榛名湖は、榛名山山頂にあるカルデラ火口原湖だ。車で十五分ほどで到着する。桟橋が幾本も伸びて、湖面にスワンボートがいくつか見えた。小学生くらいの兄弟と、抱っこひもで乳児を抱えた母親が、桟橋でチケットを買っていた。父親が子供たちをスワンに乗せ、幼子を抱いた妻の手を取ってやっている。

「気持ちがいいですね」

真奈が隣で、湖の写真を撮っている。律子もスマホのカメラを湖に向けた。フレームの中にその一家を入れる。素敵な光景だと思ったのだ。古池に送信した。今朝のことを謝ろうと、『先生ごめんなさい』とメッセージを添えて。

山道を下っていると、古池からしつこく着信があった。運転中なので出られない。県道28号に戻ったところで、路肩に停車し、古池にかけ直した。古池は、律子が榛名湖に身を投げるのかと思ったらしい。安堵のため息を漏らしたが、悪態もつく。

「くそ。引き返せない」

心配で、車を飛ばして榛名湖に向かおうとしていたらしい。

「ついさっき、関越道に乗ったところだ」


榛名山を下りた。住宅地にある寺に向かう。小林家の墓前で手を合わせた。小林美咲の両親の名前も、墓石に彫られていた。母親は、美咲の死後一年経たず、後を追うように亡くなっている。娘の壮絶な全身やけど治療を、母親は全力で支え、力尽きたのだ。その半年後には父親も亡くなっていた。小林美咲一家の基本調査は、群馬県警の十三階作業員に頼んだのだが、父親は自殺と報告を受けている。

「私は一体、何人の人生をめちゃくちゃにしたのかしら」

律子はぽつりとこぼした。真奈がはっとした顔で、一歩、律子に近づいた。律子を気遣うように背中に手を伸ばそうとして、直前でひっこめる。なにも言わなかった。

それだけだったが、真奈の思いやりを感じる。律子は泣きそうになった。

最初はあんなに反発したのに、いまは律子の贖罪に寄り添ってくれている。

墓地を出るころ、古池から「高崎に着いた」という連絡が入った。引き返すのも面倒だし、せっかくだから佐倉隆二の素性を地元で確かめたいとも思ったようだ。

真奈に佐倉の話はできないので、別行動だ。

律子と真奈は昼食のあと、小林美咲が通っていた高崎市内の小中学校を回った。高校も地元、高崎第一高校を卒業していた。群馬県屈指の名門進学高校だ。総理大臣を二名も輩出している。

律子と真奈は事務室に赴いた。背後には、歴代総理の写真が二つ飾られていた。律子は令状を出す。真奈は小林美咲が載る平成二十一年度の卒業アルバムを受け取り、応接室で全ページの撮影を始めた。本人の顔写真だけでなく、クラスページ、寄せ書きなども、本人の人となりを知るために見ておく必要がある。ちらりと見たら、小林美咲は寄せ書きにこう記していた。

『タカちゃん、アキ、ヨーたん！　マジで楽しい三年間!!　仲良し四人組フォーエバー』

美咲の親友と思しき三人は、彼女の非業の死をどう受け止めたのだろう……。

小林美咲の生涯を辿るということは、必死に蓋をしてきた自分の傷を抉ることだと気づく。いや――律子はこの3・14の失敗を糧に、十三階という組織で生きてきた。自分がどこか、犠牲者たちの血を吸って生き延びる卑しい妖怪のようにも思えてきた。

古池からのメールで、ハッと我に返る。

『着いた』

律子は「作業しててね」と真奈に言い、事務室へ引き返した。廊下を歩きながら、必死に罪悪感を心に押し戻していく。もう一枚の令状を懐から出す。こちらは上官の印がもらえる状況にないので、偽造だ。

佐倉隆二に関するものだ。佐倉もまたこの名門校を卒業している。古池も高校に到着しているようなので、電話をかけようとした。

事務室の窓口を前にして、律子ははたと足を止めた。背筋が粟立つ。

いた。

本人だ。

窓口に肘をつき、事務員と話をしている。佐倉も律子に気がついた。しれっと目を逸らし、踵を返す。校舎を出て行った。フェラガモの靴が校庭の砂を蹴る。

律子は本能で追っていた。いま直接追っていい相手なのかわからないが、逃げるなら追うべきだ。すぐさま古池に連絡を入れる。偶然にも古池が高崎にいてくれて、運がいい。

「校内で佐倉と鉢合わせた。逃走してる。いま、追いかけているけど――」

「捕まえるぞ」

古池は言った。彼はいま正門にいるという。

「サンディエゴで尾行した理由を聞きだすぞ。挟み撃ちにする。校内のどこだ」

佐倉が校舎の裏へ回る。駐車場だ。

「あちらも車みたい、校舎裏の駐車場へ走っていく！」

律子も校舎の裏側に回った。佐倉は駐車場を走り抜けていく。ポロシャツにチノパンという姿に、フェラガモの靴が光る。身長がかなり高く、ひょろりと細い。かかしが棒の手足を振り回して走っているようだった。

裏門の前に、タクシーがハザードを出して停まっている。律子は古池と繋がったままのスマホに叫んだ。

「裏門前のタクシーよ！」

タクシーの色と会社名、車種、ナンバーを読み上げたあと、律子は捜査車両に乗った。

フロントガラス越しにタクシーが発進するのが見える。佐倉が身振り手振りで運転手を急かしていた。

タクシーが急ブレーキを踏んだ。佐倉が後部座席でつんのめる。タクシーに正面衝突する勢いで突っ込んできたのは、黒いレクサス、警察庁の車だ。古池が降りてくる。

律子はハンドルを切り、別の出入口から駐車場を出た。タクシーがバックして逃げないように、すぐ後ろに停めて挟み撃ちにする。

古池が激しくタクシーの後部座席の窓を叩いている。扉を開けるように怒鳴っていた。タクシー運転手はトラブルを察したのか、開けようとしない。古池は警察庁に出向中の身だから、警察手帳を持っていない。律子は車から出て援護しようとした。

「開けろ、撃つぞ！」

古池はジャケットの下に収めたホルスターから、けん銃を取り出した。

やり過ぎだ。米国に半年住んでいたころの感覚がまだ抜けていないのだろう。あちらで見知らぬ人が滞在場所の扉をノックしたとき、古池は必ずけん銃を抜いて構え、警戒しながら扉を開けていた。妻子を守るためだった。

タクシーの後部ドアが開いた。古池はけん銃を右手に握ったまま、佐倉のポロシャツの首根っこを掴み、車から引きずり出そうとした。佐倉は「やめろ、なんのマネだ」と助手席のシートにしがみついている。

「あんたは一体、誰だ！　一体なぜ――」

もやしのような体の佐倉が、古池に抵抗できるはずもない。佐倉は引きずり出され、あえなくレクサスの後部座席に放り込まれた。

律子はタクシーに近づく。後部座席の扉から、警察手帳を示した。

「お騒がせしております、警視庁です。逃走犯の逮捕執行中です。地元警察への通報はご遠慮ください」

タクシー運転手が声を荒らげた。

「うそでしょ、佐倉さんがなにしたっていうのよ！　あの人は元警察官僚でしょ！」

彼の素性を知った上で、乗せていたのか。下手なことを言ってしまった。黒のレクサスが立ち去るのを横目に、律子は説明する。

「申し訳ないのですが、捜査に関することは口外できません。佐倉氏とお知り合いですか？」

「知り合いもなにも、ここで佐倉先生を知らない人はいないよ」

律子は眉をひそめた。なぜ「先生」と呼ぶのだろう。

「失礼ながら、先生……？　別の方と間違えてらっしゃいませんか」

「私は高崎市民ですよ。佐倉さんを見間違えるはずがない。将来の総理大臣と期待されている方で、市の広報誌やタウン誌なんかでも頻繁に取り上げられているんですよ」

タクシー運転手は得意げに言って、高崎市出身の総理大臣の名前を出した。

「佐倉氏は元官僚で最近まで副都知事。政治家ではないですよ」

副都知事は選挙で選ばれるのではなく、都知事が任命する役職だ。政治家とは言わない。

「近い将来、国政選挙に出馬するはずですよ。絶対」

「本人が言ったんですか?」

「謙虚な人だから、そんなことは口にしないけどさ。でも、秘書官になる予定だとは言っていましたよ」

——秘書官。

「いよいよ国政の道への下準備ですよ。遅かれ早かれ、出馬するでしょう。スタートダッシュできるように、後援会を作らなきゃと地元は大騒ぎだったんです」

待ってくれ、と律子は話を止めた。

「なんの秘書官ですか」

「だから、総理大臣の秘書官ですよ!」

律子はぽかんとしてしまう。

「どの総理大臣ですか?」

「天方総理大臣に決まってる!」

小林美咲の卒業アルバムの確認を終えた真奈を、律子は滞在先のホテルまで送った。

「急用で東京に戻る。明朝までには迎えに行くから、休んでいて」

ホテルを出た。

東京ではなく、再び榛名湖畔に向かう。二十二時過ぎに到着した。古池が「佐倉とはここで決着をつける」と指定してきたのだ。昼の光景とは一変し、湖畔はうすら寒い暗闇が広がっていた。悠然とそびえて見えた榛名富士は暗闇に溶けている。曇り空のせいか、星も月も見えず、湖面は闇だけを反射する。

古池は北側にある桟橋に立ち、律子を待っていた。

「佐倉は？」

古池が、桟橋脇に並ぶボートを顎で指した。フィッシングボートの他、ドーム型の屋根がついたワカサギ釣り用のボートもあった。

佐倉はドーム型ボートの固定椅子に座らされていた。口と目をガムテープで塞がれ、鼻で必死に呼吸している。鼻息による湿気か、鼻水なのか、口を塞いだガムテープは湿って雫が垂れていた。

古池はボートの船外機エンジンをかけた。こんな時間にレンタルボートの従業員の姿はない。勝手に借りているようだ。

律子は「ちょっと」と古池の腕を引き、桟橋に立つ。反対側にはスワンボートがずらりと並ぶ。暗闇の中で見ると大きな瞳がグロテスクだ。

律子は、タクシー運転手から聞いた話を伝えた。

「天方総理の秘書官だと!?」

古池が叫んだ。律子はボートの方を見る。声が聞こえたのだろう、佐倉の肩がピクリと動く。

「サンディエゴで私たちに佐倉を差し向けたのが、天方総理本人だとしたら――」

律子はつい、声を震わせる。天方総理の依頼のために働き、儀間を殺害することになったのだ。あれがなければ美月と対立することはなかったし、律子は出産直後に逃避行などする必要がなかった。

「ありえない。天方総理は俺たちの米国での生活を援護してくれた存在だ。CIAが全力でバックアップするように、直接CIA長官に電話をかけたほどなんだぞ」

そもそもスパイを送り込まずとも、総理は律子たちの居場所や偽名を知ることができる立場だ。

「総理大臣には政務秘書官と事務秘書官がつく。佐倉は、政務秘書官就任で間違いないか？」

古池が確認してくるが、いまの段階ではよくわからない。

政策のアドバイスをする事務秘書官は現役官僚が務めるのが慣例だ。一方の政務秘書官は、日常生活や家族の世話、選挙の準備まで、首相の私生活ごと面倒を見る。総理の座を退いても側近として仕え続ける存在だ。

「とにかく、尋問だ」

律子は古池に続き、船に乗り込んだ。佐倉が尻を落ち着きなく浮かせ、首を方々に向けて、もごもごとなにか言う。両手を後ろ手にガムテープで拘束され、足首も固定椅子の脚に縛り付けられていた。

ボートが走り出す。古池が船外機の向きを変えながら、方向を定める。佐倉が喉から高い音を出し、息を荒くする。律子は彼を落ち着かせようと、その脇に立って肩を抱いた。

「全部話してくれたら、危害はくわえない」

佐倉は律子の胸のそばで、首をイヤイヤと横に振る。癖の強い髪には白髪が混ざっている。官僚というより、気難しい芸術家のような頭だ。古池はよほど乱暴にガムテープを巻いたのだろう、ずれたカツラのように髪が浮き上がる。

湖の真ん中にきた。古池がエンジンを止める。船は惰性で進み、やがて浮かぶだけになった。心臓や血流の音まで聞こえそうなほど、静かだ。

律子は古池を佐倉の背後に立たせた。まずは律子が尋問だ。佐倉の髪を撫でてやり、言い聞かせる。

「いまから顔のガムテープを取る。叫んだり逃げようとしたりしないで。叫んでもここには誰もいないし、小さい船なの。逃げようとして船から足を踏み外したら、湖に落ちる」

佐倉はガクガクと大袈裟に頷く。

律子は目のガムテープをいっきに剝がした。粘着面に巻き込まれた髪が大量に抜け、佐倉がくぐもった悲鳴を上げる。眉毛とまつげもかなり抜けたようだ。痛そうに目をつぶったあと、恐る恐る、目を開ける。律子は肩に手を置いて正面から言い聞かせる。

「怖い人が後ろにいる。暴れてはだめよ」

古池が腕を組んで憮然と佐倉を見下ろしている。ジャケットを脱いでいた。ホルスターとベレッタが丸出しだ。一枚脱いだというのに、体は大きくなって見えた。

律子は、佐倉の口のガムテープを、ゆっくり剝がした。

佐倉の第一声は、数字だった。

「０９０２４０３××××！」

携帯電話の番号のようだ。何度も繰り返す。そこに電話をかけてくれればわかる、とでも言いたげだ。

律子は困惑し、古池を見る。古池が背後から、佐倉の脳天に言う。

「校長の電話番号だな」

「かけてくれ。藤本君に！　彼女は事情を知っている、いますぐ電話をかけてくれ！　そうすれば、誤解だとすぐにわかる」

律子は、佐倉の調査を許さなかった乃里子の反応を思い出す。古池がけしかける。

「校長はお前のことなど知らぬ様子だった」

「当たり前だ！　私がなぜこんなことをしているのか、彼女は口が裂けても言えるはずがない」

「こんなことって？」

律子は尋ねる。佐倉は肩で呼吸し、一度、口を閉ざした。

「――私の口からも、言えない」

律子は立ち上がり、古池と場所を代わった。佐倉が慌てふためく。

「違うんだ、言えないが、私は君たちの味方だ！　私は十三階の――」

古池はホルスターからベレッタを抜いた。

「口が裂けても言えない？　口が吹き飛びそうになったら言うか？」

古池はカートリッジの中身を確認し、再び、装填する。ベレッタの安全装置を解除した。佐倉は涙を流し、懇願した。

「頼む、信じてくれ。殺さないでくれ。私は藤本君に頼まれて――」

「なにをしていた？」

「スパイだ。君たちと、同じだ」

「都政はどうした。残り三人の副知事に執務を丸投げか？」

「副知事は辞した。お前たちの上官に頼まれて――」

「校長に頼まれて都政を放り出し、俺たちをサンディエゴまで付け回して内偵していた？　モサドを使い、サンディエゴ警察を買収までして？」

「それは違う、彼女を守るためだった」

佐倉が顎で指した相手は、律子だった。律子は思わず佐倉の髪を後ろから掴み上げた。自分の方を向かせる。

「現地で私だけでなく、息子の偽名まで暴いて付け回しておいて、守る？」

「本当だ！　サンディエゴ警察は、君たちの護衛のためにつけていた。だが、夫婦喧嘩が過ぎると報告を受けた、男の方がいまにも手をあげそうだと。藤本君から彼の凶暴さを聞いて知っている」

佐倉が一方的にまくしたてる。古池を糾弾しているような言い草だ。

「彼が何人殺してきたかも知っている。情報提供者の女の体を散々弄び支配した挙句、部下の射撃訓練用の的に使って射殺し、新島の砂浜に埋めただろう！」

古池が肩をすくめ、律子に言う。

「榛名湖のど真ん中まで連れてきて正解だったろう？」

視線を佐倉に移し、古池が続ける。

「陸でそんなこと叫んでみろ、即座に射殺したところだ」

佐倉が喉を震わせた。目を閉じ、念仏のように繰り返す。

「信じてくれぇぇ……私は、味方なんだ」

「天方総理の政務秘書官になる話は」

ぞんざいに古池が問うた。佐倉が頷く。

「それも、藤本君が考えた作戦の一環だ」

「目的は?」

「だから、言えない!」

古池が佐倉の尻ポケットから、彼のスマホを抜いた。指紋認証ボタンに佐倉の親指を当て、起動する。発着信履歴を見る。

「笑えるな。確かに校長の番号もある。だがそれ以上にあるのは?」

古池が画面を律子に見せた。

天方美月。

鼻をつく刺激臭がした。アンモニアのにおいだ。ぽたぽたと、水が垂れる音もする。

佐倉は失禁していた。チノパンの股間部分がまあるく濡れていく。フェラガモの靴にも、尿が垂れていた。

「わかった。言う。私は藤本君に頼まれ、天方総理を内偵している」

律子は絶句した。

古池も呆気に取られた様子だ。

十三階が、絶対的な忠誠を誓う総理大臣に、スパイを差し向けていたというのか。なぜ警察を去った人間が協力しているのか。

「校長がこんな危ない橋を渡っているのは、他でもない、お前たち二人のためだ……！」

押し殺すような声で、佐倉が言う。

「〈ウサギ〉は、手ごわいぞ」

十三階だけが使う、美月の符牒を佐倉は知っている――。

総理は気づかない、と佐倉が嘆く。

「結局は彼女を、過激な左派政治家としては見られない。か弱くはかない娘としか認識できない。だから私は総理と〈ウサギ〉が近づきすぎないように政務秘書官となった。またその役職から、総理の家族をお守りするという名目で、〈ウサギ〉とも連絡を取り合って、その動向を監視している……！」

全部お前たちのためなんだ、と佐倉は繰り返す。一方で否定もした。

「いや。〈十三階の血〉のためだ」

慎太朗――。

「恋人を奪われた挙句に殺された女の恨みは、凄まじいぞ」

佐倉の目が、律子をとらえる。

「〈ウサギ〉は、恨みを晴らすためならなんだってする。お前たちが最も大事にしているものを狙うに決まっている。死んだということにしているらしいが、誰がそんな都合のいい話を信じる。本当は生きて、どこかに匿われているんだろう？」

佐倉が目を血走らせる。古池だけでなく、律子もまた、否定も肯定もしなかった。少なくとも、乃里子は佐倉に真実を教えていないようだ。あくまで、慎太朗の生存は〈アオジ〉を含めた四人だけの秘密としている。

前のめりだった佐倉が、身を引いた。

「いいさ。私に真実を言う必要はない。私も、君たちの子供の居場所を知りたいとは思わない。トラブルに巻き込まれるだけだからね」

だが、と佐倉が再度、身を乗り出す。

「〈ウサギ〉は方々に手を尽くし、血眼になって探している。〈十三階の血〉を」

佐倉は目を血走らせ、明言する。

「古池慎太朗の行方をね」

第四章　初恋

古池は自宅で朝刊を捲りながら、先週の校長室での乃里子とのやり取りを反芻していた。

「校長。ご自分がなにをなさっているのか、おわかりか」

「なんのこと」

「佐倉のことだ」

現役総理大臣のもとへ、その配下にある組織の幹部がスパイを送っていたなど、口が裂けても言えない——佐倉の言葉だ。古池もそう思う。

乃里子は真っ赤な口紅が塗られた唇を歪ませて、自嘲した。

「バレたの。それで？」

「それでというのは——」

「私の口からなにを言わせたい？　顔に似合わず、無粋な男だね。そんなことより、七月一日の新幹線新型車両出発式典まであと半月しかないぞ」

話はそれで終わった。

終わりにせざるを得なかった。

サンディエゴでの不可解な一件はこれで片がついた。

佐倉が律子をつけていたのは、護衛のため。一人では限界があるため、サンディエゴ警察を頼った。佐倉は米国の官僚や政治家にコネがないから、縁のあるモサドを頼り、サンディエゴ警察を動かしていただけのようだ。

古池と律子の帰国後、佐倉は総理大臣をスパイしていた。恐らくは乃里子から「古池夫婦がお前を疑っている」とでも忠告を受けたのだろう。母校で自分の情報を出さぬようにお願いに行ったところで、律子と鉢合わせしてしまった。

佐倉は味方だ。それは理解した。

問題は、古池や律子が想像していた以上に天方美月の行動が凶暴化していることだ。慎太朗を狙っていることを、乃里子は知っていたのだろうが、敢えて言わなかったのだろう。古池や律子を動揺させてしまうからだ。

目下、十三階はイレブン・サインズが七月一日に画策している可能性がある新型車両の出発式典テロの阻止もある。まずはこの若い組織を叩きつぶした後で、校長は本格的に美月と対決するつもりだろう。イレブン・サインズの件に部下を集中させたいのだ。

古池はコーヒーを飲み、新聞に目を落とす。

四面の下の方に、読む者への配慮が一切ない文字の塊がある。

首相動静だ。

主要全国紙の全てに、この欄が設けられている。何時何分に自宅を出て総理官邸に着いたとか、何時何分にどこの誰が尋ねてきて何時何分に退室したとか。総理大臣が自宅に帰るまでの行動履歴が、掲載されている。

天方総理に直接、問いたい。

あなたは我々の味方なのか。

だが面会できない。この首相動静のせいだ。マスコミが二十四時間張りついて報じる。戦後、それを官邸は許し続けてきた。国民の知る権利だの、権力の監視だのなんだの、左派の建前の下。だから日本はインテリジェンスが弱いと言われるのだ。

国のトップの動静を全国紙の新聞がことこまかに公表する国など、日本くらいだ。国家元首は常に暗殺の標的となる。こんなものを一般閲覧レベルの情報として扱ったら、総理大臣の行動パターンがバレてしまう。暗殺の危機が高まる。どこかでやめさせなくてはならないのだが、いまの天方政権はただでさえ左派から嫌われている。ここで首相動静の掲載にケチをつけたら、やれ「秘密主義だ」「戦前に逆戻りだ」と大騒ぎされる。

これがあるから、校長の乃里子ですら総理と直接面会することができない。

そしてこれのせいで――。

古池は、苛立たしい思いでタブレット端末のメールボックスを開いた。MI5の担当者と、同じやり取りを延々繰り返していた。

セブのタンザニア時代の情報を教えてくれ。

――時間がかかる。

テロ計画が進んでいる。

――時間がかかる。

再び新幹線テロが起こるかもしれない。

――時間がかかる。

これが、相手が同じアジアの韓国や台湾なら、あっさり開示する可能性が高い。

二〇一四年に秘密保護法案が可決してから多少はましになったが、いまだに、先進国のインテリジェンス界隈の連中は、日本に情報をおろしたがらない。日本はインテリジェンス意識が低いから、機密情報をシェアしたらあっという間に敵国や反体制派に情報が洩れる、と思われているのだ。

古池は新聞をたたんでそれをダイニングテーブルに叩きつけた。ティシャツを脱いで脱衣籠に放り込みながら、寝室へ行った。

「起きろ。もう七時だぞ」

律子が猫のように丸くなって寝ていた。尻を叩く。昨晩、高崎から帰ってきたばかりだ。案の定、散々絞り取られた。体重が減ったのではないかと思うほどだ。

朝からまた求められたらたまらないので、すぐに自宅を出るつもりだった。ワイシャツに袖を通し、スラックスを穿く。

律子が起き上がった。寝ぼけ眼で、薄眼に古池を見上げている。

「今日から部下を投入するんだろ。気を引き締めろ」

「煙草ちょうだい」

古池は耳を疑って、律子を振り返った。律子はけだるそうに、床に落ちていたブラジャーを拾い、つけようとする。うまくいかないらしく、背中で手をもぞもぞさせながら、フックを引っ掛けようとする。

律子は作戦が佳境に入ると煙草を吸いたがる。昔からよく古池の煙草を勝手に拝借していた。だが、妊娠、出産してから、吸っているのを見たことはない。吸いたがることもなかった。慎太朗のためだった。

律子はまだブラジャーをうまくつけられない。それは、なにかをあきらめた背中だった。古池はベッドに膝をつき、フックを引っ掛けてやった。

サンディエゴにいたころ、慎太朗の授乳を終えた律子が、乳房を衣服の下にしまう仕草を眺めるのが、古池は好きだった。母と女が同時に共存している、特別な美しさがあった。

古池は煙草を一本取り、律子の口にくわえさせる。ライターで火をつけてやった。

「今日、新田《にった》に会ってくる」

古池は言った。新田明保《あきやす》官房副長官のことだ。元警察官僚で、十三階とも親しい。政権から十三階に依頼される汚れ仕事は、新田を通して伝えられる。

「佐倉が十三階のスパイと判明した途端に、連絡を寄越してきた」

律子はぷかーっと煙を吐いた。

「私、なにやってんのかしら」

「煙草の一本くらい、別にいい」

「煙草の話じゃない。〈ウサギ〉がしんちゃんを狙っているんですって。私は母親なのに――」

古池は隣に座り、律子を諭す。

「〈ウサギ〉が慎太朗の居場所を突き止められるはずがないし、〈アオジ〉がついている」

「しかもまた新幹線が吹き飛ばされるかもしれないんですって」

律子が古池のフォローを次々となぎ倒していく。様々な重圧で押しつぶされそうになっているのだろう。誰の言葉も慰めにならないとその横顔が言っている。

「二度目の新幹線テロは死んでも阻止する」

律子が煙草を指に挟んだまま、古池に向き直る。

「でも母親が死んでも守るべきは新幹線じゃなくて我が子よね？」

私、なにやってんのかしら——律子は繰り返した。


新田が指定した店は溜池山王のシェ・マルヤマだった。ここは警察官僚やそのOB御用達の店らしかった。新田の第一声は「奥さんは」だった。「絶好調です」で古池は片付けた。新田は簡単に納得した。

「子と離れ離れになっても、意外にすぐ慣れるものだ。やかましい赤ん坊から解放されたんだから、新婚生活を堪能すればいい」

古池は雑談の返答はせず、切り出す。

「総理の政務秘書官のひとりが、もうじき退任と聞きましたが」

新田はこともなげに頷いた。

「それがどうした」

「後任は佐倉隆二元警視正だそうですね」

新田は舌打ちして、メニュー表を閉じた。店員に「急用が」と断り、立ち上がる。

「来い、私の執務室で出前を取ってやる」

タクシーで首相官邸へ向かう。車内で古池は訝る。

「そちらからあの店を指定したのに」

「その話を振られると思っていなかった」

「では一体なんの話のために私を呼びつけたんです?」

「山登りのお誘いだよ」

「は?」

首相官邸に到着する。新田の執務室は五階にあった。一階でエレベーターを待っていると、「古池!」と気安く肩を叩かれる。相手を見て、古池は目の色を変えた。敬礼する。

「このたびは——」

「偉くなったな。先生だって?」

南米人かと見まがうほど長いまつげを揺らして笑う。栗山真治《くりやましんじ》だ。十三階の元校長だった。古池と律子の婚姻の証人でもある。

「東京に戻られているとは——」

「この春にな。お前はいなかったから」

いま、内閣情報調査室に出向中で、国内調査部門の主幹を務めているという。

内閣情報調査室とは、内閣官房に属する情報機関で、約四百名の職員がいる。執務室は首相官邸の目の前の内閣府にあるが、官房長官に用事があるとかで、栗山は側近の男を連れていた。彼は確か、警視庁公安部外事課の刑事だった。

内閣情報調査室には直接雇われた一般職員がいるが、実際にここを牛耳り、動かしているのは、霞が関の役人たちだ。

そしてその半数以上を、警察官僚や警視庁の公安部員が占める。次に多いのが予算を握る財務省、対外機関である外務省と防衛省だ。その次に経済産業省の連中が威張っていて、そのほかの省庁の人間は肩身が狭そうにしている。

古池は改めて頭を下げる。

「入籍時のご挨拶もお礼もまだなら、栄転のお祝いもしておらず──」

栗山は気遣うな、と堅い表情になった。

「お子さんのこと、聞いた。残念だ」

エレベーターがやってきた。箱の中は神妙な空気になった。場を和ませるつもりだったのか、新田が苦笑いする。

「なんだよ、警官だらけだな」

「だから天方政権は秘密警察を持っているなんて噂を立てられちゃうんですよ」

栗山も言った。新田が古池を茶化す。

「特高ばりの秘密警察は十三階だろうに」

栗山が目を細め、古池を見る。

「名もなき戦士団を潰そうとしていたあの頃が懐かしいよ、古池。実に熱い日々だった」

ため息をはさみ、くだけた調子で愚痴をこぼす。

「俺らはいま、某清純派アイドルの不倫疑惑を追っているんだぜ」

栗山お付きの若者も嘆いた。

「左派評論家のゲイ買春疑惑の内偵もあります」

二人とも、これが内閣情報調査室の仕事なのか、とため息交じりだ。

内閣情報調査室は名前が仰々しいだけで、たいしたことはしていない。仕事の九十パーセントは、オシントと呼ばれる、新聞や雑誌、テレビなどの公の情報を収集し、分析するだけだ。分析官が大量にいるばかりで、実行部隊を持たないのだ。

実行部隊とは、いわば『十三階』のような存在のことだ。尾行したり、秘聴・秘撮をしたりする。時に潜入捜査もして情報を取る。内閣情報調査室が司法捜査権を持たないため、誰かの調査をする際は、探偵を雇う。だが、探偵では十三階のようなプロフェッショナルな工作活動は絶対にできないし、犯人を逮捕することもできない。当然、銃器の使用もできない。

芸能ゴシップネタばかり集めているのは、政府が、野党や左派の反対しそうな重要法案を通すときなど、世論の目を逸らさせるためのものだ。

毎年騒がれる有名人の薬物逮捕や不倫騒動の半分は、内閣情報調査室が握っていたネタを週刊誌やテレビ局に流すことで発覚している。

政権内でスキャンダルがあったときも、世間様に早く忘れてもらうため、有名人を人身御供にする。

海外でもこのようなことをやっている機関はいくらでもあるが、『内閣』という輝かしい名前を冠にしている情報機関でこんなくだらない仕事をしているのは、日本だけだ。

五階に着く。去り際、栗山に尋ねられる。

「黒江は元気か」

「息子のことがありますので」

二人目は、と急かされる。古池は、毎晩のように繰り広げられる疑似子作りを思い出す。律子の、古池の体を求める激しさは、慎太朗を取り上げられた反動だろうが、絶対に妊娠しないように古池を律しもする。赤ちゃんを抱っこしたいという母親の本能をなだめるためのセックスは、古池にとっては消耗でしかない。古池はもはや、自身が律子の精神を安定させるための張形みたいに思えてくる。

「なにかあればいつでも相談に来いと、黒江にも伝えろ。力になる」

栗山が力強く続けた。

「お前もだ。お前たちはいつも、無理をし過ぎる」

新田の執務室に入る。そばの出前を取り、早速、古池は切り出す。

「佐倉隆二の名を出したのはまずかったですか」

「いまは非常にセンシティブな時期だからな」

「なにがです」

「美月お嬢様だよ」

古池は唇を触りながら考えた。確認する。

「ご存じなんですよね。佐倉を政務秘書官に差し向けた十三階の思惑を」

新田が少々、まごつく。

「お前はなにを知りたいんだ」

「呼び出したのはあなただ。なにをそう前のめりになっているんです」

新田は顔をこわばらせたが、すぐに笑って流す。

「本題に入ろう。夏休み、再び総理が登山される」

やはり新田も、佐倉が総理の下に送られた十三階のスパイであることを知っているのだろうが、この場で明言はできないだろう。

古池は咳払いをして、頭を切り替える。天方総理は登山が趣味で、総理大臣になる前は毎年のように夏山を登っていた。学生時代は冬山にもチャレンジしていたらしい。総理大臣になってからは日々の業務に忙殺され、一度も登山をしていなかった。

「お前、十二年前の高尾山登山に付き添っていただろう」

「あの時、総理は退陣した後です。一国会議員でしかなく、私はただの交通整理要員でした」

現在の天方政権は第四次天方政権と呼ばれている。第一次天方政権は二〇〇八年から九年の一年のみだ。天方に肺がんが見つかり、治療に専念するために退陣したのだ。古池は、観光客の多い高尾山で、マスコミや野次馬を追っ払う係だった。天方と直接対話はしていないし、あちらも古池に見向きもしなかった。ただ、高尾山の頂上から都心の空を見つめる天方の淋しい背中は、強く、印象に残っている。

「前回と違い、今回は現職総理大臣の登山だ。SPも四個班投入されるし、内調の連中も付き添うということだ」

「喜んでお引き受けしたいところですが、この状況下で私が天方総理の近くに参っていいものでしょうか」

一部マスコミには、儀間を殺害した可能性が高い疑惑の工作員として、古池や律子の名前と顔が知れ渡っている。

「せっかく半年も日本を出てほとぼりが冷めたのに、次、どんな火の粉が上がるかわかりませんよ」

「私もその点は散々指摘したが、天方総理ご本人が、お前を連れて行くと言ってきかない」

天方総理本人から直接、古池に話したいことがあるようだ。

「ちなみに、どこの山です」

「青梅市の御岳山だ」

古池は呼吸を忘れる。律子が殺害した儀間を、〈掃除班〉が焼身自殺したとして処理した現場だ。

「総理は一体なにを考えてらっしゃるんです」

「他意はない。御岳山は都心からのアクセスも悪くないし、初心者向けの山で日帰りが可能だ。しかも議員が頂上付近で焼身自殺したいわくつきの山になって、登山客が激減している。警備がしやすい。だから総理は御岳山を選んだのだ」

新田が少し笑う。

「安心しろ。総理はお前たち夫婦に恩を感じている。お前たちが米国であれだけ羽を伸ばせたのも、総理がＣＩＡ長官に――」

新田の言葉が仰々しい。過剰なまでに、〝総理は味方〟という空気を押し付けてくる。

古池は察した。

「総理は、揺れてらっしゃるのですね」

新田が黙り込んだ。目が怒っている。

「私達家族を狙っている凶悪極左テロリストであるご令嬢との関係を、改善したいと思っているのでは？」

「言葉を慎め。美月お嬢様は政治家だ、テロリストではない」

「かつてテロリストに資金を流していた男に共鳴していた。我々が仲を引き裂かなかったら、とっくにテロリストの仲間入りをしていた人物だ！」

「だが、娘だ」

新田が意を含ませ、続ける。

「お前も一度は人の親になった。わかるだろ」

古池は目を逸らす。言われなくても、痛いほど、天方の気持ちはわかる。

「総理はお嬢様と和解の道を探っておられる。佐倉が政務秘書官になるのはいいタイミングだ。本人が立候補したのもあるが、彼の起用は総理の意向でもあるのだ」

総理は佐倉を使って、娘に秋波を送っている――と新田は明言する。

「民自党に入れと」

古池は肩を揺らして笑った。

「無理な話です。彼女は辺野古基地問題を白紙に戻すといって沖縄三区から当選している。民自党に入った時点で、票を入れた沖縄県民から猛反発を食らう」

「だからタイミングを計っているところだ」

「どちらが？」

「双方だよ」

ちゃんちゃらおかしい。古池は額を押さえて、大笑いして見せた。

「バカな親子だ。バカな父親、バカな娘だ！　何度でも言う。天方美月は極左テロリストだ！　それがノータリンな有権者のせいで政治家になってしまった。そんな女が、現政権と相入れるはずがない」

「それでも、親子だ。国民は納得する」

古池はたんと嫌味を盛り込む。

「ハイヒール外交が武器だというんですか？　ヒールの高さがあと五センチ高かったら、米ファーストレディを打ち負かしてあっという間に総理大臣に上り詰めたかもしれませんね」

「ヒールがあと五センチ高かったら、転ぶ」

新田の言葉は含蓄がある。古池はその意味を吟味した。

「実に賢いお嬢さんだよ。正直、ブレーンがいるのではないかと思ったが、見当たらない。スピーチライターもいない。美月お嬢様は全ておひとりで考えている。国民を説得する言葉を、彼女は持っている。国民が喜ぶ言葉を、彼女は知っている」

新田が毅然と言う。

「私としても、美月お嬢様が与党民自党に入ることは大賛成だ」

古池は、鼻息を荒くすることしかできない。聞くに堪えない戯言だった。

「世論は左右には分かれていない。少数の右と左と、大多数の無党派層だ。美月お嬢様は、その無党派層の心をがっしりと摑む存在だ」

古池は血がにじむほど唇を嚙みしめた。

「美月お嬢様が民自党に入ったら、右は嫌悪し、左は激怒するだろう。だが、圧倒的大多数の日本国民は、歓迎する」

古池はもうこの話をしたくなくなった。

「そういうわけで、天方総理は嬉々として佐倉君を政務秘書官に抜擢した。政務秘書官は総理の家族の世話もする。距離ができてしまった父と娘の間を、取り持つことができる」

「待ってください。佐倉なら天方美月を動かせるという根拠はなんですか」

新田があっさり言った。

「佐倉は、美月お嬢様の初恋の相手だ」

古池は腹を抱え、涙を流して笑った。


時計が二十三時を差していた。律子はそれを確かに目で見たのに、意識が二十三時である、と認識できていなかった。

いま、イレブン・サインズの泉セバスチャンを追尾している。今日中に接触させ、投入をはかる。セブが計画しているであろう新幹線新型車両出発記念式典——どの車両にいつ細工するのか。監視はもちろん、彼の懐に入って計画を入手するのが真奈の役目だ。

秘聴・秘撮ができる各種機材を積んだ特化車両の中にいる。総じて『作業車』と呼ぶ。内偵、尾行作業、情報提供者の運営、投入作業員に対して指令を出す拠点であり、万が一のときに現場離脱等を支援する車両でもある。

律子がいま乗っているのは、四トンのアルミバンタイプのトラックだ。コンテナには物流会社の名前がペイントされている。

運転はヘルプで駆り出された公安部員だ。アルミコンテナの中には、ヘッドセットをつけた律子を司令塔に、二台のモニターの前に三部晃《あきら》、柳田保文《やすふみ》がいる。柳田の横には三台のパソコンが並べられ、業務用のプリンターが並ぶ。

反対側の壁際に物入れ兼ベンチがあり、緊張した様子の真奈が座る。真奈はセブに追尾がバレたときと同じ、ボリューム袖のシャツにスリムジーンズ、トリーバーチの白いサンダルを履いている。律子がそう指示した。

真奈は神経質そうに、名刺の中身を確認している。『フリージャーナリスト　小林美咲』とある。

セブを尾行中の南野から、報告が入る。

「追尾A班南野より拠点。セブ、入店確認。西麻布三丁目杉田ビル四階、店名ロマンチカ。会員制バーとの表札あり。注意願いたい」

今日、真奈をセブのもとへ投入する。セブが夜遊びに繰り出した十八時以降、律子は投入のタイミングを計り続けていた。

柳田の声がする。水の膜の向こうから聞こえるかのように、律子には遠く感じる。

「高級会員制バーか。会員証を急いで偽造だ」

柳田がデータベースに入った。十三階にはありとあらゆる商業施設の会員証データの蓄積があり、その数は数百万を超える。ロマンチカの会員証データはすぐに見つかったようだ。

三部が律子に問う。

「どうする。見送るか?」

真奈も早く入りたそうな顔をしている。律子は我に返り、過剰に頷く。

「柳田さん、ロマンチカが入る杉田ビルの内部を知りたい。先にそれを調べてくれる? それから、店内の構造も。窓とトイレ、非常口の箇所の確認を」

律子はマイクに向かって、追尾をしている南野に指令を出した。

「拠点、黒江より追尾A班、南野。バー出入口付近で待機願う」

「追尾A班より、拠点。了解。念のため——エレベーターの目の前が扉です。長時間の追尾待機には適していません。五分で自動離脱します」

セブとの接触点を探るための追尾を始めて、もう五時間だ。律子は作業車に乗り込む直前まで、十三階の古池の執務室にいた。

天方美月が与党入りを画策している——。

古池は危機感を持って語っていた。切迫した口調で、律子が何度も聞き返さねばならないほど早口だった。聞き返せば怒った。

「おい、りっちゃん!」

三部に呼ばれ、律子ははっとする。

「ぼーっとしてないで、しっかりしてくれ。どうする」

柳田が、三部の背中越しにそっけなく言う。

「杉田ビル内部、ロマンチカ店内の見取り図、プリントアウトした」

律子は立ち上がり、プリンターから用紙を取った。建物は正方形の形をしていた。手前にバーカウンター、奥にメインフロアとテーブル席が広がる。トイレはその奥で、隣には非常口がある。外階段と繋がっていた。

「ここで決めようか。真奈ちゃん」

律子は振り返る。真奈が立ち上がった。律子は柳田に指示する。

「バーロマンチカの会員証、大至急作って」

三部に向き直り、指示を出そうとした。「言われなくても」と三部が顎でパソコンのモニターを指した。なにかを検索している画面だ。

ヒット音がした。

「あった。マイニチセキュリティ社だ」

中堅の警備会社だ。杉田ビル全体に防犯カメラを設置、管理している。港南支店だ。

「柳田さん、マイニチセキュリティ港南支店のネットワークに入って、ロマンチカのセキュリティシステムをハッキングして」

柳田は次々と指示を出されても冷静だ。「了解」と短く答えた。

プリンターからコトリと音がする。プラスチックカードを排出したのだ。ロマンチカの偽造会員証だ。

真奈は印字部分に息を吹きかけて乾かしたあと、財布にしまった。記者らしく、大量の書類や雑誌が入った布バッグを担ぐ。時刻を確認した。柳田と三部、そして最後に律子を見る。

「二三一一《フタサンヒトヒト》、鵜飼、現場入ります」

真奈がバックドアから出た。

律子は、南野に投げかけた。

「拠点、黒江より追尾A班南野。十分後に投入作業員現着予定。援護頼む」

「追尾A班南野より拠点へ。了解した。投入作業員現着後、防衛態勢に入る」

ハッキング作業で忙しい柳田の隣で、三部はモニターに警視庁管理の監視カメラ映像を表示させた。都心の大通りには、網の目状に『警察の目』が張り巡らされている。

真奈を六本木通りの歩道に見つけた。三部は「発見」とひとこと言い、彼女にカーソルを合わせてシステムを作動させた。

真奈の頭の上に、矢印の点滅が光る。真奈が動くと矢印も動く。人混みでも見失うことはない。

柳田は「ハッキング成功」と声を上げた。モニターにロマンチカの防犯カメラ映像を映し出させる。

「三台ある。追加モニターを出して」

三部が、真奈が座っていたベンチ兼物入れから、予備の小型モニターを二つ引っ張り出した。

柳田のパソコンと接続する。

バーの出入口、バーカウンターの真上からの映像と、トイレ前からテーブル席を望む映像の、三種類があった。

「セブを青でマーキングして」

律子は指示する。店内はブラックライトが光源だ。人々が笑ったときに剝き出しになる歯が青白く光り、不気味だ。

「セブはどこだ。どこだどこだ……」

歌うように三部が言う。柳田が「いた」と短く言って、青い矢印でマーキングした。

彼はバーカウンターでバーテンダーと談笑していた。テーブル客の女性三人組が、色男のセブを気にしている。ブラックライトの下で、あのヘーゼルグリーンの瞳は、どんな風に見えるのだろう。

律子は、西麻布界隈の衛星画像のモニターを見た。他のシステムとも連動している。セブにつけられた青い矢印が、ここでも点滅していた。赤い矢印が当該ビルに近づいていく。三部が大きくため息をついた。

「さて。新人のデビュー戦。どっちに転ぶか」

真奈から報告が入る。

「二三三〇《フタサンサンマル》、現着。これより中に入る。よろしいか」

律子はゴーサインを出した。

真奈が袖口に仕込んでいるマイクが、店内の音を拾う。テクノミュージックがかかっている。えらい騒音だった。律子はスピーカーのボリュームを下げた。

モニターを食い入るように見る。

真奈が入ってきた。会員証を見せる。黒服が会員証を一瞥し、店内へ促した。律子は指示を入れた。

「セブはバーカウンターの中央にいる。まだ近づかないで。テーブル席へ」

真奈は耳を押さえ、立ち止まってしまった。テクノミュージックがうるさ過ぎて、聞こえないのだろう。律子は「絶対に立ち止まらないで」と強く言い、指示を繰り返す。真奈が慌てて前進しようとしたとき、キャップをかぶった男とぶつかった。

真奈がテーブル席に座った。店員に飲み物をオーダーする。かなり緊張した様子だ。両手を何度も揉んでいる。

作業車の観音扉が開き、律子の頬に、真夏の都心部の熱気が触れる。南野が戻ってきた。物入れベンチに座り、スマホとタブレット端末をケーブルで繋ぐ。外部侵入の恐れがあるので、無線LANは極力使用しない。

「ビルのすぐ前に不審車両ありです」

黒のスカイラインで、スーツの男三人と、スーツの女が一人乗っているという。

「会話するでもなく、ビルより北東の路地に停車していました」

高級国産車や外車なら、暴力団や半グレ絡みと直感するが、日産スカイライン――。

「どっかの公的機関かしら」

「すぐに所有者を調べます」

バーロマンチカの店内を映すモニターを注視していた柳田が、三部に言う声がした。

「この男、挙動おかしくないっすか」

柳田が指を差したのは、さっき真奈とぶつかった、キャップの男だ。バーカウンターの後ろを行ったり来たりしている。

「セブの方ばかり見ている気がするな」

三部もうなった。

「マーキングして」

律子が指示する。キャップの男には、緑色の矢印がつけられた。途端に、キャップの男は店を出てしまった。三部らは拍子抜けした顔だ。

律子は後ろにいる南野に尋ねる。

「ナンバー照会、どれくらいかかりそう？」

「あと三十秒です」

モニターの中のセブはずっとスマホを見ていたが、周囲をきょろきょろし始めた。

待ち人がいるのか。先に来られたら真奈の出る幕がない。セブが真奈を見つけてしまうのもまずい。いまがそのタイミングだ。

「真奈ちゃん。行って」

律子の指示に、画面の中の真奈が立ち上がった。まっすぐセブの隣に行く。無言で座った。セブが真奈の横顔をちらりと見た。途端に顔を曇らせる。

三部が心配そうに言う。

「南野、バックアップしなくて大丈夫か」

「待ってください、さっきの不審車両、警察車両ではありませんでした」

一般車両か。だとしたら、気になる車だ。

「もう少し検索を続けます」

モニターの中、セブが無言で立ち去ろうとしている。真奈が手を摑んで、引き戻そうとした。押し問答にならないか、律子はひやひやする。

〈待って。話をさせて。私は公安じゃない〉

真奈は名刺をセブの手に押しつける。一緒に一万円も握らせていた。

律子の指示通りだ。

セブは驚いた顔をして、一万円札と名刺を見た。金をつかませれば、公安ではなく、別の目的で近づいてきたとすぐに思うはずだ。

〈これは手付金。協力してほしいの〉

真奈のダメ押しに、セブがやっと名刺を見た。

〈――記者だったのか〉

真奈がセブをもう一度バーカウンターへ促す。セブは戸惑ったようだ。

〈ちょっと待ってくれ。電話を。人と待ち合わせしている〉

聞く耳を持った。大きな一歩だ。

映像の中の真奈が、バーカウンターで待つ。セブはトイレに行った。三十秒後、スマホをしまいながら、真奈の隣に戻ってくる。真奈はバーテンダーに、セブの分の飲み物のお代わりを頼んだ。真奈はモスコミュールを口にする。

〈これまでどんな記事を?〉

セブが名刺を眺めながら尋ねた。

〈日本の科学技術の流出危機について〉

セブが注意深く真奈の横顔を見つめている。

〈就職はテレビ局だったの。でも女だから、グルメとかファッションとかの番組ばかり担当させられて。辞めてからはずっとフリーで動いている〉

真奈はトートバッグから、ファイルを出した。セブの前に滑らせる。セブはペラペラと中身を見て、顔を強張らせた。

〈うちの研究所の機密書類だ。どうしてあなたが〉

研究室のセキュリティを破った南野が忍び込み、コピーしたものだ。N700S型車両の精密機器小型化技術に関するものだ。

〈とある筋から入手した、流出書類よ〉

〈流出するはずがない。これが漏れたら大変なことになる。うちの研究室は鉄道会社と仕事ができなくなる……!〉

〈でしょうね。聞くところによると、中国はこの情報を数億円で買い取って、アフリカの鉄道網を整備し直し、改めてアフリカ大陸での影響力を持つつもりらしいわ。日本企業も日本政府も完全にお株を奪われることになる。これ。何語?〉

真奈は、下の方に印字された言語を指さした。南野がここに、中国語とファックス番号、時刻を細工し、ファックスされたもののように仕立てた。

〈中国語ですね……〉

〈そう。お宅の牧村室長が、中国の諜報機関に売ったのよ〉

セブはまだ信じられないらしい。首を傾げた。真奈がけしかける。

〈許せないでしょう。協力してほしい。この男を摘発したいの〉

律子は慌ててマイクで指示する。

「前のめり過ぎ。セブの反応を待って。彼、混乱している」

真奈が身を引いたのがモニター越しにもわかる。静かにモスコミュールを傾けている。

だが、セブが予想外の反応を見せた。

〈アフリカで中国人が新幹線を敷き始めるってことか〉

品の良い形をした鼻の穴から、笑いが漏れる。

〈それだけは許せないね〉

この反応はなんだろう……。

律子のスマホが鳴った。古池からだ。執務室の固定電話の番号が表示されている。

いま深夜だ。緊急電話だと察する。電話に出た。作戦の進捗を尋ねられる。

「二三三〇に投入。現在、マルタイと接触中です」

「すぐに作戦を中止しろ」

律子はどうしてかとつい声を荒らげる。古池の声は切迫していた。

「説明すると長くなる。ＭＩ５からやっと返事がきた。情報を分析し直してからでないとまずい。

バッティングしたら厄介だ」

「バッティング？」

「とにかく、鵜飼をすぐ離脱させろ」

背後の南野が立ち上がった。

「あの日産スカイライン、厚生労働省所管の車です！」

三部が叫ぶ。

「まさか、マトリか!?」

律子は離脱指示を出した。映像の中の真奈は、これまで日本の科学技術の数々が中国に流出している事実について熱く語っている。いまは引くに引けないだろう。

律子はヘッドセットをかなぐり捨てた。

「援護に入る。南野君」

「はい!」

律子は南野と作業車を出た。別ルートで、杉田ビルを目指す。

歩きながら律子は髪をぐちゃぐちゃにした。ポケットに入れた口紅を指先に取り、薄く頰に塗る。千鳥足で歩き、酔客を装った。

六本木通りに出る。南野が話していた日産スカイラインが見えた。誰も乗っていない。ビルのエレベーターの前で、三人の男と一人の女が、腕章をつけながら打ち合わせをしていた。『麻薬取締官』の腕章だ。

セブは誰かと待ち合わせしている様子だった。直前まで、キャップをかぶった不審な男がいた。あれは薬物の売人か。

律子はイヤホンマイクで真奈に呼びかけた。

「真奈ちゃん、いまどこ。答えられる?」

すぐに返答があった。

「女子トイレです。あの、作戦中止ってどうしてですか。私、なにかまずいことを?」

「マトリがいる。セブが狙いみたい。一緒にいたらあなたも摘発される」

「そんな……!」

「大丈夫、離脱支援する。非常口から出て。外階段で一階まで下りてきて」

男女の麻薬取締官が、エレベーターに入ったのが見えた。表示ランプが五階で止まった。残りの男二人は、ビルの裏口に回っていく。客は非常階段から逃げると読んで、待ち伏せするつもりだろう。

六本木方面から回ってきた南野が、杉田ビル正面へやってきた。律子は彼の腕を引き、ビルの一階にある中華料理屋に入った。

「いらっしゃいませー！　二名様？」

中国語なまりの声に呼びかけられる。律子は無視して、厨房に押し入った。位置的に、この勝手口の先が非常階段だろう。厨房で中華鍋を振るっていた中国人が、乱入してきたカップルを見て「アイヤー」と叫ぶ。

勝手口を出た。鉄でできた螺旋階段が、ゴミ箱の前にある。階段は狭く、昼間の夏の日差しを含んで熱かった。律子と南野は、その階段に腰を下ろした。

アイコンタクトで、もう通じる。

律子の方から南野の首に腕を絡ませ、唇に吸い付いた。南野は最初、少し遠慮がちだった。舌が絡み合った突端に、覚悟を決めたようだ。腰に手を回し引き寄せる。反対側の手でも容赦なく律子の胸を揉んだ。

律子は南野に唇を吸われながら、その顔の向こうに、麻薬取締官二人組がやってくるのをとらえた。こちらを見ているが、歩を止めない。南野が唇を一度、離した。申し訳なさそうに律子の目を覗き込んでくる。

「来てる。もっと激しく派手にやんないと。無視して通り過ぎていっちゃう」

南野はまた律子の唇に吸い付いた。食べられているような激しさだった。ブラウスのボタンを引きちぎられ、ブラジャーを下ろされる。想像していた以上に南野の手は大きく、力があった。慎太朗が吸っていた乳房を剝き出しにされ、南野の手で揉みしだかれる。

マトリ二人組が、困ったように立ち止まった。野外セックスを始めそうなカップルに、大きな咳払いを浴びせる。

早く私達を止めて。力づくでも。律子は必死に願う。ちらりと上を見た。音もなく螺旋階段を降りてくる影が見える。真奈だろう。

早くマトリを追っ払わないとまずい。律子は思い切ることにした。南野のスラックスのベルトに手を掛けた。南野が体をこわばらせた。彼は勃起していた。自然な反応だ。律子だって濡れている。

スラックスのチャックを下ろす。律子は硬くなった中身を下着の隙間から取り出し、顔を近づけ、舌を出した。

「あー。ストップ、ストップ」

マトリの声がかかった。ほっとして、律子は口を堅く閉ざした。

「ここは外だ。ラブホにでも行けよ」

麻薬取締官が乱暴な口調で言った。配置につくため、焦っているのがわかった。一人は耳に手を当て、無線で現場報告をしている。

「ンだよてめぇら、あっち行け」

南野が挑発し、律子の後頭部を押さえつけた。律子の鼻先が、南野の亀頭にくっつきそうだ。目の前で、太い血管が脈打っている。

「公然わいせつ罪だ、場所をうつしなさい」

「お前ら警察か？　なら現行犯で逮捕してみろよ」

麻薬取締官たちは困った顔をした。彼らは特別司法捜査員として逮捕権限を持っているが、薬物犯罪に関してのみだ。公然わいせつ罪では、私人として逮捕、然る機関に突き出すことになる。たかだが公然わいせつ罪でそんな煩雑な処理をしている暇はないだろう。麻薬取締官は高圧的な態度で言う。

「いい加減にしろ、こんなところでいちゃつくんじゃない！」

若い方の麻薬取締官が、律子の腕を引いた。律子は簡単に後ろにひっくり返った。律子の細さと軽さに、相手は驚いたようだった。

「てめぇ、俺の女になにすんだオラァ！」

南野が殴り掛かる。十三階仕込みの『撃術』という北朝鮮流の武術で、南野は一撃で麻薬取締官を失神させた。南野に恐れおののきながらも咎めるもう一人とで、騒然となる。

律子は服装の乱れを直しながら、上をちらりと見上げる。真奈はもう二階の踊り場まで下りてきていた。タイミングを計るようにしゃがんでいる。

律子は袖口に仕込んだマイクで「いま行って」と指示した。真奈が降りてくる気配がわかった。靴を手に持っている。裸足なので音がしない。律子は、その背後に別の黒い影があることに気が付いた。

セブだ。

真奈演じる〈小林美咲〉が組織で動いているとセブに勘付かれてはならない。律子は慌てて顔を背け、他人のふりをする。

セブも革靴を手にして、靴下の足で降りてくる。真奈に手を引かれていた。

セブを連れて逃げれば、貸しができる。あっという間に信頼関係が成立だ。真奈の機転だった。

真奈とセブは手を取り合い、暗闇に消えた。


深夜一時過ぎ、古池は執務室の電話で作戦〈タール〉の報告を受けていた。

真奈は離脱に成功、大胆にもセブを連れて逃げた。これでセブに恩を売った。作業車が引き続き、真奈をバックアップしている。

セブの自宅界隈にも麻薬取締官がいる可能性があったので、セブは真奈と友人宅へ行った。イレブン・サインズのメンバーの女性宅だった。女はセブを歓迎したが、女連れと知るや、機嫌が悪くなったという。セブはナンバー2の北上康平も呼んだ。3・14を引き起こした女テロリストにファンレターを送ったバカ者だ。彼も含めて〈小林美咲〉を歓迎する宴が始まっているらしい。

作業車に戻った南野から、古池に指示を求める電話がかかってきた。

「作戦中止ということでしたが――」

「いや、現場の流れに任せよう。鵜飼はうまくやっている。下手に止める方がまずい」

「古池さんの方に入ったＭＩ５の情報は、どういったものだったんですか」

「マトリが入ったことでわかるだろ。薬物絡みだ」

詳しくは明日、とした。

「黒江は」

「マトリを撒いたあと、別々に尾行点検を。今日のあとの作業の指揮権を僕に移すと言って、帰宅されました」

真奈の離脱支援のために、南野と律子は現場に入った。男と女だ、二人がどう麻薬取締官を追っ払ったのかは、古池には予想がついた。南野が言い訳しようとする。

「問題ない」

古池は電話を切り、執務室を出た。隣の校長室の扉の隙間から、灯りが漏れていた。乃里子は二児の母だ。去年までは十九時には必ず帰宅していた。最近は古池より帰宅が遅い日がある。

校長室の奥には、休憩室がある。窓のない六畳ほどの部屋は、夜を徹しての待機を余儀なくされる大規模テロ等の事案が起こったとき、校長が寝泊まりするための部屋だ。歴代の校長たちは、家庭内不和があったときの逃げ場にも使っていた。古池が知る限り、テロや政局のためにあの部屋で寝泊まりを余儀なくされた校長は栗山だけだ。3・14があった日から栗山は三か月、自宅に帰れなかった。

古池は様子を窺おうとして、やめた。作戦を放り出した律子の〝お世話〟が先だ。

桜田通りはこの時刻、タクシーの客待ち車列ができている。古池は一台つかまえ、銀座の自宅へ帰った。律子は絶対に古池の自宅にいると思った。案の定だ。律子のスニーカーがある。十万円近くするトッズのスニーカーだ。重要な作戦がある日は値の張る物を履くのが、律子のゲン担ぎだ。

「黒江……？」

寝室にはいない。シャワーの音がする。古池は脱衣所から浴室に声をかけた。

「ただいま」

おかえりなさい、と落ち着いた声がする。

「お前、自分の家に帰れよ」

返事はない。古池は冷蔵庫の缶ビールを開けた。ダイニングテーブルで、再度、書類を見る。

ＭＩ５がやっと開示した書類だ。どうやら、お仲間のＭＩ６に了解を得るのに時間がかかったようだ。

セブはタンザニア時代、ＭＩ６の情報提供者だった。

たったの十歳でスパイ役を命じられ、父親の情報を流していたと書かれている。未成年を情報提供者に使うのはエスピオナージの世界では御法度、禁じ手とされている。

しかもＭＩ６は報酬に、金以外にも大麻を与えていた。医療用の名目で流しているものだ。タンザニアは大麻を違法としているが、伝統的な医療や呪術に大麻を使用する国はアフリカでは珍しくない。子供が大麻に汚染されている例は多い。

セブがＭＩ６に情報を流していたはずの父親の素性は黒塗りになっている。ＭＩ６が接触した九歳から十歳のセブの動向がわかったのみだ。

セブの父親は、一体、何者か。

七月一日の新幹線新型車両出発式典を狙うテロの黒幕が父親だという可能性はあるのか。

古池は、缶ビールが空っぽになっていることに気づいた。書類と三十分近くにらめっこしていた。浴室からシャワーの音が続いている。律子はまだ出てこない。

古池は声をかけず、浴室の扉を開けた。

律子がまだ体を洗っていた。

全身が真っ赤に腫れている。ところどころ皮膚がすりきれ、血まで滲む。律子が手に握っていたのは、キッチンにあった金だわしだった。

「なにをやってるんだ！」

古池は慌てて、律子の手から金だわしを取り上げた。銀色だったそれは、剝がれた律子の皮膚をまとわりつかせ、鈍く光る。律子は泣きながら言った。

「どれだけ洗っても取れないの、南野君のにおいが」


翌日の午後、古池は警視庁本部十四階の会議室に入った。黒江班の面々が集い、昨日の投入の振り返りを行っている。

真奈がホワイトボードの前に立ち、熱弁を振るっていた。古池が入ってきたのを見て、一同が立ち上がり、敬礼する。続けろ、と古池はコの字型に並んだテーブルの隅に座った。柳田が書類を回してくれる。かつての班長がやってきたからなのか、嬉しそうだ。

真奈が、イレブン・サインズの女性メンバー宅の見取り図をホワイトボードに書いていた。誰がどこに座っていたのかも記してある。

「昨晩は男女合わせて五人が集まり、計七人、飲みなおそうという流れになりました」

南野が質問する。

「みな、〈小林美咲〉をすぐに受け入れたのか？」

「いえ。女性陣は若干、排他的です」

セブの周囲に集まってくる女は、セブのファンばかりだ。女の数が増えれば、面白くはないだろう。三部が尋ねた。

「昨日はどこまでの情報を出した？」

「もう全部」

「テロ被害者であることまで、話したのか」

「はい」

展開が早すぎる。南野も渋い顔だ。

「まだ班長からその点についてはゴーサインが出てなかったぞ」

「尋ねたくても、連絡がつかなかったので。黒江さん、今日はどうしたんです？」

真奈が古池に質問した。

「体調不良だが、明日には来る。それまでは南野の判断でかまわない」

「体調が悪いというのは……」

南野が心配そうに古池を見た。彼女の心情を察しているのだろう。古池は答えなかった。午前中のうちに律子を病院へ連れて行き、抗生剤と鎮静剤を飲ませた。いまは古池の自宅のベッドで休んでいる。

真奈が説明を続ける。

「北上がジャーリスト志望だということもあり、質問攻めだったんです。これまでの現場でいちばん過酷だった取材はなにかと訊かれて——テロに巻き込まれた話をしました」

みな、一瞬で酔いが醒めたような顔をしたという。新幹線を狙っている可能性があるセブのテロ計画に他のメンバーがどこまで関わっているのかまだわかっていないが、北上はあからさまに気まずい顔をしたらしい。3・14首謀者のスノウ・ホワイトにファンレターを送ったからなのか。新たなる新幹線テロ計画に協力しているからなのか。

「女性陣の何人かは懐疑的な目をしていたので、スラックスを上げて、ふくらはぎの後ろの火傷の痕を見せました」

真奈はここでもそれを見せた。北陸新幹線テロの内偵に関わっていた三部や柳田も、黙り込む。会議室内が微妙な空気になった。

「セブの反応は?」

古池は尋ねた。

「ファッキン・シット、です」

「北上は?」

「君はテロリストを恨んでいるか、です」

なんと答えたのか。古池は真奈をまっすぐ見つめた。真奈もまた、臆することなく古池を見返す。古池と真奈の視線を結ぶ線が鋭い刃となって、会議室を切り裂くようだ。

「私が恨んでいるのは、テロを阻止できなかった警察だ、と答えました」

古池は、受け止めた。

三部と柳田が古池の顔色を窺う。南野も考えこんでいた。真奈が言い足す。

「セブは、俺も警察が大嫌いだと同意してくれました。見てくれだけで何度も職務質問を受けたことがあるらしく、在留資格にも問題がないはずなのに、法務省に呼び出されたことすらあるそうです。彼らは余島のキャンプにも誘ってくれました。私はもう彼らの仲間です。彼らは私を、信頼しています」

「鵜飼」

古池はぴしゃりと、発言を止めた。

「人は簡単に誰かを仲間に入れないし、誰かを信頼しない」

「でも、私の傷は——ある意味、最強です」

「テロ被害者は不運な弱者だから、誰もが信用し、友達になると言いたいのか？」

真奈が黙り込んだ。もう一度訊く、と古池は身を乗り出した。

「お前のターゲットはセブだ。セブだけが新型車両に細工できる立場だ。セブは昨日の一件だけでお前を仲間と認め、心から信頼してくれたと思うのか？」

真奈は今度は、自信なさそうだ。首を傾げながらも、頷く。古池は咳払いを挟んだ。

「黒江が、名もなき戦士団のテロリストと寝たときの話だ。あえて尋ねるが、三部」

三部がしかめっ面で古池を見る。

「黒江はどうしてあいつと寝たと思う」

「そりゃ……テロの情報を得るためだろ」

「俺はそうは思ってない」

古池は、真奈を見た。

た。

「黒江は、そいつを愛していたんだと思う。好きになってたんだ」

古池は煙草を出した。禁煙だとわかっているが、火をつけた。誰も咎めない。床に灰を落とした。

「俺も去年、第七セクトという極左テロ組織の女を情報提供者に使っていた。その女と深いところまでいった。愛嬌のある面白い女だった。愛されていたし、愛していたと思う」

殺したが。

誰もなにも言わない。

古池は煙草を深く吸って続ける。

「鵜飼」

はい、と真奈は即座に返事をしたが、その声は震えていた。

「お前はセブを、愛しているか」

真奈が目を逸らす。

「お前はセブを、愛そうとしているか」

今度は唇を嚙みしめた。

「愛する努力をしないと、相手の心は開けない。テロの情報を得ることはできないぞ」

古池は煙草を床に落とし、革靴の底ですりつぶした。部下たちに書類を投げる。

「MI5の開示情報だ。ごく一部だが、セブの大麻中毒は幼少期のころからの筋金入りだ。マトリに狙われているところを見ると、未だにずぶずぶなんだろう。結局、八歳以前の経歴はよくわかっていないが、父親の職業はある程度、目途がついた」

三部がパラパラと書類を見る。

「どこにそんな情報が書いてある？」

「ＭＩ６はセブを情報提供者にして父親を探っていた。つまり父親はテロリストなんだろう。ＭＩ６がセブに見返りとしてやっていたのが、金と大麻だ。あとはタンザニアという地政学的要因から、父親は『神の抵抗軍』のテロリストだと推測できる」

南野はついていけていない。せわしなくページをめくっている。真奈は慌ててメモを取るばかりだ。三部が腕を組んだ。

「神の抵抗軍ってぇのは、世界で最も残酷なテロ組織と言われていなかったか？」

一九八〇年代、ウガンダで設立されたキリスト教系過激派組織だ。人々に恐怖心を植え付けるため、一般市民の耳や唇、鼻を削ぎ落とす。

「少年兵を使うことでも有名だ。大麻を餌にな。子供たちは大麻でラリった頭で、まずは練習として両親を殺害させられる」

子供の数が足りなくなると、組織は近隣諸国のスラムから子供を誘拐して薬漬けにし、兵隊に仕立てあげていた。

「ＭＩ６が関わるくらいだ。セブもその最前線にいた可能性が高い。そんな奴がいま、日本の大学院に入り込んで、公安機関に爆発物を送り、新幹線の技術開発に携わっている」

古池は改めて、真奈に尋ねる。

「鵜飼」

真奈が、ペンを走らせていた手を止めた。その手がガクガクと震えている。

「お前はセブを、愛せるか」

夕方、古池はコンビニで弁当を買い、一旦銀座の自宅に戻った。律子は目覚めていた。リビングをうろつきながら、スマホで誰かとしゃべっている。ティシャツとショーツから伸びた両手足は、まだすれて赤い。

「やだ、帰ってきた」

律子が古池を見て、電話を切る。いきなり怒りを向けられる。

「余計なことを言ってくれた」

「鵜飼か？　ビビったか」

「そっちは火がついたみたいだから、まあいいわよ」

古池は意外に思った。真奈は逃げ出すかもしれないと考えていた。案外タフだ。そして物分かりがいい。

「余計なのはそれじゃない。私がテロリストを本気で愛していたとか、なんとか」

「事実だろ」

「そんなわけない！　汚らしいことを言わないでよ！」

古池は驚愕する。忘れたと言うのか。テロリストを好きになってしまったかもしれないと古池に泣きついてきた、あの日のことを。

「あなた、自分のことを正当化したいだけなんじゃないの？」

「は？」

「第七セクトの女。愛人みたいに扱ってかわいがってたんでしょ。一緒にしないで」

古池は尻を叩かれた。反論しようとしたが、鼻先に指を突き出される。

「二度とあの話をしないでよ。私はテロを阻止するために寝た。私が愛している男は慎太朗の父親であるあなただけ。以上だから！」

律子は擦り傷だらけの体を痛そうに動かしながら着替え、部屋を出ていってしまった。


セブの自宅に秘聴・秘撮機器の設置を行うことになった。

セブは渋谷区神泉に住んでいた。ワンフロアに一世帯ずつ入る細長い賃貸マンションだ。間取りは家族向けの3LDKで九十平米、ここに四人でルームシェアしている。セブと北上、女性メンバーの二人だ。

すでに真奈が、セブの目を盗んで自宅の合鍵を作っている。二人は研究室長の産業スパイ疑惑を追う『同志』なので、頻繁に連絡を取り合っている。だがこの部屋に入るのは、真奈も初めてだ。

六月二十二日、月曜日の朝、住人全員が家を出て電車に乗ったのを確認し、律子らは合鍵で部屋に侵入した。ルームメイトの一人は午後の授業が休講という情報が入った。午前中のうちに帰宅するかもしれないので、一時間しか作業時間がない。

玄関を上がってすぐの左手の部屋の扉を開けた。きれいに整理整頓されている。私物が全く外に出ていない、シンプルな部屋だった。真奈がすかさず言う。

「あっ、ここがセブの部屋ですね」

「どうしてわかるの」

「匂いです。セブの匂いがする」

律子にはわからない。クローゼットを開けてみた。下半分が書棚になっていて、新幹線や高速鉄道術関連の書籍がずらりと並ぶ。

「ほんとだ。ここがセブの部屋ね」

対象を愛せ――。

古池に厳しく指導されてから、真奈は仕事ぶりが変わった。より深く対象を理解しようと思ったのだろう、国会図書館からタンザニアに関する大量の書物を借りて、読みふけっていた。タンザニアの成り立ちとその歴史から、郷土料理まで学ぶ。とうもろこしを練ったウガリや、ンディジと呼ばれる揚げバナナなどを実際に作って、律子らに食べさせてくれたときもあった。

アフリカの少年兵についても詳しく調べる。その後大人になった彼らがどういう人生を送ったのか、かつて少年兵を使っていたことで有名なカンボジアのクメール・ルージュのルポにも手を出し、理解を深めていた。

先にリビングに入っていた柳田と三部が、戻ってきた。

「リビングダイニングは共用だな。隣に八畳の和室があって、そこで女二人が住んでいるようだ。デスクが二つと鏡台があった」

まずはセブの部屋からだ。部屋は六畳間、エアコン回りに秘撮カメラが一台あれば、十分室内を映し出せる。

真奈が早速、作業に取り掛かる。エアコンの電源が繋がったコンセントカバーを取り外す。ここから秘撮機器の電源を取る。

真奈が鼻歌を歌い始めた。余裕がある。

「それ、アフリカ祝福の歌だっけ？」

「『神よ、アフリカに祝福を』です」

真奈がきっちり訂正し、続ける。

「タンザニア国歌でもあるんですよ」

アフリカを祝福する讃美歌だと記憶しているが、同じ旋律で歌詞が一部違うらしい。作業の鼻歌で、監視対象の出身国の国歌まで口ずさむ。すばらしいのめり込みようだ。

「この後、時間が許す限り、部屋の私物を捜索してもいいですか？」

「もちろんいいけど、しょっぱなから物を動かし過ぎると――」

「感づかれるし、物を元の位置に戻すのに時間がかかる？　大丈夫。考えて捜索します」

急成長を見せる真奈を頼もしく思う。律子はセブの部屋を真奈に任せ、廊下に出た。リビングダイニングへ向かう。三部と柳田がそれぞれ、秘撮機器を取り付けている。

律子は、キッチン収納の扉を全て開けて中の写真を撮った。床下収納は使っていないのか、空っぽだった。ここはなにかの工作に使えそうだ。

三部が汗を拭きながら律子に問う。

「隣の女子部屋はどうする？」

全てを完璧に秘撮できたらよいのだが、設置する部屋を増やせば増やすほど、監視者の負担が増え、作業が散漫になる。どうするかと考えながら、和室の扉を開けた。

女の部屋にしては散らかっている——と思ったが、律子も心が乱れているときなど、部屋が荒れてしまう。いまの内幸町の部屋もそうだ。

最近は殆ど古池の自宅に入り浸っている。夫婦喧嘩は絶えないが、それでも古池は、律子が訪ねてくれれば受け入れる。激怒しても結局は許す。律子が落ち込むと、ご飯を食べさせ、風呂を沸かし、着替えを出す。せっせと律子に尽くしていた。

あの献身は、いったい、なんなんだろう。

三部が律子の背後にやってきた。

「きったねぇ部屋だな」

二人で、なにか特異なものがないか探る。

「三部さん。最近の私と古池さん、どう？」

三部は昔、律子と古池を〝犬のマーキングをしあっているようなカップル〟と評していた。いまはどうか、改めて訊く。

「夫婦だろ」

「三部さんらしい、もっと情緒あふれる言葉で表現してよ。犬のマーキングとか」

「それ、情緒あるかぁ？」

律子はくすくすと笑った。

「まぁ、あれだわな。夫婦ではない」

「夫婦だって言ったそばからそれ？」

三部は鏡台の引き出しを開けながら言う。

「入籍したと聞いたとき、ちょいと思い出したことがあってな」

妙にしんみりした顔で、三部が続ける。

「お前さんが古池班に入りたてのころだよ。頼りなかったあんたをみんなどうしたものかと持て余していたとき、やつが言ったんだ」

――俺が父親代わりになる。

律子は、捜索の手を止めた。

「どういう意味？」

「こっちが聞きたい。普通は、上司として育てるとかだろう。なんでそこで『父親代わり』っていうワードが出てくんのかなぁって、俺も柳田も首を傾げたさ」

古池は見抜いていたのだろう。父性愛に飢えて不安定だった律子を。じわりと胸が熱くなったが、三部が冷や水を浴びせる。

「気をつけろ。所詮、父親代わりだ。本当の父親じゃない」

「――いやな言い方」

「でもあんたにとっては父親だ。確実に。あんたは先生にわがままに振る舞うことで甘え、強烈に依存している。だから先生を捨てられないし、離れられない。でも先生は簡単に父親代わりを放棄できる」

三部は、ひらめいたという顔で、軽く律子に忠告した。

「あんたが先生を捨てたら、ただの悲劇。でも先生があんたを捨てたら、それは惨劇だ」

その夜、律子は溜池山王にあるシェ・マルヤマの個室に呼び出された。

男二人がテーブル席に斜めに向かい合って座っている。古池が手を上げた。背を向けていた男が、律子を振り返る。

佐倉隆二だ。榛名湖での一件以来、律子は初めて会う。今日こそ、敬意を示した。

「佐倉元警視正。このたびは、総理大臣政務秘書官のご就任、おめでとうございます」

今日が総理大臣秘書官就任初日だった佐倉は、公邸から官邸へ天方をお迎えし、分刻みで訪れる来客をさばいただろう。夜は丸の内のホテルへの与党幹事長との会合へ付き添い、公邸へ送り届けるまでみっちり働き通したらしい。疲れた様子もなく、まあ座りなさいと佐倉は微笑んだ。

かつて敵と勘違いした古池に脅されて失禁したとは想像もつかない優雅さをまとっている。律子は古池の隣に座った。佐倉は機嫌がいいのか、がばがばと酒を吞んでいる。酔っぱらっている様子はない。

「セブの内偵はどうなっている」

佐倉が早速、尋ねる。やはり校長の特命を受けた上官なのだと律子は背筋を伸ばす。

「自宅のプライベートのパソコンには、テロ計画と思しきものは出てきていません。なにかとアナログにこだわるところがあるようですから、紙やノートに記している可能性があり、クローゼットに仕舞われた大量のノートや写真の分析を中心に行っています」

真奈はまた、クローゼット内の収納棚の引き出しを捜索中に、写真の山を見つけている。まだ五十枚ほどしか確認できていない。セブが来日してすぐの、日本の観光地で取った写真ばかりだった。セブのタンザニア時代の空白を埋めるためにも、千枚近くある写真を全て確認する必要があった。

「あまり現場を急かすのは、現役時代から好きではなかったが——焦って欲しい」

佐倉が言った。イレブン・サインズを早く片付け、対美月の防衛態勢を敷きたいのだろう。

美月の動向を探るスパイとして天方総理の秘書官になった佐倉は、美月の情報を乃里子ではなく、直接古池にも流すようになっていた。乃里子は、慎太朗の親である律子と古池に『忖度』した情報しか出さないからだ。

勘違いとはいえ、古池に辱められた佐倉は、もっと卑屈で嫌味な態度を取ってもいいのだが、朗らかだ。なにもなかったようなふりをしていることで、威厳を保っているつもりなのかもしれない。古池は古池で、情報をくれるからか、いまは下手に出ている。酒の減りも遅く、気を使っているのがわかった。

誰が裏切り者なのかわからない過酷なエスピオナージの世界では、一度『同志』と認め合った相手に対し、嫌悪の感情を引きずらないのがルールだ。信用はしないが。

店員がオーダーを取り、立ち去る。佐倉が律子に報告する。

「いま、古池君には話をしたところだが、君もティファナのカルロスを知っているね」

慎太朗と引き離された国境の記憶が蘇る。律子は感情に蓋をし、佐倉に答える。

「ええ。ティファナの露店商です」

「彼の下に、日本から繰り返し不審な電話がかかってきているようだ。いま、通話記録を調べさせているが、メキシコのことだ、時間がかかる」

律子は水を飲んだ。

「〈ウサギ〉が？」

古池が答える。

「だろうな。〈血〉はティファナで急死した。その裏を取るべく、カルロスに接近しているんだろう」

古池も律子もあくまで、佐倉の前でも『息子は死んだ』としている。榛名湖でも「〈ウサギ〉は古池慎太朗を捜している」と言った佐倉に、古池は「無駄だ。死んだ」の二言で片づけた。

「ならばカルロスの件も放置していいね？　本当に死んでいるのなら、心配はいらない」

佐倉が神妙に尋ねた。古池が断言する。

「我々の心配はあくまで〈ウサギ〉の民自党入りです」

料理が来た。しばし三人、無言で食事をする。古池も律子も沈黙に慣れているが、佐倉は居心地が悪そうだった。スープを飲んだあと、改めて律子と古池を見る。

「それにしても感嘆するね。十三階を支える伝説の夫婦を、こうやって眺められるとは」

古池がさらりと流す。

「伝説はおやめください。安っぽい」

「佐倉さんは、ご結婚は？」

律子は尋ねた。佐倉は苦笑いだ。

「縁がなくてね……」

「モテるでしょうに。〈ウサギ〉とか」

古池が真面目な顔で言った。佐倉がスプーンを持つ手を止める。

「あなたが初恋の相手であると」

律子も古池から聞いていた。佐倉は謙遜する。

「十二年も前の話を。彼女はまだ中学三年生だった」

律子は詳しい出会いを知らない。古池がタブレット端末を出し、律子に見せた。『二〇〇八年天方総理大臣、中東外遊記録』という第一次天方政権時の外務省の公文書だった。

「わざわざ取り寄せたのか」

佐倉は恥ずかしそうだ。律子は文書をスクロールする。既に鬼籍に入っている天方夫人が、イスラム女性と肩を寄せ合う画像が出てきた。イランでのひとこまだった。

「この外遊に、総理は夫人と〈ウサギ〉を連れて行っている」

一週間の日程で、イラン、サウジアラビア、レバノン、ヨルダンを訪れていた。最後の訪問地が、イスラエルだ。

「在イスラエル日本大使館で書記官をしてらっしゃいましたね。ここで出会いが？」

律子の問いに、佐倉は苦々しい顔で頷いた。十二年前――佐倉は古池と同い年だから、三十三歳のころだ。十五歳の多感な年頃の娘の世話役をし、惚れられた。ロリコンでもない限り、扱いに困り果てるだろう。

佐倉が肉を切りながら、説明する。

「イスラエル滞在の最後の夜は大使公邸で出し物が予定されていた。彼女は三歳から習っているバイオリンを披露すると外務省から聞いていた。私もたいがいの楽器は演奏できるから、公邸内のホールでささやかながら演奏会をすることになった。私がピアノ、彼女はバイオリンという具合にね」

美月が指定してきたのが、『タイスの瞑想曲』だった。オペラ『タイス』の中に挿入される曲で、フランスの作曲家、マスネの代表曲だ。バイオリンの独奏が奏でる美しい旋律は誰もが聞いたことがあるだろう。

「ところが、初日の夜に彼女の腕前を確かめ、冷や汗だ」

瞑想曲ならぬ迷走曲だった、と佐倉が苦笑いする。

「音が外れていてテンポも悪く、聞いていられない。だが総理には超絶技巧に聴こえるらしい。そのころから娘に甘かった」

佐倉は予定していたイスラエルでの美月の外遊予定を全てキャンセルさせた。三日三晩みっちり美月のバイオリンを指導した。聴く人が困ってしまわないレベルまで、なんとか上達させたという。

「しかしピアノと一対一はとても無理だから、私が同じくバイオリンでリードすることになった。ピアノは現地職員に頼んだ」

律子は佐倉の指を見た。ナイフとフォークを、一切の音もたてずに動かし、肉を切り分ける。細く長いそれが繊細な動きをする。関節の数が他の人よりも何個か多いのではないかと思うほど、優雅に動く指先だった。

「当時の映像だ」

古池がデータを呼び出した。佐倉はかなり困った顔をして「おいおい、ここで再生は勘弁してくれ」と苦笑いする。古池は再生マークをタップした。律子に見せる。

在イスラエル日本大使館大使公邸内にあるレセプション用の小さなホールが映る。舞台上にグランドピアノがある。十五歳の美月が舞台袖から現れた。百人ほどの客席から拍手で出迎えられている。

真っ赤なサテンのドレスはウエストがきゅっとしまり、ゴシック調だ。着る人を選ぶドレスだろうに、十五歳にしては堂々と着こなしている。いまよりも顎のラインがふっくらとしていて、化粧も控えめなせいか、幼い感じがする。上流階級で育った少女特有の品の良さがあふれんばかりだった。

三十三歳の佐倉がバイオリンを片手に、彼女を守るように、壇上に上がる。

「若いですね」

律子は思わず、呟いた。体型はほとんど変わっていないようだが、いまと違い、髪が黒々としている。肌艶もよく、きりっとした眉毛が印象的な好青年といった様子だ。

ピアノ前奏のあと、佐倉がリードするように導入部分を弾き始めた。旋律を自分の体に刻むように、美月は何度も頷き、バイオリンを構え——同じ旋律を、佐倉と同時に刻む。タイミングを合わせるためだろう、二人は演奏の間、何度も目だけで頷き合い、左手で力強く弦を押さえながら、右手で弓を弾く。

佐倉の目には、美月をリードする厳しさも優しさも見える。その音色は、二人の他愛もないおしゃべりみたいだった。こっちだよ、そうだよ、上手だよ、次はここだ——。

佐倉を見る美月の潤んだ瞳には、師を仰ぐ以上の『色』がある。十五歳なら乳房も育ち、生理もとっくに始まっている。体は『女』だ。まだ成熟はしていない体に『色』が出すぎて、どこか危うさを感じる。

ときたま美月は音を外したが、すかさず佐倉が強く弓を弾き、長音でごまかす。そのたびに目が三角形になってしまう美月がかわいらしかった。大丈夫、と力強く見返す佐倉の眼差しに、見ている側も安心してしまう。

演奏が無事終わり、映像の中で拍手喝采が起こった。

佐倉はよほど居心地悪く感じたのか、律子と古池のプライベートに踏み込んできた。

「初恋──ねえ。黒江さんの初恋は？」

「古池さんです」

律子は即答した。古池が反論する。

「俺と出会ったころにつきあっていた男がいただろ」

「古池さんの初恋は？」

「お前だよ」

佐倉が嘆くように耳を塞いだ。聞かなきゃよかった、と。そして三人で笑い合う。

タブレット端末の動画の中から、アンコールの声が聞こえてきた。あらかじめ打ち合せしていたのだろう、佐倉が美月と頷き合ったあと、ピアノ奏者に合図を送る。ジャズ調の軽やかなイントロの後、佐倉が再び、リードの弓を弾く。

『フライ・ミー・トゥ・ザ・ムーン』だ。

律子はなるべく表情を動かさないようにした。隣の古池を見ることも、話しかけることもない。だが、隣に座る古池の存在を強く感じる。

去年、外交官のパーティで再会した古池と踊った曲だった。その日、慎太朗が律子の中に宿った。

律子は一度強く、目を閉じた。視界からの情報がシャットダウンされたからか、バイオリンだからこそにじみ出る切ない旋律が、肌を粟立たさせる。美月は下手だ。佐倉がカバーする。律子もダンスのとき、何度も古池の足を踏んでしまった。

脳裏に、絶対に実現することはない、不思議な、だがどこか愛しさすら感じる光景が浮かぶ。佐倉と美月が、バイオリンで『フライ・ミー・トゥ・ザ・ムーン』を奏でる。律子と古池が踊る。

なぜ美月とこんなにも敵対してしまうことになったのだろう。会ったことも話したこともないのに。律子が儀間を殺してしまったから？　だから美月は古池と律子の子を脅かそうとしている？

政治も任務も全て抜き去ったとき。

このありえない妄想ダンスホールの真ん中に、なにが残されるのだろう。

律子はなぜか、涙があふれてきた。嗚咽が止まらない。古池は黙っている。佐倉は目を丸くし、ハンカチを出そうとした。

律子は一礼し、シェ・マルヤマを立ち去った。

第五章　神よ、アフリカに祝福を

六月二十四日、新幹線のぞみ新型車両出発式典まで、あと一週間に迫っていた。

律子は電気工事のロゴが入った作業車で、渋谷区円山町の路地に路上駐車している。ラブホテル街だから、周囲はカップルの姿が目立つ。ヘッドセットをつけ、モニターを監視していた。

真奈の投入からまだ一週間あまりだが、彼女はセブの住むシェアハウスに、イレブン・サインズのメンバーとして堂々と入れるようになっていた。

大麻を受け入れたからだ。

モニターの中で、真奈が酒を飲み、指に大麻を巻いた紙を挟んで、陽気に笑っている。

真奈は煙草すら吸わない。最初はひと吸いするだけで相当頭がクラクラしたようだ。だがセブや北上に強く勧められ、断れなかった。律子の了承のもと、手を出した。普通は回避させてじっくりと信頼関係を結ぶものだが、時間がない。

薬物は絶対に禁止だが、大麻までなら、と古池も目をつぶった。投入作業員は作戦終了後にPDHAプログラムというカウンセリングを含めた講習を受ける。そこで依存症にならぬように、適切な措置が施される。

セブの自宅では、住人以外のイレブン・サインズメンバーも集う。酒を飲み、大麻を吸い、音楽をかけておしゃべりに興じている。出入りが激しくて人の把握がひと苦労だった。ちょっと顔を出してすぐ帰る者もいた。

セブが何度となく、女性部屋となっている和室へ入っていく。あとから女が入る。十分くらいで出てくる。セックスをしているのかと思ったが、十分は早いし、頻度が多い。

話題はくだらないことばかりだった。教授や研究室メンバーの悪口、どこそこのカップルが別れた、くっついた、親の仕送りがどうの、こうの。

〈小林美咲〉の要求通り、セブは牧村室長の情報を二度ほど流している。だが、自身の研究について語ることは少なく、N700S新型車両の話を振っても積極的に話そうとしなかった。こういうセブの態度を女たちは「謙虚」「偉ぶらない」と評価する。彼に熱狂する理由になっていた。

真奈は自宅に招かれるたびに、セブの部屋にこっそり侵入した。写真やノートが投げ込まれたデスクの引き出しを探る。相変わらずテロ計画は出てきていないし、タンザニア時代の写真も一枚も出てこない。神の抵抗軍にいたと思われる父親の素性がわかるものもなかった。

〈えーっ！　中止!?　なんでよぅ、ありえないからー。楽しみにしていたのに！〉

真奈が叫んだ。完全に酩酊しないようにか、大麻を半分以上残し、灰皿に擦り付ける。セブが肩を揺らす。

〈しょうがない。マトリにパクられそうになったの、忘れた？〉

夏休みに予定していた余島のキャンプを中止するという話だった。

〈大丈夫、やろうよ！　私がついてる。私、勘が鋭いから、あの日みたいに、ぱぱっと逃がしてあげるからぁ〉

真奈の言葉に、北上が笑う。

〈海に浮かぶ無人島で、どーやって逃げるのよ。本当にジャーナリスト？　意外にファンタステ

ィックなこと言うんですね〉

〈うるさいわね、減らず口〉

真奈は北上の額を指でついた。北上はだらしなく鼻の下を伸ばした。セブは真奈を性的対象として見ていないようだが、北上にそのそぶりがある。ひっそりと真奈の耳に口元を寄せる。

「余島はナシでも、近場で面白いことしようって話してるんだ」

「面白いことって?」

「東京湾にあるヤバめの……」

セブがどうでもよさそうに立ち上がった。セブの肩にしなだれかかっていた女を連れ、女部屋に入っていった。

余島のキャンプではなく、東京湾でなにをしようという計画なのか——探らなくては。律子は真奈に指示を出そうと、マイクを取った。唐突に、映像の中の北上が真奈の耳にかかる髪をかきあげようとしてきた。真奈は恥ずかしがるそぶりで、とっさにイヤホンを外し手の中に隠した。

気づかれたか。

律子が緊張した瞬間、北上が真奈の耳をべろりと舐めた。真奈はぞっとしたように硬直したあと、吐きそうな顔を一瞬見せた。北上が抱き寄せようとするのを必死になだめ、その腕からすり抜けようとしている。

横で監視している三部が不愉快そうな鼻息をあからさまに吐く。三部は昔から、女性を投入に使うことを嫌ってきた。

「いきなり女の耳を舐めるというのはどういう神経をしているんだ。いまどきの若いのはみんなこうなのか？」

南野が「そんなわけないでしょ」と軽蔑したように映像を見ながら、核心をつく。

「自分が耳を舐めてほしいのでは？　北上からなにか情報を得るとき、耳を舐めてやれば一発でべらべらしゃべるかも」

「言えてる」

律子は念のため、『北上は耳舐めが好き』とメモしたが、くだらなすぎて吐き気すらした。そもそもこの小物から引き出すべき情報などあるのか。メモをぐちゃぐちゃに塗りつぶした。

和室の方から女の嬌声が聞こえてきた。リビングとは襖一枚で仕切られているだけだ。笑っているのか、泣いているのかどっちとも取れるような嬌声だ。俺たちもと言わばんかりに北上が真奈にキスをしようとする。真奈は「トイレ」と言って立ち上がった。

廊下の電球の笠に仕掛けた監視カメラが、真奈の姿をとらえる。真奈はトイレに入り、耳にイヤホンを装着し直した。律子に報告を上げる。

〈〇一〇二《マルヒトマルフタ》、捜索入ります〉

モニターの中、真奈がそうっとトイレから出てきた。抜き足差し足で玄関すぐのセブの部屋に入っていく。リビングは北上ひとりになっていた。扉の向こうの廊下を何度も振り返る。

律子は真奈に注意喚起した。

「北上が気にしている。すぐに部屋を離脱できるように警戒しておいて」

了解、と真奈から返事がある。セブの部屋の秘撮カメラは見づらい。灯りがついていないので、真奈が引き出しを捜索する姿がぼんやりと見える程度だ。たまに、写真を接写するスマホのライトが、ぱっと光る。

リビングの北上は退屈そうな顔だ。女の喘ぐ声が聞こえてきた。

「女部屋か？　乱交でもしてんのか」

三部が首を傾げた。女部屋には秘撮機器を仕掛けていないから、わからない。

北上は落ち着かない顔つきだ。たまにズボンの上から下腹部を擦る。北上が廊下を見た。立ち上がるか——。

律子はマイクを握り、真奈に注意を入れしようとした。「あっ」と、三部と柳田が同時に声を上げた。

「いま、グラスになにか入れたぞ」

律子は柳田に指示する。

「カメラ、ズームできる？　誰の飲み物？」

「鵜飼のです」

柳田は映像を巻き戻した。映像の中の北上がズボンのポケットから、白い小袋を取り出し、中身を真奈の飲み物に入れる——。

「なに仕込みやがったの、あの男」

女部屋から、イッちゃう、と連呼する声がした。

「やっぱヤッてんだ、あの部屋で」

「セブは何度目？　絶倫なの」

南野が言う。

「ＭＤＭＡとか、セックスドラッグでしょう。北上が入れたのもそれかもしれない」

律子は思わず、デスクを叩く。

「なんなのよ、こいつらのこのくだらなさは……！」

新幹線テロ疑惑まであと一週間もないのに、誰の口からも、日本を変えたいとか、いまの政府はだめだとか、進歩的な話も、過激派らしい発言も出てこない。そこにあるのは、享楽ばかりだ。

「とにかく、真奈ちゃんを離脱させる」

律子は真奈に、北上が薬物を混入させたことを知らせる。

「飲み物の成分を確認したい。中身を回収して、今日は一旦離脱して」

真奈から激しい反発がある。

〈またですか！　いま、タンザニア時代と思しき写真が出てきたところなんです。神の抵抗軍にいたことが証明できたら、大金星ですよ〉

柳田が声を張り上げる。

「女部屋からセブが出てきた！」

律子はリビングのモニターを見た。セブと北上が会話している。

〈女記者は？〉

〈トイレ。長い。うんこだったりして〉

北上が大麻に火をつけた。

〈俺、うんこしたあとの女はやだなー〉

セブが女部屋を指す。

〈あの子たちなら朝まで使える。何度でも〉

北上は気が乗らないようだった。

〈知ってるだろ、俺は戦う女が好きなの。男に媚を売る女は嫌いなんだ〉

戦う女――確かに、真奈演じる〈小林美咲〉はそのタイプだろう。セブがふいに言う。

〈そうだ。望月かなりあ、覚えてる？〉

律子は思わず背筋を伸ばした。イレブン・サインズに目を付けたとき、古池が「気になる会員」として取り上げた、ミリタリーマニアの女性だ。現在はハワイに留学中で、動きはないと聞いていた。映像の中で、北上の目がきらりと輝いた。

〈かなりあちゃんがどうしたって？〉

〈夏休みに日本に一時帰国するらしい〉

まじで、と北上は悶絶して喜んでいる。律子はメモに望月かなりあの一時帰国の旨を記し、ボールペンで強く何重もの丸をつけた。

映像の中のセブが立ち上がり、遅いな――と廊下に向かった。律子は慌ててマイクを握り直し、真奈に離脱を呼びかける。真奈が遮った。

〈ダルエスサラームと思しき風景写真が出てきたんです〉

「わかった、それを撮影したらすぐにトイレに戻って。セブが――」

律子はリビングの映像を見る。セブがキッチンの脇を通り、廊下に出ようとしていた。律子は叫んだ。

「真奈ちゃん、早く！　来る」

セブが廊下に出てしまった。トイレをノックする。ドアノブを引いた。トイレが空っぽなのを見て、セブが首を傾げる。

律子は、セブの部屋に仕掛けた秘撮映像を見た。真奈がティシャツを脱いでいた。

「なに考えてんの！」

通信が切れた音がする。イヤホンを取ったのだ。律子は頭を抱える。

真奈はセブと寝る覚悟だ。

映像の中、真奈が脱いだティシャツで、床に並べていた何枚かの写真を包んで隠した。ベッドに滑り込む。

真奈を探すセブが部屋に入ってきた。

三部が早口に言う。

「南野、離脱支援を――」

律子は遮った。

「普通のマンションよ。離脱支援をしたとたん、作戦は終わる」

「こいつらセックスドラッグ使ってんだぞ。お前がテロリストとしたセックスとはわけが違う。本当に、事故が起こる！」

律子は歯噛みした。

「ギリギリまで、待つ」

「りっちゃん……！　あの子は、あのテロの被害者なんだぞ！　このサークルは、いまはただのセックスサークルだ、離脱させるべきだ」

「ここで不自然に離脱させたら、もう二度と投入できなくなる！　せっかく〈小林美咲〉としてイレブン・サインズに入り込めたのに……！」

「で？　そのために、俺たちが引き起こしたテロの被害者が、薬盛られてレイプされるのを、黙って見てろっていうのか！」

柳田が、三部の肩を引いた。

「一旦落ち着きましょう。中の会話が聞こえません」

三部はヘッドセットをかなぐり捨てた。背後の物入れベンチに座り、仏頂面で目を閉じる。

律子はヘッドセットのボリュームを上げ、二人の会話を聞いた。

セブが真奈に問う。咎める色はない。

〈なにしてるんですか、ここで〉

〈待ってたの〉

〈……俺を？〉

真奈が頷く。反応がよく見えなかったからだろう、セブが照明をつけてしまった。室内が明るくなる。真奈がタオルケットで胸元を隠し、ベッドに座っている。黒いブラジャーの肩ひもが見えた。肩が細かく震えていた。背中の火傷の痕が赤々と光る。

セブの目が、ベッドの下に落ちたティシャツに行く。その下に、真奈がピックアップしたタンザニアの写真がある――。

セブの気を逸らそうとしているのだろう、真奈がベッドの中で、ジーンズを脱ぎ始めた。脱いだ服で更に写真を隠すつもりだ。

セブはベッドの縁に腰掛けた。神妙な顔で真奈に訊く。

〈テロで下半身に大やけどを負ったたって言っていたよね。その――できるの?〉

真奈は一度視線を外した後、困ったように、首を傾げた。

〈わからないの。したこと、なくて……〉

セブが引いてしまったのを感じたのか、真奈は「教えて」と懇願する。セブは映像の中で明らかに困っていた。

〈正直に言うよ。君は、遊べる女じゃない。あの子たちと違う〉

セブがリビングの方を顎で指さした。

〈私は魅力がない、ということ?〉

セブは慌てて首を横に振る。

〈君はとても刺激的だし、志があって素敵な女性だと思う。だけど、なんていうか……〉

真奈は硬直していた。傍から見てもショックを受けているのがわかる。

〈君が足を開くべきは僕みたいな男じゃなくて、君を心から大事に思って愛してくれる男性じゃないのかな〉

セブが立ち去ろうとした。薄眼を開けてモニターを見ていた三部が、ほっとしたように言う。

「なんだよ。意外にこのセブってぇのは誠実なんだな」

律子もため息を漏らしたのだが――。

真奈が、予想外の展開に出た。

〈待って! 教えてほしいの〉

セブに取りすがる。床に落ちたティシャツで隠した写真を、真奈は手に取った。

律子は思わず叫んだ。

「なんで自ら出すのよ！」

セブの部屋を勝手に漁っていたと、白状するようなものだ。

映像の中、セブが写真を受け取り、あからさまに眉をひそめた。

〈これ……。クローゼットの引き出しにしまっていたものだ。勝手に開けたのか？〉

〈私はあなたをもっと知りたいの。すごいきれいな写真だなって。これって、キリマンジャロよね？　右側に写っているのはダルエスサラームの高層ビル群？〉

真奈が必死な様子で言葉を繋ぐ。モニター越しに見えるその写真は、妙なサイズをしていた。やけに細長いが、パノラマ写真でもなさそうだ。

〈あなたはどんな子供時代を過ごしたのかなって、知りたくなっちゃって。好きだから。あなたが、すごく、だから……！〉

セブがじっと、真奈を眺めている。どう切り抜けるか――。

真奈は、セブの沈黙がよほど堪えたのか。大きく深呼吸し、突然、歌い出した。

タンザニア国歌だった。

三部も柳田も、南野も、仰天した。律子はうなだれる。真奈は男女の空気が読めなさすぎる。

アフリカを祝う賛美歌が、むなしくヘッドセットから流れてくる。

〝神よ、タンザニアに祝福を……〟

タンザニアを崇める美しい旋律のはずが、律子は背筋が寒くなった。人を酔わせ、感動させる空気はない。ただただ、うすら寒い。

リビングには、セックスドラッグを仕込まれた飲み物が放置され、更にその隣の和室では、セックスドラッグで全身が性器みたいになっている女と、テロリストにファンレターを一回送っただけの耳舐め好きの男が、ハワイにいるミリタリーマニアの女の子に思いを馳せている——。

校長室に爆弾を送ったのは本当にこいつらなのか。

本当にこのグループが新幹線テロを画策しているのか。

ここはもはやテロリストのアジトではない。目先の享楽に溺れた愚かな若者たちの巣窟だ。

こんなところに、テロの被害者を送り込み、どこかの国の国家を歌わせる、しかも半裸で。

——私はなにをやっているのか。

セブの表情は見えない。握った拳を口に当てて、小刻みに震わせている。

真奈は、歌いつづける。

〝我ら、タンザニアの子たちに、祝福あれ〟

セブはうつむいた。肩を震わせている。

困っているのか、笑いを堪えているのか。

真奈が自己陶酔した様子で、囁く。

〈あなたは、とても美しい国から来たのね〉

セブがベッドへ引き返してきた。真奈を身長百九十センチの高さから睥睨する。なにか言った。スワヒリ語のようだ。捨て台詞のように聞こえた。

セブが真奈の顔面を、拳で殴りつけた。真奈はベッドの上へ吹き飛んだ。その醜い臀部が、晒される。

古池は自宅でシャワーを浴びていた。五分で出て、缶ビールのプルトップを起こす。スマホが鳴った。深夜〇時半。律子からだ。今日は投入の日だった。終了の報告だろうか。古池は電話を取った。律子の声は切羽詰まっていた。

「作戦〈スキッド〉に変更しました。援護お願いします」

「わかった。一一〇番通報は？」

「いましました」

古池は電話を切った。缶ビールを諦め、寝室でスーツに着替えながら、タブレット端末を起動する。警視庁本部にある通信指令センターの大スクリーンに表示されている映像が、そのまま古池のタブレット端末に転送される。渋谷警察署のパトカー表示が、円山町に集結しているのがわかる。

古池は乃里子に電話をした。彼女は寝ていたようで、応答の声は掠れている。

「作戦〈タール〉の件です。いま、〈スキッド〉に変更したようです」

作戦〈スキッド〉の由来は、スキッド・ロウというヘビメタバンドから取った。南野が考えた名前だ。このバンドの一人目のボーカルが、セバスチャンという名前だった。暴力沙汰を起こし、逮捕されたことがある。

つまり、作戦〈スキッド〉は、セバスチャンの逮捕を意味する。

乃里子のため息が受話器越しに届く。

「わかった。お前は？」

「一旦品川の倉庫に立ち寄ったあと、南野と合流して物品を渡します」

「なにかあったら連絡を。校長室にいる」

古池は首を傾げる。

彼女は今日も家に帰っていない。

作業車の中は、律子と三部だけになっていた。南野は作戦変更と同時に作業車を降りた。古池と物品をやり取りするためだ。柳田は映像装置の設置のため路上に出た。

三部はモニター前の椅子に戻っていた。歯ぎしりしながら、真奈が暴行を受けるのを見ている。映像の中、セブが真奈の髪を引っ張り、廊下に連れ出していた。やめて、と真奈はドアの枠につかまり、部屋に戻ろうとする。

〈出ていけ、何様だお前！　二度とここに来るな！〉

セブはさっきまでテロ被害者の真奈に真摯で誠実だった。豹変ぶりがすさまじい。よほど故郷に触れられたことが気に食わなかったらしい。

何事かと北上が廊下に出てきた。ティシャツにパンツ一丁だった。白いブリーフが見え隠れする。結局、薬漬けにした女とやろうとしていたようだ。

〈セブ、なにやってんだよ。殴るなよォ〉

気だるそうに、北上がセブの腕を引く。真奈を守るつもりはなさそうだ。真奈の下半身を見て、酔いが醒めたような顔をする。

〈やめとけって、セブ。あの体……〉

女二人も、なんなの、と甘ったるい声を発しながらやってきた。ひとりはバスローブ姿で、ひとりは全裸だった。とろんとした目で、セブと真奈を見る。

インターホンが鳴った。真奈の髪を引っ張っていたセブが、はっと手を離す。扉が激しく叩かれた。

〈こんばんは！　渋谷警察署のものですが〉

三分で到着してくれて、律子はほっとする。

映像の中で北上が慌てて言う。

〈やべえ、ハッパ捨てろ！〉

警察官が扉を叩く音が続く。真奈が部屋に戻り、衣類を身に着けている。床に落ちた写真を、ポケットに詰め込んだのが見えた。

北上がトイレを流す音が、何度も秘聴器からヘッドセットに聞こえてくる。大麻を遺棄しているのだろう。トイレから顔を出し、セブにOKサインを出す。セブがインターホンの応答ボタンを押した。

〈渋谷警察署です。ここで女性の悲鳴や暴力を振るっているような音がすると通報がありまして〉

〈別のフロアでは？　うちはみな寝てます〉

律子のスマホに、古池から電話がかかってきた。

「様子はどうだ」

「いま渋谷署が現着しました」

「勢力を言う」

律子はメモを取った。神泉交番の警察官、二名。自ら隊、三名――。

「いきなり五人ですか？」

「まだまだ来る。署は刑事課と組対課の捜査員もかき集めている」

屈強な黒人が暴れていると通報した。日本人警察官数人では太刀打ちできないと思ったのだろう、大挙して押し寄せるつもりのようだ。

映像の中で、リビングのソファに座ってお菓子を食べ始めていた女二人が、突然、笑い出した。セブが通話を切り、つかつかとリビングに入る。緊張感のない女二人を順繰りに平手打ちした。女たちは悲鳴をあげて泣いた。

ドアが激しく叩かれる。警察官の声も荒々しくなっていく。

〈おい、開けろ！　鍵を壊して侵入するぞ！〉

北上が廊下から玄関の方へ消えた。扉を開ける音がした。廊下に設置した秘撮カメラは、玄関までは届かない。玄関での出来事は音声だけが頼りだ。律子は耳を澄ます。

〈悪いけど、中に入らせてよ〉

警察官五人がなだれ込んでくる。やっとその姿が秘撮機器のレンズにフレームインする。警棒を構えた四人が、廊下の壁際にセブを追い詰める。一人が腫れた顔を晒す真奈を保護した。

〈彼女に暴力振るったの、誰!?〉

律子は南野に電話をかけた。

「いまどこ？」

「品川の倉庫を出て、もうすぐ渋谷です。物品の受け渡しは済んでいます」

「急いで。渋谷署が突入した。撤収する前に仕掛けないと」

律子は真奈に呼びかける。衣服を着たときにイヤホンも耳に戻したようだ。真奈に反応がある。

「真奈ちゃん。作戦〈スキッド〉に切り替わっている。防衛工作が完了するまで渋谷署を廊下に引き留めて」

真奈が警察官の間に分け入り、セブの背中にまとわりつく。

〈やめて、彼は悪くない！〉

警察官だけでなく、セブも変な顔をする。一方、一人の警察官が大麻のにおいを嗅ぎつけた。

〈なに吸ってた？　甘いにおいがするぞ〉

律子は作業車の外にいる柳田を呼んだ。

「柳田さん、南野君がじき到着する。映像は？」

「いま、入れます」

三部がすぐさま予備のモニターの電源を入れた。接続設定を変更する。柳田が外に設置したカメラの映像が映る。マンションを下から見上げる全景だ。道路を挟んで向かいにあるラブホテルの表玄関の植木に、柳田は秘撮カメラを仕込んだようだ。

律子は、室内の廊下をとらえたモニターに目を配る。大麻を捜す警察官と、捜索を阻止したい北上が、押し問答を繰り広げている。

〈捜索令状とかあるんすか？　それないと違法なんじゃないですか。父親、弁護士なんで。なん

なら呼びますよ〉

警察官にリビングをうろつかれるのは、律子たちも困る。リビングのソファから動かない女二人も、なんとかせねばならなかった。

律子はマイクを取り、真奈に呼びかける。

「真奈ちゃん、リビングを空っぽにさせて。あと五分で南野君が入る」

映像の中の真奈が、セブの背中から離れた。セブの部屋を指さし、言う。

〈大麻はこっちの部屋にある。それからあの女の子たち二人、キメセクしてた。いま検査したらすぐわかります〉

警察官たちの目の色が変わった。暴力事件からの大麻、薬物使用となれば、大金星だ。一人の警察官が無線でさらなる応援と検査キットを要求している。セブは真奈を罵った。廊下に連れて来られた女たちは、真奈に暴言を吐く。

〈そんな汚い尻でセブ君が愛してくれると思ってんのー〉

南野から律子に報告が入った。

「〇一四七《マルヒトヨンナナ》、防衛員現着、これより作戦〈スキッド〉フェーズ4《フォー》に入る」

了解、と律子は応じ、ラブホテル表玄関からの映像を注視した。カメラをもう少し上に向けるよう、柳田に指示する。五階建てマンションの屋上の柵が見えるようになった。

黒い影が屋上に現れる。柵に手をつき、下を覗き込んでいる。南野だ。黒ずくめのタクティカルスーツを着ている。グローブの手で柵にカラビナを引っ掛け、ロープを通していた。背負った荷物から、棒状のものが突き出している。刀を差した忍者のようだ。

律子は真奈に無線を入れる。

「南野君が入る。窓の鍵を開けておいて」

映像の中、押し問答を続けている北上と警察官の横を、真奈がすり抜ける。リビングへ向かった。押し黙って玄関に立つセブが、真奈を目で追っている。

「真奈ちゃん。セブが見てる。気を付けて」

真奈が素早くリビングを突っ切るのがモニターに映る。ベランダの窓の鍵を開けて、廊下に戻ってきた。

〈さっきからなにうろちょろしてるんだ！〉

セブがすかさず、真奈を責めた。すぐに警察官が間に入るので、大ごとにはならない。

律子は南野にゴーサインを出した。

「〇《マル》一《ヒト》五《ゴー》一《ヒト》、降下開始」

南野が答えた。律子は、柳田が設置した秘撮映像を見た。マンションの屋上から、南野がケーブル一本でするすると降りてくる。ときおり壁を蹴り、数メートルいっきに降下する。レンジャー部隊のようだ。三部は感心しきりだ。

「あいつも成長したなぁ。かつての先生を見ているみたいだ」

律子はマイクで真奈に指示する。

「南野君が降下開始した。一分後にベランダ着。侵入、工作、離脱までしめて三分よ。絶対にリビングに人をやらないで」

指示通り、真奈がセブを挑発しているようだ。セブが真奈に拳を振り上げながらにじり寄る。

慌てて警察官二人が止めに入る。

玄関にいた警察官たちも、真奈とセブの痴話げんかに吸い寄せられ、リビングに背を向ける。

律子のスマホがメールを着信した。

〈アオジ〉からだ。

なんでいま、と律子は思ってしまう。日本時間の深夜にメールを寄越したことはない。いま見ている暇はないが、一分で削除しなくてはならない。

律子は一瞬、モニターから目を逸らし、スマホのメールを読んだ。

慎太朗の画像の添付はない。発熱と発疹があり、水疱瘡の疑いで検査中、とあった。

律子は呼吸が詰まってしまう。

ラブホテル玄関前からの映像を見た。南野が、三階のベランダに降り立っている。背中の黒いバックパックがいびつに膨らむ。

「〇一五二《マルヒトゴーフタ》、防衛員B地点着。中、入ってよろしいか」

律子は〈アオジ〉にメールを返した。

『善処願います』

南野にもゴーサインを出した。

「侵入する」

南野が窓を開け、中に入ったのが見えた。

善処、ですって……？

かわいい慎太朗が水疱瘡で苦しんでいるのに、善処、という二文字で片づけた。

律子は自分を罵りながら、リビングを映したモニターを見る。廊下のモニターでは、真奈がセブの外見や出自を罵り続けている。

〈ふざけんな、えせジャーナリスト！〉

――慎太朗が病気。

〈うるさい、でくのぼう！〉

――慎太朗が病気。

〈ファッキン・ビッチ！〉

――慎太朗が病気。

律子の眉毛に溜まった汗が、瞼に流れる。まつ毛を越して目に入る。律子は目を擦った。

「汗、ひどいぞ。大丈夫か」

三部が変な顔で律子を見た。律子はリビングの映像に集中する。南野が音もなく侵入し、リビングを突っ切ってキッチンに入った。廊下の扉は閉まっている。すりガラス越しに、人が動く影が見える。

南野がカウンターキッチンの下にかがみこんだ。律子や三部が見ている秘撮カメラからは姿が見えなくなった。バックパックを下ろしたのか、黒い影が横切る。ガチャガチャと、結構大きな音がする。

律子は廊下を映したモニターを見る。真奈の背中が少し映っているだけだ。玄関にみな固まっているようだが、声だけは聞こえる。

「真奈ちゃん。もっと騒いで」

警察官が真奈を咎めているところだった。真奈がここぞとばかりに食ってかかる。

〈私のせいだと言うの！　ならハッパの場所、教えてやんないから！〉

南野から報告が入る。

「作業完了。〇一五五《マルヒトゴーゴー》、これより離脱する」

了解、と律子は返す。モニターの中、南野が影のようにリビングを突っ切る。バックパックは小さくなっていた。窓から脱出する。カーテンがふわっと風で持ち上がり、やがて治まる。

「真奈ちゃん。警官を中へ誘導して」

律子は指示を出した。真奈が、警察官に説得されたふりをする。

〈わかった、正直に言う。ハッパはこっち〉

真奈がリビングへ向かう。警察官たちもぞろぞろと廊下の先を進んだ。北上が慌てて電話を始めた。相手は弁護士の父親だろう。

律子は、ラブホテル前の映像を見た。南野がロープ一本で、壁を上がっていく。やがて屋上の柵を飛び超えて、姿が見えなくなる。ロープは全て巻き上げられ、柵に取り付けられたカラビナも外された。報告が入る。

「〇二〇〇《マルフタマルマル》、防衛作業完了」

「お疲れ様でした」

律子は南野との通信を切り、リビングを映すモニターを見る。警察官の動きに注目した。後は一切、真奈に指示を出さなかった。

午前二時二十分、大麻を捜していた警察官が、キッチンの床下収納から大量の銃器を発見した。

律子はスマホを見返す。〈アオジ〉から返信はない。

朝七時ちょうど、古池は渋谷警察署長へ電話を入れた。未明の逮捕劇で、ピストルから自動小銃、短機関銃まで、大量の銃器を実弾ごと発見させている。渋谷署は蜂の巣を突いたような騒ぎになっているはずだ。署長はもう出勤しているだろう。

渋谷警察署は警視庁管内でも最大規模の所轄署だ。署長は現場たたき上げのノンキャリ警視正が務める。

「おはようございます。警察庁警備局警備企画課、秘書官の古池慎一警部です」

電話に出た署長は、一瞬、黙した。警察庁からの電話と身構えたのが息遣いでわかるが、古池の階級を聞いて、安心したようだ。

「おはようございます。えーっと、初めまして、でしたかな」

雑談はいらない。

「未明にそちらの管内にて薬物・銃器所持等の逮捕劇があったかと思います」

署長は黙り込んだ。警備局からの電話なら「公安が出張ってきた」と思うだろう。

「そちらが現行犯逮捕した泉セバスチャンですが、警備局がマークしていた重要テロ容疑者です」

「しかし――」

手柄を渡したくないのだろう、署長は引き渡しを渋った。古池は淡々と述べる。

「背後には、東アフリカを拠点とする神の抵抗軍が絡んでいます。押収された銃器は、全てタンザニアから密輸入されたものとみて、我々は荷物を追跡していたところでした。この追跡には我我警察庁警備局の他、ＭＩ６とモサドが調査に絡んでおり、ＣＩＡの統括のもと動いている事案です」

署長は呆気にとられたようだ。映画でしか話を聞かないような海外の諜報組織が複雑に絡んだ事案など、個人的には関わりたくないだろう。

「了解しました。引き渡しに応じましょう」

「セブと揉めていた女がいたでしょう」

署長が書類を捲る音がした。

「まだ氏名がわかっていない。黙秘している」

「小林美咲というジャーナリストで、こちらも神の抵抗軍と接触があった女性です。いま、病院ですか」

署長は絶句を挟み、慌てた様子で付け足す。

「精密検査を受けているころかと」

「見張りは置いていても結構ですが、身柄は我々が引き取ります」

「勿論です。どうぞよろしく」

古池は電話を切った。ちょろい。

律子に電話をかける。彼女は徹夜だ。警視庁本部の公安一課で、会議の真っ最中だった。声に疲れが見えた。

「渋谷署長に根回しした。鵜飼の身柄はいつ引き取っても大丈夫だ」

電話を切ろうとして「待って」と言われる。慎太朗のことだろう。古池の下にも昨晩、水疱瘡を発症した連絡が来た。まだ一歳になっていないので、水疱瘡の予防接種は受けていない。罹患してしまったが、新生児ではないので、脳炎や肺炎を併発するリスクは少ないらしい。抗ワクチンを接種をしていまは様子を見ているという。熱はまだ下がっていない。

律子は場所を変えたようだ。改めて、慎太朗の心配を口にした。

「経過は悪くない。あまり心配しすぎるな」

「そうなの？〈アオジ〉と直接話したの？」

「当たり前だ、すぐ電話した」

律子は口ごもった。

「私は作戦中でメールの返信しかできなかったけど、でもとても心配していたのよ。作戦中にあの子のことをあれこれ考えていられない。南野君が工作中だったし――」

えらく焦って言い訳をしている。

「黒江」

律子が、黙りこむ。

「母親らしくいられないことを、気に病む必要はない。いまのままで――」

電話は切れた。

古池は警察庁の車両でひとり、渋谷警察署に向かった。銃器もセブの引き渡しも、渋谷警察署の捜査員から一切の抵抗も嫌味もなく、話がついた。いまどきの現場の捜査員は、実に物分かりがいい。

古池が作戦〈スキッド〉のために、米軍横田基地にいるCIA日本支局員に頼んでかき集めた銃器の数々は、南野に引き取らせた。いま、米軍横田基地へ返却に向かっている。

古池は捜査車両の運転席に座り、セブが連行されてくるのを待った。セブは手錠に紺色の拘束服を着せられ、連行されてきた。

こっちだと手を振ると、留置担当官はかなり戸惑った顔をした。

「護送車ではなくて大丈夫ですか」

「問題ない」

古池は左後部座席の扉を開け、セブを中に押し込めた。さすが百九十センチはでかい。手錠の鍵を預かる。

「あの、おひとりで……?」

この大男を、前後部座席を仕切るアクリル板もない捜査車両でひとりで移送するのか——それが不思議で仕方ないらしく、留置担当官が目を丸くしている。

「CIA極東アジア担当捜査員とこの先で待ち合わせしている。このまま横田基地に連れて行って、C3輸送機で米本土に移送だ」

なんかすごい話ですねぇ、と留置担当官はヘラヘラ笑いながら立ち去った。家族や友人に自慢するか。古池は書類箱に入ったセブの私物を見る。入っていたのはスマホと鍵、財布のみだった。

古池は留置担当官がエレベーターの向こうに消えるのを待ち、セブを見下ろした。

真っ青になっている。

「どういうことですか。ＣＩＡ？」

「嘘だよ」

古池は手錠を外してやり、拘束服も脱いでいいと言った。セブのヘーゼルグリーンの瞳が驚愕で輝く。古池は顔を近づけた。

「お前、本当に目がきれいだな」

セブは気色悪そうな顔をして、顎を引く。

「掘らねぇよ、心配するな」

古池は気安くセブの肩を叩き、扉を閉めた。運転席に座る。セブは黙秘していると聞いた。口を軽くさせてやろう。

「お前、巨根なんだろ。絶倫か？」

セブは変な顔をして、バックミラー越しに古池を見た。

「妻がすけべな女でな。大変なんだ、毎晩、搾り取られて」

セブは口元を大きな手で押さえ、隠した。笑いを堪えているのだ。古池は車を出した。

「うらやましいよ、アフリカンサイズ。たまに妻に叱られるんだ、サイズがな。年齢的にもさ」

笑ってみせる。煙草を勧めた。

「子供のころ、大麻漬けにされたんだろ。父ちゃんの仕業か？」

セブは煙草を口に咥えたが、目は逸らした。

「小学校に入ったら、ＭＩ６からもマリファナ貰ってたんだろ？」

「あっちじゃみんな吸ってる」

「吸わなきゃ虐殺できねぇもんな」

「何の話だ。虐殺？」

「少年兵だったろ」

セブは腹を抱えて笑った。

「あんた面白そうだなと思ったけど、所詮、日本人だ」

「悪い意味？」

「アフリカを知らない、という意味。タンザニアには？」

「いいや残念ながら」

「ダルエスサラームは広い。あるのは、自然と大都市とスラムだけだ」

「それが世界の全てだろ」

セブが含みのある笑いをする。故郷を思い出しているように見えたが、懐かしそうな顔ではない。

「あそこにテロリストなんかいない。日本にサムライがいないのと同じだ」

深いな、と古池は頷く。

「熊本で地震があっても、東京を心配しないだろ。沖縄県人に、アイヌ問題を投げかけるようなもんだ」

古池は納得した。私生活は乱れても、大学院で研究生をしているだけあり、頭はいい。

「それでお前はどこで育った。誰の子だ？」

セブは返事をしない。

「タンザニア育ちの青年が日本の新幹線技術の研究をするとは、どういう風の吹き回しなんだ？」

「タンザニ鉄道にはうんざりしていたんだ」

タンザニア国内を走る鉄道のことだ。

「中国人が敷いたのろのろの貨物列車で故障も多い。遅延や故障で三十四時間、座席の硬い客車に座り続けて尻が座席の形に固まったことすらある。新幹線ならふわふわのシートに包まれて五時間の距離だ」

「いつか故郷に新幹線を走らせたい、ということか」

セブは鼻で笑っただけで、答えなかった。

時刻は八時を回った。古池は北へ車を走らせていた。明治通りを北上し、靖国通りに出た。歌舞伎町の路地裏に入る。日本一の歓楽街は、いまの時間がいちばん静かだ。どの店もシャッターが閉まっている。仕込みをしているのか、ラーメン屋の裏口は開いていた。ラブホテルから出てきた男女がむっつりと歩く。

あちこちに大量のゴミ山ができている。指定ゴミ捨て場を中心に、電柱の下、オブジェの足元、ありとあらゆるところに空き缶やドリンクカップ、ゲロがある。糞まであった。

古池は車を停めた。降りて、後部座席の扉を開ける。セブが無邪気に問う。

「ここは？　飯でも食うんですか」

んなわけねぇだろうと古池は凄み、セブのちぢれた髪を鷲摑みにした。

「ファック、なにすんだ！」

「正直に話せ」

古池はセブの髪を摑んだまま歩き、細い路地裏に入った。焼き肉屋の裏手だった。油でぎとぎとの換気扇が見える。ゴミが古池の身長ほどにうずたかく積みあがっていた。

古池はゴミ山へ、セブを放った。セブは頭から突っ込んだ。クソ、と叫んで立ち上がろうとしたが、ゴミの海に溺れる。誰かの嘔吐物に足を滑らせ、もたつくばかりだ。

「父親がテロリストでもない、少年兵だったわけでもない、だが記録が一切ない――お前、スラム出身者か？」

古池は煙草に火を点け、セブを見下ろす。セブは顔を真っ赤にして、殴りかかろうとしていた。その鼻先に、一枚の写真を突き付ける。

真奈が見つけた、ダルエスサラームの風景写真だ。どこかの小高い山から撮ったのだろうか。右手に都会の高層ビル群、左手にキリマンジャロが写る。この手前側――写真では下の方に、薄汚いスラムが広がっているはずだ。だが、そこは切り取られていた。

「せっかくベッドに誘ってくれた〈小林美咲〉にブチ切れたのは、思い出したくもない故郷の国歌を聞かされた上に、この写真を見せられたからだな。お前が切り取ったのか？　お前が生まれ育った、きったねぇ場所を」

クトゥンバウェウェ、とセブが叫ぶ。スワヒリ語だ。ファック・ユーあたりだろうか。

「母国語か？　猿みたいな言語だな。ゴミを漁って生きてきたんだろう？　どうやってＭＩ６に拾われた？　父親は誰だ！」

「シャラップ！」

今度は英語で叫び、セブが殴り掛かってきた。大振りだが、リーチでは古池の方が不利だ。古池は左手でセブの腕を払い、セブの懐に素早く入って下から拳を突き出した。顎に入れた一撃でセブは失神してしまった。セブの反応の鈍さを見るに、やはり少年兵だったとみるのは間違いとわかる。セブはすぐに目を覚ました。ゴミに埋もれ、唇の隙間から血を垂らしてボケーッと宙を見ている。

「言え。父親は誰だ」

セブは、電線が縦横無尽に走る歌舞伎町の空を見ている。やがて目の焦点が合ってきた。覚醒したかと思ったら、泣き出した。舌を切ったのだろう、入れ歯を失くした老人みたいにしゃべる。

「父親は知らない。読み書きすらできない、名もなきスラムの男だ。母は、レイプされたんだ」

セブは、顔を両手で覆った。

「母は、観光中にレイプされた。ロンドンに帰国後に妊娠に気が付いた」

敬虔なプロテスタントだったそうだ。中絶は許されない。

「だから産んだよ、俺を。だが、俺の浅黒い肌と縮れた髪が耐えられなかったんだと！　それで再びダルエスサラームに戻って、俺を捨てたんだ……！」

セブは、足先にあったゴミを蹴り上げ、手に取った。ぐちゃぐちゃに引き裂き、叫ぶ。

「ゴミを食って生きてきた！」

古池は同情した。飯もろくに食えなかっただろう。風雨をしのぐ家もなかった。

「唯一の娯楽は、誰かが捨てていったボロボロのサッカーボールだよ。でもどうしても、十一人、揃わない……」

子供が餓死しても誰も気にしない。子供が売られても大人は見て見ぬふりをする。スラムとは、そういう世界だ。

「なるほど。どうしても十一人揃わなかった。だからお前が作ったサークルはイレブン・サインズなのか」

セブは答えない。ゴミに埋もれて動かなくなった。

「MI6との出会いは？」

「死んだ友人のフリをしたんだ。神の抵抗軍の少年兵で、父親もそこのテロリストだった。その身の上話を借りた。近所で言いまわっていたら、すぐに食らいついてきたよ。MI6は大事にしてくれた。金も大麻もくれたし、飯も食わせてくれた。イギリス人にもさせてくれた」

MI6はセブに一杯食わされていたというわけだ。ゴミを食って生きていても、セブは当時から狡猾だった。

「ロンドンの母親との再会は？」

「会ってない。引き取ってくれたのは、祖母だ。MI6がお膳立てを」

「そうか。よくぞここまで這いあがってきたもんだ。十歳から読み書きを始めたんだろ？　それがいまや、日本屈指の理系大学で、最新の新幹線技術の研究員だからな。大した出世だ」

褒めてやったが、たしなめる。

「で？　お前はイレブン・サインズを立ち上げて、なにがしたかったんだ？」

セブはゴミに埋もれたまま、淡々と答える。

「物心ついたときから、食べる物も着る服も寝る家も、愛も、なにもなかった。だから全部手に入れることにした。それだけだ」

　衣食住に困らなくなったいま、愛――というよりは、性欲を満たせる相手を常にはべらせておけるグループが欲しかった、ということか。

　古池はセブの腕を引き、立ち上がらせた。セブは血の唾を吐いて問う。

「あんた、一体何者なんだ」

　答えず、核心を突く。

「五月一日、なぜ霞が関にいた？」

　セブが日付をオウム返しにする。

「お前が霞が関の桜田通りをうろついていた日の話をしている」

　セブは記憶を探るような目をしたあと、堂々と答える。

「法務省だ」

「法務省に？　なにをしに――」

　と尋ねたところで、真奈の報告を思い出す。ビザの不備もなにもないのに訳もわからず法務省に呼び出されたことがあると不満を漏らした。セブもその話に触れる。

「こっちが聞きたい。ビザに不備があると言われて、呼び出されたんだ」

「ビザに不備があったら普通は出入国管理局に呼び出される」

　品川にある。霞が関に呼び出しなど聞いたことがない。

「知らない。あっちが法務省に来いと言ったんだ」

「あっちとは誰だ」

「だから、法務省の人間だ。出入国管理部警備課と言っていた」

「担当者の名前は」

「名乗っていない。男の声だった。研究内容が証明できる書類を持って五月一日の午前中に来いと指定してきた」

電話は前日の夜だったという。セブは大量のレポートとタブレット端末を持って訪ねたらしい。

「だがたらいまわしだ。どこの誰が俺を呼び出したのかわからないまま、結局なんの手続きもせずに終わって、お咎めなしだ」

——なるほど。セブは嵌められたのだ。

「番号は残っているか？」

古池は車に戻り、書類箱の中に入ったままのセブのスマホを起動させた。二か月前の着信履歴はもう残っていなかった。あとで通信会社に問い合わせるしかない。

セブは、わけがわからないという顔で、古池に迫る。

「なにがどうなってる。頼む、教えてくれ。そもそもあんたは誰なんだ」

「何者でもない。ただ、これでわかった」

お前に用はない。

クリーニング代に、一万円札を握らせた。

「ドラッグはだめだ。しっかり勉強しろ。タンザニアに新幹線を。いい夢だ。アフリカ大陸における中国の影響力を少しでも排除できたら日本国としてもありがたい」

古池はセブの肩を叩き、ひとり捜査車両に乗る。セブを路地裏に残し、霞が関に戻った。

律子は明け方に内幸町の自宅に帰った。パンツスーツに着替えて、すぐに出勤しなくてはならない。真奈を迎えに行くのだ。

シャワーを浴びながら、自分を責めてみる。

我が子が水疱瘡で苦しんでいるというのに、別の人のために病院に行く――。

なぜか今日は気持ちがかき乱れることはなかった。作戦の大きな山場を無事乗り越えた達成感の方が強く、病気の息子に付き添えない罪悪感が全く起こらない。

律子は必死に、最後に見た息子の顔を思い出そうとする。国境で引き離された時の悲しみ、慎太朗が律子の方へ両手を突き出してわっと泣いたあの時、古池に抱かれてあきらめた――だがずっと律子を見ていたあの息子のけなげな顔を。

律子は胸を触った。妊娠前より小さくなっていた。乳首をしごけば出た母乳が、もう一滴も出ない。

私は母親。私は母親。私は母親。

律子は歯を食いしばり、乳首をしごき続けた。右がダメなら、左を。出ないなら、もう一度右を――。

一滴も出ない。

血が滲んできた。その血が言う。

早く仕事に行け、と。

真奈は眉毛の上を三針縫うけがをしていた。右目に眼帯をして、救急病棟のベッドに横たわっている。じっと天井を見据えていた。律子は真奈をねぎらいつつ、八時から精密検査だと伝える。

「朝食は食べられた？　なにか必要なものがあれば、買ってくるわ」

「黒江さん」

「なに」

「テロリストを愛していたんですよね」

唐突に訊かれる。古池が真奈に語った話の続きのようだ。律子は改めて周囲に目をやり、人がいないことを確認した。真奈の耳元で囁く。

「愛してなんかないわ、作戦のために――」

「でも、愛されていたんですよね？」

律子は答えに窮した。律子の体を通り過ぎ、死んだテロリストたちの顔が浮かぶ。

「私も……！」

真奈が突然、感極まったように、叫ぶ。

「愛されたかった！　がんばったのに。あんなに勉強して、セブを愛そうと努力したのに。どうして愛してもらえなかったんでしょうか」

はらはらと涙を流す。一筋が耳の穴に入り、もう一筋は枕に落ちた。押し殺した声でもう一度、真奈が律子に訴える。

「私は、愛されたかった……！」

夜、律子は内幸町の自宅で書類を捲っていた。二十一時過ぎに古池が訪ねてきた。

「飯、食ったか」

勿論と答えたら、古池は拍子抜けしたような顔をした。

「帰ってこないから、またなにかあったかと」

律子は二人分のコーヒーを淹れながら、苦笑いした。

「自宅はこっちよ」

「そうか。ずいぶん落ち着いたな」

古池はなにか言いかけた。慎太朗のことだろう。結局、口を閉ざす。下手に触れて律子を刺激したくないのだろう。

古池がダイニングテーブルに広げられた書類を見た。鵜飼真奈の人事書類だ。十三階が作成したもので、生い立ちや学生時代のエピソード、警察に入ってからの人間関係、恋人の有無や恋愛遍歴のことまで、事細かに記してある。

「なんで鵜飼を調べている？」

「調べてるわけじゃない。気になったの。そういえば、目を通していなかったし」

古池がダイニングテーブルに座った。律子はコーヒーを出す。セブのことを尋ねた。

「逃がした。あれはテロリストじゃない」

セブがレイプ被害でできた子供だったこと、スラム育ちのこと、十一人というサッカーの人数から来たイレブン・サインズの名前の由来、そして新幹線へのこだわりなどを教えられる。

北上は無罪放免になっている。大麻はトイレに流していた。所持を確認できないと、逮捕できないのだ。弁護士の父親がすっ飛んできたのもあるだろう。口うるさい弁護士がついている人物は、重罪でない限り、警察は追及しない。

「女の子たちは？」

「尿検査で薬物反応が出たが、知らなかったと言っている。送検されたとしても初犯だ。不起訴で終わるだろうな」

「シェアルームの家宅捜索は？」

「とっくに終わった。あの家はもう空っぽだ。全部押収した」

シェアルームからの押収品は南野と三部、柳田が手分けして調べているが、テロ計画と思われるものはなにも出ていないという。

「結局、十三階に爆発物を仕掛けたのは誰だったの」

古池はため息を漏らした。

「セブは嵌められた可能性が高い」

誰かが五月一日の午前中を指定して、法務省に来るように指示する電話をセブにかけていたらしいのだ。たまたまサークル名がかつてのテロ組織と繋がる団体と似ていたことから利用されたのか。3・14のトラウマがある十三階が、セブが新幹線の技術研究者であるということに過剰反応してしまったのも一因だろう。

「いま通信会社にセブを呼び出した番号を問い合わせている。声は男で、法務省を名乗った」

律子は天を仰いだ。

「法務省の関係者が黒幕ということ？」

これまで、法務省のほの字も捜査線上に上がったことはない。

「また一からやり直しね」

古池が苦い顔をする。

「佐倉にまたどやされるな。早く〈ウサギ〉に対して手を打たねばならない時だ」

律子はコーヒーカップを両手で包み、ぽつりと言う。

「――愛されたかった」

「愛しているさ」

マグカップを包む手を外され、握られる。

「真奈ちゃんの話」

律子は古池の手に、指を絡ませた。

「セブに、愛されたかった、だって」

「俺が情を掻き立てすぎたか？」

「間違ってないと思う」

律子は南野の例を出す。

「彼の防衛や監視作業はいつも完璧。でも南野君、私たちができるのにできないことが、あるでしょ」

古池は細かく頷いた。

「わかってる。あいつに投入や運営は難しい」

人と深く関わりを持つことができない。人の情動を理解できないのだ。

「生い立ちだろう。親を憎んでいて、幼少期は親戚中をたらいまわしにされ、児童養護施設で育った。恋人もコロコロ変わる」

「そういうタイプは、私たちみたいに苦しまずに情報提供者を運営したり、潜入捜査できるんだと思ってた」

違うのね、と律子は言う。

「私たちはきっと、普通の家庭に育って、親から愛情をもらっているから、運営や投入ができるんだと思う」

人がなにに感動し、なにに怒り、なにで悲しむのか。直感で理解できる。

「だけど、南野君にはそれがわからないところがある」

古池が真奈の書類を取る。

「鵜飼真奈も、か」

「警察学校の記録を見たの。入校式にも卒業式にも、父親は出席していない。いまも父親とは没交渉みたい」

古池がページをめくりながら、頷く。

「父親となにかあったか」

「母親の方だと思う」

東大出の美人、才色兼備、超優しい――母親の話になったとき、真奈は異様に母親のことを褒めちぎっていた。他人に対し、自分の親をあんな風に評するだろうか。

彼女の生い立ちは、十三階の作業員になれるほどのエリート風ではある。だが、どこか張りぼてのようでもある。一九九三年、中央区生まれ。当時は日本一と言われた超高層マンション——いまでいうところのタワーマンションで生まれ育った。よくよく調べると三階の二十五平米のワンルームに住んでいたようだ。家族三人、窮屈だっただろう。真奈はお受験で私立の小学校に通い、都内で女子御三家のひとつと名高い私立女子中学校に合格した。同系列の高校に進学したあと、大学受験に失敗したようで、彼女は滑り止めの三流の大学に入った。

見栄っ張りの背伸びが最後の最後でつまずいた、という空気をひしひしと感じる。

この窮屈極まりない家庭環境と外面を気にするふうの両親——真奈の生育環境に逃げ場のない息苦しさを感じるのだ。

テロの被害者のことを悪く言いたくはないが、律子は結論づけた。

「真奈ちゃんには難しいかもしれない。私たちがしてきたことを、させるのは……」

そうだろうか、と古池が目を上げた。

「俺は、お前の方こそ最初、無理だと思っていた」

律子はひどい、と苦笑いした。

「本当だ。やれたとしても情報提供者の運営まで。投入はとても無理だと思っていた。鵜飼とそう変わらない。父親を早くに亡くしたからだ。母親とは仲が悪いだろう」

人とうまくコミュニケーションを取れずにいたのは、確かだ。かつてはどの恋人とも長く続かなかった。

「最初の投入のときだって、前のめりすぎて相手に引かれてたじゃないか」

確かに、と律子は考え込む。

「お前は最初、男女の機微がわからなくてめちゃくちゃだった。でも少しずつ理解して、できるようになった。なぜかわかるか？」

「古池さんの下で学んだから」

「違う。俺がお前に惜しみない愛情を注ぎ続けてきたからだ」

律子は三部の言葉を思い出す。

父親代わりなのだと……。

おい、と古池に額を突かれた。

「自分で言うなと笑うところだ」

——笑えない。

「ごめんなさい。私はあなたに甘えすぎているところがあるし……」

「感謝も謝罪もいらない。次の世代に与えろ」

古池に腕を引かれた。

「母になるんだ、黒江」

「もうなってる。あなたの息子の」

「鵜飼のだ」

律子はハッと、息を呑む。改めて、上官であり作業員として師匠だった人の顔を見据える。

「鵜飼を、我が子のように思って接しろ。惜しみない愛情を注ぎ、支え、なんでもしてやれ。大丈夫だ、あの子はお前の愛情でちゃんと育つ」

律子は古池を見つめた。夫であり、我が子の父である前に、この人は律子にとって十三階の父であることを、実感する。

「黒江。十三階の母になれ」


イレブン・サインズは大学側から解散命令が出された。

セブはイギリスへ一時帰国している。幹部のたまり場だったシェアルームは解約され、女二人は別の友人宅へ転がり込んだ。北上は実家暮らしを始め、なにごともなかったかのような顔で大学へ通っている。

真奈は大きな怪我はなく、一日で退院した。シェアルームから出した段ボール箱数十個分の押収品を必死に探っている。セブをあきらめきれない気持ちの根源が、公安捜査員としてのそれなのか、女としてのそれなのか、自分でもわからない様子だ。セブの部屋にあった写真やレポートを、目を血走らせて見る。いまは、十三階に届けられた爆弾とセブを繋ぐ私物がないか、七月一日の新型車両出発記念式典に関わる書類がないか、血眼になって分析している。

愛されたかったと律子に訴えた彼女は、ずいぶん焦っているように見えた。セブは嵌められただけという古池の説を否定し、あっさりイギリスへ渡るのを許したことに激怒する。

「通信履歴取るだけ無駄ですよ。セブは嘘をついて警察を振り回している間に、イギリスでテロの準備を始めているんです」

決めつけすぎだと注意すれば、真奈は真顔で律子に迫る。

「黒江さんは、誰が十三階に爆弾を仕掛けてきたと思っているんです？」

「わからない」

「わからない。でもイレブン・サインズではないと結論付けた。どうするんですか、この先」

「セブのスマホの通信記録を待つしかない」

「その間、なにもせずに待てと？　七月一日のN700S新型車両のお披露目まで、あと二日しかないんですよ！　セブが嘘をついていて、セブを呼び出す電話なんかなかったら？」

律子は、母になる――。それは、彼女を否定せず、受け入れることか。

仕方なく、真奈の押収品確認作業に付き合うことにした。押収品の中にはセブの研究ノートが数百冊あった。難解な計算式の他、英語で記された実験記録もある。実験ノートの解読は骨が折れるし、眠気を誘うが、二人で取り組んだ。

深夜二時ごろ、「限界！」と叫んで、真奈がソファに倒れ込んだ。「眠くなるから」という理由で、食事も殆ど取らなくなっていたせいか、頬がげっそりやつれている。

凄まじい執念だった。

律子は、ソファに横たわる真奈にブランケットをかけてやった。今日は自分も泊まるか、と他に寝床を探す。

古池は来週に迫った天方総理の夏休み登山の準備で忙しくしている。律子には慎太朗の話をする相手がいなかった。日を追うごとに、母性を失っていく。むしろ、真奈を導き、支えねばならないという使命感の方が強くなっていた。

「お母さん――」

呼ばれた気がして、振り返る。

真奈は寝言を言っていた。眉間に深い皺が寄っていた。再び母を呼ぶ。びっしりと、額に汗を浮かべていた。律子は汗を拭いてやり、額に手をやる。

真奈の額から手を外した時、慎太朗のことを思い出した。水疱瘡は治り、いまは元気にしているとき〈アオジ〉から連絡を受けているが、生後三か月のときも突然高熱を出し、ぐったりしたことがあった。突発性発疹だった。まだサンディエゴに居を置く前で、律子と古池はホテル住まいだった。古池が救急病院へ向かうハンドルを握る後ろで、息子はぐったりしていた。律子は生きた心地がしなかった。もしこの子が死んだら、私も死ぬと思った。慎太朗が消えた世界、それは生き地獄だと思った。

いまは——。

「なんで！」

真奈が叫んだ。はたと目覚め、天井を凝視している。律子は真奈の顔をのぞきこんだ。真奈が咄嗟に顔を腕でかばった。律子に叩かれるとでも思ったのだろうか。

「大丈夫？　悪い夢でも見ていたみたい」

コーヒーを淹れてやろうと、律子はマグカップにインスタントコーヒーの粉を入れた。二の腕が、自分の乳房に触れる。ずいぶん低い位置まで垂れた。授乳を突然絶たれたそれは、もっと咲けたのに摘まれてしまい、色をつけたまま萎んだ花弁のようだった。

ちらりと、真奈を振り返る。

真奈は上半身を起こし、壁の一点を凝視している。放心状態といった様子だった。

律子のジーンズの尻ポケットに振動がある。〈アオジ〉からメールが届いていた。

律子は開かぬまま、メールを削除した。

見るのが怖かった。

作戦〈スキッド〉で大きな山を越えてから、息子を見てもなにも感じなくなってしまった。水疱瘡の跡が三つ残るふっくらした頬や、どんどん生えそろう歯がのぞく小さなお口も。ここ数日、なにを見ても、感情は停止したままだ。そんな自分を認識するのが、怖い。

古池には、口が裂けても言えない。

だが、誰かとこの感情を共有し、わかってほしい。

息子をかわいいと思わなくなることが、十三階を生きる律子にとっての生存本能だ、ということを。

真奈に話そうか。

「真奈ちゃん」「黒江さん」

同時だった。互いに目を丸くし、噴き出してしまう。互いに譲り合ったあと、真奈が質問する。

「黒江さんの一番古い記憶って、なんですか」

「え？　質問だったの」

律子は真奈にコーヒーを渡し、隣に座る。一番古い記憶――。

「父に、千曲川に投げ込まれたことかな」

真奈は慌てた顔になった。

「もしかして、虐待されてたんですか？」

律子は笑って首を横に振った。

「遊んでただけよ。父は、私を息子みたいに育てていたから」

コーヒーを一口飲み、真奈に尋ねる。

「真奈ちゃんの一番古い記憶は？」

真奈が目を逸らした。訊くからには自分も言うつもりだったのだろうが、口を開かない。ごまかすように笑った。

「やだなぁ、深夜の女子トーク。余計なことしゃべっちゃいそう」

律子は無理には聞き出さなかった。コーヒーを飲み終わり、流しで洗った。

「黒江さん」

「ン―？」

「亡くなったお子さんの話、聞いても？」

律子はドキッとして、蛇口を閉じた。話したいと思ったことを、見抜かれたような気がした。

「かわいかった、ですか？」

律子は背を向けたまま、手を拭いた。

「それとも、大変で、煩わしかったですか？」

律子はシンクの上に手をついて、体重をかけた。殆ど何も考えぬまま振り返る。

「生きてるんだ」

「え？」

「慎太朗っていうの。生きてるの」

真奈は悲痛なまでに顔を歪めた。視線をせわしなく動かしたあと、眉毛をハの字にする。

「――どうして亡くなっていることに？」

「命を狙われているから。私は十三階の作業員でいる限り、育てられないの」

「いま、どこに」

「それは、ごめん。言えない」

「でも――誰が赤ん坊の命を狙うんです？」

律子は急に息苦しく感じて、窓を開けた。赤みを帯びた満月が上がっている。ウサギがいた。

思い切って、口にする。

「天方美月」


新田官房副長官が言及した通り、天方総理大臣の夏休み登山の日がやってきた。

七月八日になっている。

七月一日のN700S新型車両出発記念式典には百人以上の公安捜査員を入れて警備に当たらせたが、式典は滞りなく行われ、なにも起こらなかった。

十三階に爆弾を送りつけ、次はなにを狙おうかなと鼻歌のようにテロ予告してみせたのは、一体、何者なのか。目的はなんなのか。黒江班が分析作業を続けているが、なにもわかっていない。

御岳山は、ケーブルカーやリフトが整備され、登山道が充実している。山頂付近には食事処や土産物屋が並んでいた。

古池は前日のうちに御岳山に入り、警備計画の打ち合わせに参加した。夜は宿を取った山荘の宴会場で、内閣情報調査室に出向中の警察官たちと山菜料理を楽しむ。

栗山と久々に酒を酌み交わせたのが嬉しかった。筍の皮を巻いて丸ごと六時間蒸したというヤマメの蒸し焼きに舌鼓を打つ。十二年ものというかりん酒を、栗山に薦められるままに何杯も飲んでしまい、少々酔った。

早めに宴席から上がり、山荘内にある大浴場へ向かった。

体を洗い、熱めの湯にさっと浸かって出ようとしたら、佐倉が入ってきた。律子はかかしだと言っていたが、裸体を見るとそうでもない。細いながらも筋肉の筋がはっきりと浮かぶ。四十五歳なら、日々意識して鍛えないと、もっとたるんでぶよぶよになる。

古池はぬるめの薬草風呂に移動した。体を洗い終えた佐倉が、狙いすましたように古池の隣に入る。

「ひどい傷だ」

古池の上半身を見て、目を丸くする。古池は抉れた右胸を指さした。

「これはカモメに食われた」

腹に縦一直線についた傷に触れる。

「これは切腹に失敗した痕」

佐倉は大笑いしたが、神妙に言葉を足す。

「真に闘ってきた男は、武勇伝を語らない」

「あなたのバイオリンには敵いません。女はあの音色でイチコロでしょう。妻も感涙していた」

佐倉が深刻そうに眉を寄せた。

「黒江君のあの涙は、感動のものではないよ」

古池は口を閉ざす。言われなくてもわかっている。

「悲しみの涙だった。『フライ・ミー・トゥ・ザ・ムーン』に、悲しい記憶があったのかな」

古池は答えず、薬草で濁った湯で顔を拭った。

「息子を死んだことにするというのは限界があるのでは？　会えないばかりか、我が子が死ぬという想像もしたくないようなことを口にせねばならない。そんな母親の苦悩はいかばかりか」

古池は断言する。

「息子は本当に死んだんです。ティファナの薄汚い病院で、私と妻で看取りました」

詳細に、口から出まかせを言う。

「熱にうなされはじめて数時間、だんだん呼吸が浅くなっていくのを、ただ見ているしかなかった。乳児を診れる小児科医が見つからなかったせいで、なにもしてやれなかったんです」

古池は目を赤くしてみせた。再び湯で顔をこすり、涙を誤魔化すふりをする。佐倉は神妙に古池の顔を観察している。古池は切り替えた。声を一オクターブ低くする。

「あんた、俺たちの息子が生きていると、二度と疑うな」

佐倉が口元を引きつらせる。

「親にその最期を何度も語らせる気か？　それがどれだけの地獄かわからないか！」

浴室だから、怒鳴り声がよく反響した。立ち上がる。佐倉は慌てた様子で腰を浮かす。

「すまない、私は――」

古池は佐倉を振り切り、薬草風呂から出た。

これで信じたか。

翌朝、古池は出動する直前、山荘の外で一服した。幼稚園児くらいの息子を連れた父親が、目の前を行き過ぎる。男児は虫取り網を持ち、虫かごを下げていた。カブトムシが見つからないと泣いている。昼間は見つけにくいだろう。

古池は煙草をすりつぶして部屋に戻ろうとした。山荘の扉にカブトムシがひっついているのを見つけた。古池は角を指でつまみ、手のひらに乗せた。いつか慎太朗も、こういうのを欲しがるのだろうか。

古池は口数の少なかった父親のことを思い出す。かわいがられた記憶は全くないが、愛されていないと思ったことは一度もない。夏休みになると、興津の雑木林に夜間、古池と弟を連れていってくれた。弟は虫を怖がっていたが、古池はティシャツにびっしりとセミの抜け殻をくっつけ、カブトムシやクワガタを次々と虫かごに押し込めて雑木林を走り回った。

古池は先ほどの親子に声をかけ、カブトムシを譲った。男児は歓声を上げて喜び、父親は頭を下げた。

山荘の部屋に戻って出動準備をしながら、すべきでなかった——と反省する。人の印象に残ってしまうようなことをしてはならない。十三階作業員の鉄則だ。父性がしばしそれを忘れさせてしまう。

母性はもっとだろう。律子の最近の落ち着きが、却って心配になる。

天方内閣総理大臣をケーブルカー乗り場で出迎えた。武蔵御嶽神社を参拝、長尾平までの登山道の道中を、古池はお供する。

総理と直接謁見するのは今日が初めてだ。

古池は、自分が呼ばれた意味を考える。

律子がさせられたような工作活動を強いられるのか。

美月絡みだろうか。

ケーブルカーが到着した。天方総理が降りてくる。ベージュの長袖長ズボンの登山服姿だ。登山用のストックがバックパックから突き出ていた。

古池は十五度の敬礼で迎え入れた。

笑顔の天方が古池を見る。帽子のつばの陰のせいか、頬が痩せこけて見えた。握手を求められる。古池は恐縮しつつ、手を握り返した。

「君とは初めましてだったね」

不思議だよ、と天方が微笑む。

「長らくの盟友という気がしてならない」

古池は心から光栄に思い、ますます頭を垂れる。行こう、と天方が先導をする。後からＳＰ三名と、佐倉とは別の政務秘書官ひとりがついてきた。合計五名で天方の周囲を固めながら、登山道を歩く。

武蔵御嶽神社までは石段を三百三十段、上がらねばならない。天方は途中で一度立ち止まる。

古池はその手を取り、近くのベンチへ促した。

「ありがとう。古池君」

古池は、天方の節くれだった手を握りながら、嫌な予感を募らせた。手首は女のように細かった。再び階段を上る。最後の一段の足が、天方はなかなか出ない。古池は天方の二の腕を持ち上げるように引いた。筋肉よりも骨の感触が強い。

しばし社務所で休憩したあと、揃って参拝をする。先回りしていた警備部の連中が、登山客が近づかないように目を光らせる。あまりに痩せたからだろうか、登山服姿だからか。総理大臣が登山中と気づく人はほとんどいなかった。

そのオーラが消えているからだ。

参拝を終え、長尾平に向かった。

急病人を運ぶヘリポートにもなっている開けた展望台だった。周囲の奥多摩山塊を見渡せる絶景ポイントでもある。レジャーシートを敷いて弁当を食べるのに良さそうだが、登山客は少ない。八か月前、ここで焼死体が発見されたのだ。その痕か、草が焼け落ちて土がむき出しになっている場所があった。

内閣情報調査室の若者が、折りたたみの椅子を二つ広げて、待ち構えていた。絶景の場所を取っておいたらしい。横に敷かれたレジャーシートでは、佐倉が正座をして二つのマグカップにポットの湯を注いでいる。

儀間の死体を焼いた場所に背を向ける位置だった。

古池の付き添いはここまでだ。一礼し、立ち去ろうとした。

「待ってくれ」

天方に呼び止められた。

「話そう。いま準備させているから」

古池のためのコーヒーだったようだ。古池は恐縮しながらも、折りたたみ椅子の前に立つ。天方が腰掛けるのを待ち、腰を下ろした。

佐倉が天方と古池にコーヒーを差し出した。古池にひとつ目くばせし、佐倉はＳＰ三名と共に立ち去った。

古池と天方の二人きりになった。

まだ午前中のはずが、どこからかひぐらしが鳴く声がする。改めて、眼下に広がる景色を見渡した。

「心が洗われるな。やはり、来てよかった」

古池は背中に儀間を背負っているような気持ちだ。

「君には仕事で申し訳なかったね。こういう景色は、家族で見るべきだ。妻子と共有すると、感動もまたひとしおだ。絆も強まる」

気付いた様子で、天方が気遣う。

「お子さんのことは、残念だった」

古池はひとつ頷いたのみで、尋ねる。

「ご家族で来られたことが？」

「若いときね。内閣府政務官だったころだよ」

いまから二十年近く前の話だ。

「妻と、小学校に上がったばかりの美月を連れて、ここへ来た。変わらない。前に来たときも同じ景色が広がっていた。自然は変わらないのに、私を取り巻く状況はあまりに変わってしまった」

　政権は安定している。左派政治家としてデビューした娘のことを言っているのだろうか。

「君、奥さんは元気か」

「ええ。おかげ様で」

「夫婦で命がけの任務をこなしてもらっている。十三階の中でも、とくに君たち夫婦の献身に私はどれほど助けられたか。だからこそ、作戦成功の報告を受けるたびに、歯がゆい思いをしていた」

　総理官邸に呼び、表彰し勲章を与えたい。食事会を催してねぎらいたいと天方は思っていたようだ。

「だが、君たちはそれが許される立場ではないからね」

「承知の上で国を守っております。お気持ちだけで」

　古池はコーヒーを飲んだ。

「煙草、あるか？」

　胸ポケットから煙草を差し出した。火をつけてやりながら、古池は天方に問う。

「かなり前におやめになったかと」

「美月に嫌がられてなぁ」

　煙を吐きながら苦笑した天方は「君も」と促す。古池は失礼して、共に一服した。

　古池の煙草が早々に灰になっていく。天方の煙草はなかなか進まない。天方は瞬きが多くなった。少しクラッときているようだ。

古池が吸い終わるころ、まだ紫煙をくゆらせている天方が、言った。

「再発してね」

古池は頷く。とっくに察していた。

「お煙草は、悪いのでは？」

「最後のあがきさ。死刑台に登る前の一服かな」

「さほどに悪いのですか」

「がん細胞がリンパの方にも転移している。手術をしても、五分五分らしい」

「五分五分なら、充分な可能性があります」

天方は穏やかに笑った。

「生き延びたとしても、それはベッドの上での話だ。永田町にはいられまい」

天方は、大きく伸びをした。

「月末にも、退陣表明を行うつもりだ」

古池は頭を下げ続けた。

「長らくのお勤め、大変お疲れ様でございました」

「おい、まるでムショから出てきた組長じゃないか」

天方が肩を揺らして笑った。

「後任の調整は、これからですか」

「周辺では官房長官一本で絞ると結論が出ている。気の毒なのは佐倉君だ。政務秘書官に就任した直後にこれだからね」

まだ佐倉本人に言うなよ、と釘を刺される。政務秘書官にすら辞任の意向を伝えていなかったことに、古池は驚く。

「党内の左寄りが総裁選に立候補するだろうが、追随する議員は少ないというのが側近の読みだ。官房長官に四年、その後、私の派閥の何人かで回したあと——」

天方は沈黙をはさみ、きっぱりと言う。

「美月に継いでほしいと思っている」

古池はしばし絶句した。やっと声を振り絞る。

「御冗談を」

「私は本気だ」

「彼女は極左です。国が弱体化します。北朝鮮情勢が悪化し、中国が急速に軍部を強大化させ、尖閣を脅かしているいま——」

「美月は、民自党に入りたがっている」

古池は失礼ながら、笑ってしまった。

「それはあまりにも——」

「わかっている。身勝手だろう。沖縄県民は激怒する。だが、激怒するのは南の小さな島々の民のみだろう」

天方が、煙草をはさんだ手を振る。古池は灰皿を忘れていた。慌てて携帯灰皿を差し出した。天方はもう消えているのに、煙草をいつまでも携帯灰皿に押しつぶし続ける。携帯灰皿を支える古池の手のひらに、煙草の熱が伝わってきた。

番長に「言うことを聞け」と手のひらに焼きを入れられている――古池はそんな気分になった。天方が遠回しに言う。

「南のすみっこは批判しても、列島は、美月に熱狂するだろう」

史上最年少の総理大臣として。

女性初の総理大臣として。

「古池君。娘がその座に就いたとき――私へ向けてくれたものと同じ忠誠心で、美月を支えてくれるか」

「我々は体制の擁護者です。たとえどんな悪党であっても、国民の代表が選んだ総理大臣を、全力で支えます」

肯定したつもりはない。古池はむしろ、国民の代表――つまり与党民自党議員は、美月を選ばないと思っている。天方は古池の意図を見抜いていたようだ。かなり強い調子で反論する。

「国民が望めば、空気は変わる」

「……………」

「国民こそが美月を選ぶ」

天方と長尾平で懇談していたのは、たったの十分だけだった。古池にとっては、数時間に及ぶ緊迫した会談に思えた。

天方はこの先の登山道を下った先にある、七代《ななよ》の滝へ向かう。ＳＰ三人と佐倉がエスコートの番だ。佐倉に様子を訊かれた。

古池はなにも答えなかった。

佐倉にはこれから退陣を伝えられることだろう。これからも美月を支えろ、と。

古池はいつまでも長尾平にいた。薄い雲が山々の頂を流れていくのを、眺めている。

電話が鳴った。

律子だ。興奮している。

「先生、出た」

こっちも出た――という気分だった。

賽は投げられたのだ。

政界を引退したとしても、天方は八年もこの国を率いてきたリーダーだ。彼の影響力は確実に残る。そして天方美月はハイヒール外交のおかげで、いま人気絶頂だ。

なんとしても、天方美月の民自党入りを阻止せねばならない。入党してしまったら最後、遅かれ早かれ、その知名度と人気から政権にも名を連ねることになる。

古池の危機感をよそに、律子が訴える。

「北上康平のリュックから、レシートが出た」

古池は律子の声に意識を戻した。イレブン・サインズの話に集中しなければならない。

「レシートの日付は今年の四月十日。場所は埼玉県内のホームセンター。品目、読み上げます」

手持ち花火、大容量二百本入りを三袋。

アラーム時計。

鉄パイプ三十センチ。

シールド付きケーブル一メートル。

古池の目の前から、美しい御岳山の景色が、消えた。

「爆弾を作ったのは北上だったのか」

なんというつまらない結末だろう。あの小物が黒幕とは。


「イレブン・サインズの復活を、手伝います」

真奈が警視庁公安部公安一課のフロアで、堂々訴えた。

律子は黙って聞いていたが、三部が疲れたように、首の後ろを擦った。

「おじさんにはちょっと意味が分からないよ。復活を手伝う？　せっかく作戦〈スキッド〉を成功させ、イレブン・サインズを消滅させたのに、一体なんのために。そもそも誰かが復活させようとする動きでもあるのか？」

柳田が意見した。

「北上か？　だとしても、復活なんかさせずに逮捕で終わりにできる。君が見つけたレシートがその証拠だ。なぜわざわざ組織を復活させる必要がある？」

真奈は立ち上がり、身を乗り出した。

「十三階に爆弾が届けられた日、誰がセブを霞が関に呼び出したのか、わからずじまいなんですよ」

三部がすぐさま反論した。

「北上だったんじゃないのか。いずれ判明する。通信記録が出るのを待つしかない」

「これまではセブを中心とした作戦が立てられていたんです。今後はターゲットを北上に絞り、泳がせるべきです」

南野は真奈に賛成する。

「北上逮捕だけでは、やはり全てのテロの芽を摘むことにはならない。チャートをもっと充実させるべく、いまは関係者の内偵を続けるべきです」

真奈が勢いづく。

「しかも北上は二番手タイプです。自分では人が集まらないとわかっている。だから、前回はセブを使って新幹線テロを……」

律子は前のめりの真奈を落ち着かせた。

「まずは北上を今後一週間、内偵する。いちからアドレス作業をやりなおす」

「アドレス作業はもう終わっています！」

なにをそんなに焦っているのか、律子は首を傾げる。南野も咳払いした。

「鵜飼、ちょっと落ち着け」

真奈がホワイトボードに画像を張り付けた。青白い顔をしたおかっぱ頭の女子学生――。

望月かなりあだ。

ミリタリーマニアで、自衛隊や米軍施設に足しげく通っていた、と古池が気にしていた。確かに北上は逮捕直前にも、彼女について言及していた。

「彼女、七月二十六日に帰国予定です」

真奈が律子にメールの文書をプリントアウトしたものを回す。

北上と望月かなりあのやり取りが五枚に渡って印字されている。

『セブがパクられ怯えて逃げた。イレブン・サインズには君が必要だ。早急に帰国してほしい』

真奈が次々と書類を回してくる。

「時間がありません」

律子の目の前は紙だらけになった。新たに真奈が一同に配ったのは、余島のキャンプチラシとよく似たレイアウトの勧誘チラシだったが、小見出しの文言が全く違う。

『解散命令を受けて、イレブン・サインズは警察と大学に抗議表明をします！　幹部逮捕は警察のでっち上げ！　我々は健全なアウトドアサークルです！』

キャンプで人を集め、今回の解散騒動の真相を暴いて広めるつもりらしい。

確かに銃器不法所持はでっち上げだから、この件では起訴もされていないし、逮捕も取り消されている。一方で自らの薬物所持・使用疑惑については一切触れていない。なんとも都合のいい抗議文だった。最初は警察に対して『抗議』という言葉を使っていたが、文面の最後では過激化し、『攻撃』という言葉に成り代わっていた。

真奈が前のめりで言う。

「これは北上のパソコンに保存されていたチラシの下書き文書です。キャンプ場所を近場に変えて、決起集会を強行するつもりです」

場所を見た律子は、天を仰ぐ――。

『猿島にて、新イレブン・サインズ決起集会！』

チラシを見た南野が、眉をひそめる。

「猿島——って、どこにあるんです？」

柳田が言う。

「確か、東京湾唯一の自然の無人島だったかな。横須賀沖の」

目の色を変えたのは、ベテランの三部だ。

「あの猿島か!?　冗談だろ……」

なにがどうまずいのかと言わんばかりに、南野が戸惑っていた。三部が早口に説明する。

「米軍横須賀基地の目と鼻の先にある無人島だ」

律子は唇を噛みしめた。逮捕直前、確かに北上は近場の無人島で〝やばい〟なにかを計画していると口走っていた——。

米軍横須賀基地は、在日米軍の司令部がある重要な基地だ。空母ロナルド・レーガンの配備拠点でもある。この空母を守るために、イージス艦が何隻も横須賀基地に配備されている。海上自衛隊横須賀基地も隣接している。

「万が一、米軍横須賀基地でテロが起きたら、日米関係は急速に悪化するだろう。在留米軍がテロを許すほど貧弱だと言う印象を持たれたら、日々尖閣諸島を脅かす中国がなにを仕掛けてくるかわからない。在留米軍を傷つけることだけは絶対にダメだ」

律子は茫然と宙を睨む。

素性がよくわからず国外にいたため調査が後回しになっていたミリタリーマニアの謎の女が、表舞台に出てきた——。

真奈が付け加えた。声は興奮か恐怖か、震えている。

「この島は第二次大戦中に旧日本軍が連合軍の上陸を阻止するために、島全体を要塞にしています。未だに砲台や兵舎跡が残っていて、島の中は一歩道を逸れたら迷路です」

敵のめくらましのために山を切り崩して作られた切通しと呼ばれる通路、傾斜がついて出口が見えないトンネルなどがあるらしい。

「望月かなりあがミリタリーマニアだというのは、仮の姿なのでは？　イレブン・サインズの真のテロターゲットは米軍か自衛隊なのかもしれません」

ハワイに留学しているというのも、米海軍基地がそこに展開しているからか。パールハーバー・ヒッカム統合基地という、パールハーバー海軍基地と、ヒッカム空軍基地が統合された施設がある。望月かなりあが留学しているホノルルの大学の目と鼻の先だ。

イレブン・サインズの真の攻撃対象は十三階でも新幹線でもなく、在日米軍基地ということなのか。

律子は無意識に呟いていた。

「十三階にまず爆弾を送ってきたのは、ただの目くらまし……？」

セブが新幹線の技術研究者だったから、『新幹線』にアレルギーを持つ十三階を揺さぶり、警察のテロ捜査の隠れ蓑に使ったといえる。

十三階がセブにかかりきりになっている間に、在米中の望月かなりあが猿島での米海軍へのテロ計画を練っていたということか。

柳田が猿島の公式サイトにアクセスしながら、訴える。

「もしこの島をテロリストに占拠されたら、十三階の作業員だけでは手に負えません」

警視庁、神奈川県警の特殊部隊か。海に囲まれているから、海上保安庁に応援願うか。

「最悪、自衛隊の特殊作戦群まで出動願うことになるかもしれない」

自衛隊を動かすのは容易ではない。天方総理に『治安出動』をかけてもらう必要がある。戦後この号令をかけた総理大臣は一人もいない。病気で退陣目前の天方に、そんな心労をかけさせるわけにはいかなかった。

万が一、総理の退陣表明後の政局の混乱期に、猿島がテロリストに占拠され、米軍基地が狙われでもしたら——。

律子は強く真奈を見た。いますぐ投入に動けるのは、彼女しかいない。真奈が大きく頷く。

「私、もう一度イレブン・サインズに入ります。猿島での米軍を狙ったテロを絶対に阻止します」

第六章　要塞

作戦名は〈かがやき〉になった。

律子には気が滅入る作戦名だ。反対したが、真奈が聞く耳を持たない。

「投入されるのは私です。私の気持ちやモチベーションが高まる名前にしてください！」

〈小林美咲〉としてイレブン・サインズの復活を監視するべく、真奈は動き出した。だが肝心の、望月かなりあの帰国情報が曖昧だ。公安の動きを察知しているのか、北上への連絡も滞っていて、もう一週間も音沙汰がない。

律子らは猿島の地理をいちから把握するところから始めねばならなかった。

猿島は神奈川県の三浦半島沖にある。

横須賀市内の三笠ターミナルから船で十分ほどなので、絶海の孤島ではない。人は住んでおらず、バーベキュー場やレストランの従業員が昼の間、常駐しているのみだ。

島の南側にある砂浜以外は、切り立った崖で囲まれ、その殆どをタブの原生林で覆われている。旧日本軍が戦前に築いた要塞が観光の目玉だ。切通しや一部のトンネル以外は老朽化が進み、殆どが立ち入り禁止区域だ。要塞の地下は迷路のように複雑なつくりになっているという。北東部はオイモノ鼻という磯浜だ。断崖絶壁になっているが、階段を降りて磯まで下りれば釣りも楽しめるスポットになっている。

三部や柳田らは現地に行き、実際に立ち入り禁止区域に入って地図を作っている。立てこもりができないように、扉や道を塞ぐのも重要な工作だった。これは南野が担う。

着々と監視・工作の計画が進む中、律子は校長室へ、四度目の報告に来ていた。古池も付き添い、律子の説明を聞く。律子はプロジェクターで猿島の地図と完成したチラシの裏面をプロジェクターに表示させる。

「日程表によると、島への上陸は十時前、帰路は船の最終便が出る十六時となっています。滞在時間は六時間」

古池が乃里子に報告する。

「空母ロナルド・レーガンは現在、サンディエゴ海軍基地にいます。七月いっぱいはとどまるようです」

古池がサンディエゴの米海軍基地内で働いている間、なにをしていたのか律子は知らないが、人脈をしっかり作ってきたのだろう。そうでなければ、米海軍が日本人工作員に空母の行動予定を漏らすはずがない。

「猿島の東側にある海上自衛隊横須賀基地はどうですか。日によっては潜水艦の入港もあります」

乃里子が答える。

「潜水艦の入港はしばらくないそうだ。桟橋を工事中で、ずっと呉《くれ》にいる」

続けて律子に質問する。

「北上の部屋から、なにか出ていないのか。米海軍や海自の資料を集めているとか。以前のように、爆発物になりえそうな材料を集めているとか」

「いえ、全く見つからないそうです」

古池が意見する。

「日米双方の各護衛艦や空母、潜水艦の行動日程は、一般人の北上が把握できるはずがない。ミリタリーマニアを称した望月かなりあがハワイでどんな動きをしていたのか、改めてCIAに照会を求めているが、あちらも寝耳に水だったようだ」

『ハワイにいる日本人留学生をテロリストとしてマークしている事実は一切ない』という返事しか来ていないのだという。

真奈がひっそりと抜いた北上とのメールのやり取りを見ていると、望月かなりあはホノルル発成田行きの大韓航空機を予約しているという話だった。七月二十六日の朝七時に成田空港に到着する。その足で猿島のキャンプに合流するらしかった。

大韓航空機のチケットを本当に取っているのか、現在確認を急いでいるところだが、他国の航空会社だ。しかもあまり仲がよろしくない隣国ときた。韓国の諜報機関KCIAと十三階は交流が乏しい。米国内の代理店から情報を得るとなると、結局はCIA頼みになる。だが、あちらは「今日もカナリア・モチヅキは語学学校の授業を受けている。不審な行動はない」として、航空券の調査に積極的ではない。古池が辛辣にぼやく。

「これからテロを起こすから『日常』を装っているとCIAは考えてくれないようだ。さすが9・11を許した組織だ」

律子は、真奈が提案した監視拠点案を見せた。

「いまのところ、島内に工作の痕は一切なく安全です。事前に何かを工作するような行動も見られません」

　当日が勝負というところか。

「七月二十六日、島の観光客を全員公安部員で固め、彼らを迎えうつしかありません」

　乃里子も納得する。

「うん。島内に観光客として百人……いや、三百人は入れよう。それが監視の目となる」

　古池が総括した。

「お前は鵜飼のバックアップを。当日まで、北上との接触を増やし、情報を取らせろ」

　律子は頷き、立ち上がった。

「楽しみだねぇ」

　乃里子が足を組んで言った。不謹慎だ、と古池がぎろりと乃里子を睨んだ。

「無人島でバーベキューだよ。子供が喜ぶ。いつかうちの子たち、連れていこうかしら」

　乃里子は足を下ろし、身を乗り出した。

「そうだ。お前たち家族は？」

　古池は無反応だ。律子も聞き流す。立ち去ろうとする律子と古池を見て、乃里子が言う。

「本気だよ。ナイスアイデアだ」

　律子は足を止めた。

「最終の船が十六時に出発して以降、誰も上陸できない、宿泊もできない無人島なんだろう？」

　美月が失脚しない限り、日本国内で息子と会うのはよほどの辺境地まで行かねば無理だと律子も古池もわかっている。だが、乃里子がおもしろそうに続ける。

「人のいない辺鄙な場所は却って目立つ。案外、都心から目と鼻の先の猿島の方が、可能かもしれない」

　しかも十三階が島内をさらったばかりで、いまなら安全とお墨付きがついている。古池は気持ちが動いたようだった。息子に会えるものなら会いたい――吟味する顔になっている。どうする、と律子を見た。

　律子は答えられない。

「お前たち夫婦で決めなさい。〈アオジ〉に連絡して、猿島に呼んであげるよ」

　古池は、いまにもお願いしますと言い出しそうな顔をしている。律子は慌てて首を横に振った。

「全ての作戦が終わってからにしてください。いまはとても無理です。作戦〈かがやき〉のことで頭がいっぱいで、息子のことを――」

　取り戻せない。母としての、感覚を。

　作業員として、息子に会いたくない。息子を他人のように感じてしまっているいまの心と顔を、古池にも見せたくない。

　古池は律子をじっと見つめている。察したように、乃里子に提案した。

「彼女の言う通りだと思います。イレブン・サインズの一件が片付いてから、手配願えますか」

　乃里子は少し考えるそぶりになった。

「つまり、次の作戦との間、ということ？」

　次の作戦という言葉に、律子はびくりと肩を震わせてしまう。

　イレブン・サインズが片付いたあと、すぐに、美月の民自党入りを阻止する工作活動に入らなくてはならない。

律子は唇を嚙みしめた。オセロの白黒みたいに、工作員、母、工作員、と感情をパタパタ変えることができるか。

「天方総理在任中がチャンスだと思うぞ。総裁選期間に入ったら、政局はきな臭くなる。〈ウサギ〉の動きも活発化するはずだ」

律子は卓上カレンダーを見た。今日は七月二十日。猿島キャンプは七月二十六日。天方の退陣表明は、七月二十七日だ。

「黒江」

乃里子に改めて、呼ばれる。

「唐突な提案と思っているかもしれないが、私はずっと考え続けていたよ。なんとかお前たち家族の会合を設定できないかと」

律子は儀礼的に、頭を下げる。

「ここのところ、すっかり落ち着いたじゃない。却って不気味だと、旦那が不安がってる」

乃里子の言葉に、余計なことをと言わんばかりに、古池が不愉快そうな顔をする。

「何度も言っているが、お前と息子を引き離したことは、苦渋の決断だった。お前に母親であることを忘れてほしいからしたことじゃないことは、わかるね？　作業員を家族ごと守るのは、校長の責務だ」

乃里子が立ち上がる。彼女は背が高い。律子は見下ろされる。

「早く慣れるんだよ、黒江。組織はまだまだお前を必要としている」

「……」

「工作員である自分と、母親である自分。その切り替えが一瞬でできて初めて、『十三階の母』になれるんじゃないのか」


イレブン・サインズ決起集会前日の、七月二十五日。律子は真奈と二人で現地最終確認のため、十三時半のフェリーで猿島に渡った。

横須賀の三笠桟橋から、フェリーが離れていく。夏休みに入ってすぐの週末ということもあって、人の数は多い。定員ギリギリまで人を乗せていた。律子はフェリーの手すりに寄りかかりながら、双眼鏡で米軍横須賀基地を見る。

今日も米軍のイージス艦が停泊しているらしいが、三笠桟橋とは基地を挟んで反対側にいるので、猿島航路からは見えない。

真奈はすでに、北上と決起集会の下見のため、何度か猿島を訪れていた。初めて上陸する律子のために、道案内をしてくれる。

まずは旧兵舎が並ぶ切通しを通った。山を切り拓くようにして作られた露天掘りの幹道で、両脇はレンガが積み上げられている。天を覆うようなタブの木の枝葉が、屋根変わりだ。上空から要塞があることを悟られないようにするためらしい。原生林の木の根が這うレンガの壁を見ていると、アンコールワットとかアユタヤ遺跡にでも来たような気分になる。野鳥が鳴く声がして、風の音も鮮明だ。東京湾上とは思えない場所だった。

やがて、トンネルの入り口が見えてきた。

「あそこから、愛のトンネルです」

要塞につけられた名前にしては軽々しい。律子は笑ってしまった。真奈が説明する。

「このトンネル、傾斜がついていて、先の出口が見えないような作りになっているんです」

敵に出口を悟られないためにそういう構造になったらしい。

「先が見えなくて不安になって、つい誰かと手を繋ぎたくなっちゃう。だから、愛のトンネル」

「だっさい、なにそれ。行こう」

律子は笑い飛ばし、真奈と手を繋いだ。

「結局繋ぐんですか」

「だって暗いのは怖いもの」

真奈はうふふと笑い、そっと律子の手を握り返してきた。

十三階という影の組織で、たった二人しかいない孤独な女工作員二人が、手を繋いでトンネルを通る。

あの満月の夜に息子の話をしてから、真奈との絆は確たるものになった。一度「生きている」と告白したら、あとは数珠つなぎになって、息子への本音が出てしまった。

真奈は多くを語らないが、決して律子の感情を否定せず、理解を示してくれた。十三階を共に生きる女として、いつか自分も通る道であると思っているのかもしれない。いまや真奈は、母としての律子の心情や立場を理解してくれる、唯一の人となっていた。

校長の乃里子がどれだけ察し、寄り添ってくれたところで、心に響かない。工作員でない者にはわからないし、男、父親が共感することも難しい。真奈に勝る理解者はいなかった。

トンネル内にも貴重な史跡が残っていた。真奈は律子の手を握ったまま、あれこれ説明してくれた。暗闇のせいか——律子は途中から上の空になってしまった。

今日の夜。

息子がこの島に上陸する。

〈アオジ〉に抱かれ、すでに成田空港に到着していると聞いた。千葉県警の十三階作業員が手配したプレジャーボートで、船橋市の桟橋からやってくる。

律子と古池は、神奈川県警の十三階作業員の手配で、横浜水上警察署の警備艇で猿島に上陸する予定だ。猿島を管理する横須賀市にも、捜査という名目で、夜間上陸許可を取っている。三時間という制限がつけられた。

校長の言うことは絶対だ。律子は真に『十三階の母』となるべく、この大きな動揺に慣れ、耐え続けなくてはならないのだ。

トンネルを抜け、島の北側に出た。浦賀水道を望むオイモノ鼻へ下りる。釣りをする若者、磯のくぼみで魚を捕る子供たちが、網を片手に走り回り、磯はにぎわっていた。

南の桟橋まで戻る。道中、島の真ん中にあたる場所に、立ち入り禁止となった展望台があった。周囲は展望台広場として整備されていて、何人かの観光客がテーブルやベンチで休憩している。

広場の西側からは、米軍横須賀基地が望めた。あの展望台に登れば基地内の様子が丸見えだろう。沿岸部に立ち並ぶ団地風の建物は米兵たちの住居だ。広大な基地内には約一万三千人の米国人が住む。小中高大学までの学校から、スーパーマーケット、映画館、ボーリング場まであり、ないものはお墓と火葬場のみと言われる。

海を挟んだすぐ目の前は、もはや米国なのだ。この夏まで、古池と律子、慎太朗を匿ってくれたあの国を、今度は律子が守らねばならない。

　栈橋近くまで戻ってきた。ボードデッキと呼ばれる、整備された区画が広がる。四人掛けのテーブルが整然と並ぶ。パラソルのついた席もあった。レストランや売店もある。

　この場所で息子と会うが、フェリーの最終便の時刻に店は閉店する。律子が息子の食事を用意することになっている。

　律子は今朝、久しぶりに〈アオジ〉からのメールを開いた。離乳食がどこまで進んでいるのか、把握するためだ。

　生後八か月目前の息子は、ずりばいを卒業し、ハイハイをするようになっていた。よく動くからだろう、顔が少しほっそりしてきた。赤ちゃんから幼児になりつつある。上下一体のロンパースではなく、襟の脇にスナップボタンがついたティシャツと幼児用のモンキーパンツをはいていた。

　律子は弁当箱を買うところから時間をかけた。息子は日本に住んだことがないので、アンパンマンを知らない。喜んで見ていたのは、『おかしなガムボール』という米国のアニメだった。このキャラクターの弁当箱をネットで買い、徹夜で離乳食を作った。

　スニーカー越しに熱が伝わる。

　真奈と砂浜に降りたところだ。猿島の南西側にある砂浜は、こぢんまりとしたバーベキュー場になっている。パラソルが並び、釣りや海水浴を楽しむ親子連れ、酒で大騒ぎする若者グループで、賑やかだった。

ボードデッキに戻り、昼食を摂ることにした。当日の日程表を元に、真奈があれこれ言っている。

横須賀米軍よると……イージス艦ジョン・S・マケインが……消磁所……。

「コレ、気になりますよね」

律子が気になるのは、どうやったら母性を取り戻せるのか、ということだ。冷たい態度を取りたくない。息子と会えば、変われるだろうか。

慎太朗への愛を取り戻したところで、たったの三時間後に迫った別れを前に、おかしくならずにいられるか。

国境で引き裂かれ、たった一人、息子のおしめや産着が残る部屋に帰らされた日の苦悶が、恐怖となって律子を襲う。

今晩、あの桟橋で、別の船に乗る息子を、バイバイと母親らしい優しい笑顔で見送れるのか。

「黒江さん?」

律子ははっと我に返る。真奈が心配そうに見ている。まずい。こんな状態で、明日の投入のバックアップが務まるか。

「真奈ちゃん――」

律子はすがるように、真奈の手を握った。真奈は驚いた顔をするが、すぐに握り返してくれる。

誰かにわかってほしいのだ。

やはり、息子に会いたくない。

私は、悪い母親かもしれない。けれどなりたくてそうなったわけじゃない。

「今晩、来るの。ここに」

どこかで船の汽笛が聞こえてきた。

真奈が困ったように眉をひそめている。息子の話と感づいていた。周囲を見たあと、ひっそりと確認してくる。

「息子さんが、ここに来るんですか？」

律子は頷く。

「会いたいと……思えないの」

真奈の喉が上下に動く。緊張した様子で、律子の独白に耳を傾ける。

「会ったら、明日の作戦がダメになるような気がして。ううん、私が、作戦をダメにしてしまうようで」

大丈夫、と真奈が気遣う。その表情は東京湾の凪いだ海のように優し気だ。

「律子さんはちゃんとやれます。怖かったら、無理に会う必要はないんです。またすぐに会う機会がありますよ」

簡単じゃない、と律子は首を横に振った。

「あさって、政局で大きなうねりがある。〈ウサギ〉をなんとかしてからじゃないと危険だし、そもそもとても遠いところにいるのよ」

真奈は遠慮がちに、顎を引いて尋ねる。

「息子さんはどこに匿われているんですか？」

それだけは言えない。教えてやれないことは信頼していないからではないのだが、真奈が少し、悲しそうに口をすぼめた。

アイスクリームを両手に持った女性が通り過ぎる。母親のふくらはぎに、早く食べたいと飛びはねる水着姿の男の子を連れていた。

真奈はそれを見届けたあと、ぽつりと語り出した。

「前に、言いそびれちゃったこと、言います。幼いころの、一番古い記憶——」

ウサギの影がよく見えた満月の夜、口にするつもりだった話のようだ。

「一歳になるかならないか、まだ母のおっぱいを吸っていたときです」

赤ちゃんの頃の記憶など残っているものだろうか。律子の疑問を察したのか、真奈は断言する。

「よく覚えています」と。

「母が着ていた服、背後に流れていたテレビ番組のことも。はっきり覚えています」

九十年代初頭に流行っていた歌を、真奈は少し、口ずさむ。無人島に吹く風が彼女のボブヘアを涼し気に揺らす。彼女の意識は、窮屈だったはずのコンクリートタワーの中にあるかのように、苦し気に見える。

「母は、肩パッドの入った白いブラウスを着ていました。私はおっぱいが欲しいと泣くのに、見向きもしない。だから声を張り上げるじゃないですか。そうしたら、両手が伸びてきたんです」

抱き上げてくれると思っていた。おっぱいを吸わせてくれると思っていた——真奈はかなり詳細に乳児時代の記憶をたどる。

「違うんです。母の両手は、私の首にかかった。喉を、ぎゅっと絞められて」

律子は呼吸を忘れていた。息苦しい。まるで真奈の母親の手が、時空を超えて律子の首を絞めているようだった。

「母は、暴力を振るう人でした」

誰よりも冷めた様子で、真奈が続ける。

「どうして叩くの、どうして蹴るの。尋ねると、いつもこう答えるんです」

愛しているから。

「黒江さん」

呼ばれ、見つめ合う。こんなに開放的な場所にいるのに、律子は圧迫感で押しつぶされそうだった。

「私、黒江さんを見ていると、母を見ているような気がするんです」

「私は――」

「わかっています。慎太朗君に暴力を振るってなんかいませんよね。会えないことが辛くて、その辛さが臨界点を超えたから、愛情がわからなくなった、そういうことなんですよね」

律子は唇をかみしめる。

「私の母も、そうだったらいいなって思うんです。愛しすぎて辛くて、限界点を超えて。だから暴力になったのかな、って。首を絞めて殺そうとしたのかな、って」

真奈はとても――とても淋しそうに、そう結論づけた。

律子は無意識に手が伸びていた。真奈の髪を撫で、頬を触る。息子にそうするように。真奈は律子を理解することで、自分の心の傷を癒そうとしていたのだろう。母親の愛情を受けられない慎太朗と、真奈が重なる。息子を愛しきれない律子と、真奈の母親が重なる。

古池は言った。

〝十三階の母になれ〟

私はいま、彼女の母になれているだろうか。

「息子は、ポート・ブレアにいるの。インドのアンダマン諸島にある。十三階の元作業員が面倒を見てくれているのよ」

律子は、最後の一線を越えてしまった。


深夜一時の東京湾浦賀水道は、暗闇に落ちていた。

古池は横浜水上警察の警備艇のデッキで、夜の海を眺めている。東京湾を出入りする船の灯が、白い丸になって浮かぶ。

猿島が見えてきた。

遠くから見ると、黒い海のコブのようだった。近づくにつれ、その稜線がジャングルのような原生林でできているのがわかる。

桟橋に近づいていく。千葉県の登録ステッカーが貼られたプレジャーボートが停泊していた。『Sarushima』とアルファベットと猿のシルエットが書かれたアーチがかかっている。その下に、男がひとり、立っていた。〈アオジ〉だろう。

その腕に抱かれた乳児――。

慎太朗だ。

古池は目を細めた。黒い影しか見えないのに、腕がちぎれるほどに手を振る。やがてぼんやりと、顔も見えてきた。男は息子の右手をつかんで、こちらに振ってやっている。息子は眠そうで大あくびをしている。

船が接岸した。

三時間後に戻ると神奈川県警の水上署職員に話し、古池は桟橋を降りた。男の手から、我が子を受け取る。ずしりと上腕筋に迫る重さだった。

「重たいな、お前」

「もう九キロあるんですよ。身長は七三センチ。平均より大きいです」

男が我が子のように、誇らしげに言う。

古池は慎太朗を右腕に抱きながら、改めて、〈アオジ〉を見た。

斉川大樹《さいかわだいき》という北海道警察の元警察官で、十三階の作業員だった。十年ものあいだ新興宗教団体に投入されていた。全ての任務を終えて、三十五歳という若さで引退した。南国でのんびり暮らしているとは聞いていたが、インド・アンダマン諸島のポート・ブレアに住んでいたとは知らなかった。古池が慎太朗のお守り役に彼を指名したとき、初めて聞かされた。

斉川は律子に大きな負い目がある。律子の妹の自死の原因を作った。本人もそれを聞かされ、贖罪の日々を送っていたようだ。現地で独身を貫き静かに暮らしていた。彼は子育ての経験などないはずだが、かつて自分が死に追いやった女と血の関わりがある赤ん坊を育てろという命令に、二つ返事で了承したと聞いた。元ベテラン投入作業員らしく、いちから子育ての勉強をし、慎太朗のために全身全霊を注ぐ。かつても、投入先宗教団体のトップの人間を演じるために、教養を勉強し、数百冊の書物を読みふけった。愛情や血縁ではなく、斉川と慎太朗は、斉川の『忠誠』

で繋がっている。

かつて投入中はほとんど外に出なかったから青白い顔をしていた斉川だが、いまはよく日に焼け、健康的な見てくれだった。不安そうに警備艇を振り返る。

「黒江さんは？」

「来なかった」

正確には――彼女は横浜水上警察署まではやって来た。息子に食べさせるための離乳食を持って。だが、警備艇が係留されている桟橋で、「やっぱり無理」と泣いてしゃがみこんでしまった。一度会ったら離れられなくなる。国境での息子との突然の別れが律子に強烈なトラウマとなって残っているようだった。

「いつも息子をありがとう」

「古池さんは命の恩人です。引退後もお役に立てるのは光栄です」

「なにか食おう。酒とつまみは買ってきた」

古池は改めて、息子の顔を見た。生後三か月ごろは相撲取りのように顔がパンパンに張っていたが、いまは顔の輪郭がはっきりしている。余計、律子に似ているように思えた。

「母ちゃんの手料理、持ってきたぞ」

慎太朗は神妙な顔で、古池に抱かれている。もう父親を忘れていて、泣かれるか嫌がられると思っていた。全くそんなことはない。感触、におい――きっと両親の全てを、その皮膚感覚が記憶しているはずだ。それがやがて自我を持った時に消えたとしても。

「ンン――？　元気だったか」

古池は息子の頬に、頬ずりをした。髭が伸びかけていたせいか、慎太朗は少し、嫌そうな顔をした。小さな顎と、口をきゅうっと歪ませた表情が、ますます律子に見えてくる。

慎太朗は右手になにかを握っていた。

古池は優しく指をといてやる。

「なに持ってんだ。父ちゃんに見せてくれるか?」

キン肉マン消しゴムだった。

斉川が言う。

「古池さんから預かったマザーズバッグの中に、四つくらい入っていたんですよ。結構気に入っているみたいで」

サンディエゴでの突然の別れの日――それが家族揃っての最後の朝とも知らず、古池と律子はこれを巡って大喧嘩をし、互いに投げつけ合った。いくつかがバッグの中に紛れ込んでいたようだ。

「そうか。お気に入りか」

律子は来なくてよかった。古池は心からそう思った。心がもたないだろう。

一時間ほど過ぎたころ、南野から電話がかかってきた。慎太朗は大きなカマドウマを指でつかみ、うれしそうにはしゃいでいる。アンダマンでは日本に生息する昆虫類とは比べ物にならないくらい大きな昆虫がいるだろう。日常的に虫に触れるのに慣れている様子で、たくましく見えた。

「あぁ、もしもし……」

古池は自分で自分の声音のだらしなさに驚いた。慌てて咳払いをして、取り繕う。古池の緩んだ気持ちが伝播したのか、南野もさえない声だった。

「ＣＩＡから一報が入りました。ホノルル空港で成田行きの大韓航空機の搭乗ゲートを見張っていたチームが、望月かなりあの搭乗を確認できなかったと」

搭乗者名簿にも、名前がなかったという。

真夏の太陽が照り付ける。

律子は、猿島のボードデッキの木のテーブルの感触を、指で確かめていた。強い日差しが皮膚を焼く。サングラスをしていても不自然ではないので、客を装った監視作業にはちょうどいい場所だった。

向かいには南野が座っている。今日この日のために髪を赤く染めた。スマホをいじくってチャラそうな男を演じている。イヤホンを耳に入れて体を揺らし、音楽を聴いているそぶりだが、実際は秘聴している。

ボードデッキからは、バーベキュー場のある砂浜が見下ろせる。

イレブン・サインズの決起集会参加者は、真奈と北上を含め、二十一人だった。元幹部は他にいない。望月かなりあの姿もない。ハワイは現在、前日の夕方十七時だ。大学の寮の部屋に戻ったきり、外出する様子もないとＣＩＡから報告が来ている。ＣＩＡはもう追尾を打ち切りたそうだった。

「どこかの誤情報に踊らされているんだ。我々の元にも毎日のように百件近い誤情報が入ってくる」

律子は改めて、砂浜にいる今日集まった二十一人の様子を確認する。大学からの解散命令が出たサークルによくもまた顔を出すものだと律子は思ったが、逮捕の経緯にでっち上げがあったという陰謀論が若者の興味を引いたらしい。〈小林美咲〉というジャーナリストがいることも、就職活動にマスコミ系を狙う三年生のいいエサになった。新顔のうち半分以上が就職活動中の大学三年生だった。

いま、島内には観光客二百名が上陸している。イレブン・サインズの二十一名以外、全員、警視庁と神奈川県警の公安捜査員だ。

本土側のフェリー乗り場である三笠桟橋には、常時、二百名以上の捜査員を並ばせている。フェリーは予約制ではないためだ。下手に貸し切りのアナウンスをすると、イレブン・サインズに不審に思われる。一般人が見たら、今日は混雑していると諦めて帰るだろう。

二十人が到着したら、島にいた二十人は三笠に戻り、また列に並ぶ。フェリーを動かし続けることでイレブン・サインズの面々に公安の監視を悟られないようにしている。観光客に扮した捜査員を次々と入れ替える目的もある。

「――と思いませんか」

南野がなにか言っている。律子は慌てて顔を上げる。聞いているわよ、という顔をしてみせたが、南野は見抜く。

「ここのところまた調子悪そうですね」

「そんなことない。超元気」

口にするだけむなしい。いま、身も心も、鉛を飲んだように重かった。テロリストが目の前に来て爆弾のスイッチを押そうとしても、見過ごしてしまう自信がある。それほど、律子は作戦に集中できていない。

半日前、このボードデッキのどこかのテーブルに、我が子がいたのだ。

いまその痕跡を探している。髪の毛一本でも、手垢のひとつでもいい。落ちていないか。残っていないか。

どうして会いに行かなかったのか。

後悔で胸が張り裂け、頭がおかしくなりそうだった。

会っても地獄。会わなくても地獄だった。

「これです。北上のやつ。ノー天気な」

南野が、スマホの動画を見せた。秘撮カメラが、イレブン・サインズの面々が陣取るバーベキューエリアを映す。公安捜査員が周りを囲んでいる。左右はカップルを装い、後ろは社会人グループのようにふるまう。彼らが各自手荷物に仕込んだ秘聴・秘撮機器でグループを監視し、律子たちに映像を転送している。

北上は砂に埋められていた。酔った男子大学生たちが、大笑いで北上に砂をかけている。バーベキューの準備を手伝いもせずに、次々と缶ビールを飲み干していた。

一方、女性を中心としたグループは手際よく肉や野菜を切っている。その横で、二人の男性が淡々と炭を熾していた。バーベキューで親睦を深めたあと、改めて〈小林美咲〉からでっち上げの経緯の説明をするはずだったが、若者たちは待ちきれない様子だ。自宅から銃器が出たときの話になっていた。真奈は、セブに殴られてできた眉毛の上の傷を指さしながら、大ぼらを吹く。

〈あの部屋に銃器があるなんてありえないって抗議したら、警察官に殴られてパックリ割れちゃったの〉

話はあっという間に警察批判から、体制批判になっていく。長すぎた天方政権のせいで、政権と警察が深く結びつきすぎているとか、批判的な意見が次々と飛び出してきた。彼らは、天方総理が明口、病気を理由に退陣表明することを、知らない。意識高い系と呼ばれる若者たちがたきつけられ、かっこつけているだけのようにも見える。

北上は相変わらずで、望月かなりあは帰国しない。彼女に関するものは誤情報なのか、それともこちらの動きを読まれているのか。どこでなにを見落としたのか――。

集中しろ。

だが、どうしても思考はまとまらず、集中力は途切れてしまう。気が付けば周囲に息子の痕跡を探してしまう。集中しなければ、と律子は自身のスマホで秘撮映像を見る。

真奈が、レジャーシートの上の荷物の整理を始めた。北上のリュックを持ち、波打ち際へ行く。

〈タオル使うでしょ、置いとくから〉

真奈が北上に言い、さっさと戻っていく。真奈は北上の監視を強めるあまり、彼の世話焼き女房みたいになっていた。

「監視交代の時間です」

南野に言われ、律子はハッと立ち上がる。ボードデッキを横切った。サンダルの足がやわらかいなにかを踏み潰した感触がある。

キン肉マン消しゴムが落ちていた。

古池は時計を気にしていた。米軍横須賀基地のイージス艦ジョン・S・マケインが、猿島の北部にある消磁所へ入るのだ。船体に溜まった磁気を測定し、消去するための施設で、海上に四角いコンクリートが点在しているだけの場所だ。傍目にはなんの海上施設だかよくわからない。米軍横須賀基地によると、いまのところ特異動向なしという。猿島にいるイレブン・サインズのメンバーたちが、バーベキュー場から出る様子もないという。ビーチからは消磁所は見えない。

古池のスマホが鳴った。律子だ。

「どうした。いま、米イージス艦が……」

「ねえ、あの子はもう、帰った？」

その件か。古池は額に手を置く。

「今朝の便でもう成田を発ったと聞いた」

「キン消しが落ちてた」

古池は冷や汗が出た。

「あいつ、落としたのか」

斉川と昔話に花を咲かせ、ボードデッキでハイハイをしはじめた息子の進行方向に危ないものがないか慌てて手で地面をさらってやったり、虫を捕まえてやったりして遊んでいるうちに、三時間は一瞬で終わってしまった。慌てて島を出たのだ。慎太朗がなにかの拍子に落としたのを、古池も斉川も見逃したのだろう。

痕跡を残すなど、言語道断だった。自分も父親の顔が出ると、とことん気が緩んでしまうのだと内省する。

律子に叱られると思っていたが――。

律子は、泣いていた。

やはり、会いたかったのだろう。特にあのキン消しは――サンディエゴ時代、家族三人がそろっていた日々の、象徴のようなものだ。

「黒江。任務中だろう」

「はい。ごめんなさい」

幼子のように従順に、律子は謝る。

「特異動向なしか」

双眼鏡で確認でもしたのか、律子は間を置いた後、きっぱり言った。

「イージス艦ジョン・S・マケインは消磁所を出て桟橋に戻るそうよ。こっちの連中はビーチから一人も出ていない」

今日、ここでテロがある可能性は大幅に減ったといっていいだろう。

「イージス艦の動き以外に、米軍基地を確認している様子は？　例えば空母ロナルド・レーガンの専用埠頭《ふとう》十二号バースとか……」

「全くない。基地が丸見えの展望台広場にすら、行こうとしない。北上は飲んでいるか食べているか、埋まっているかのどれか」

「埋まっている？」

「砂遊びよ。望月かなりあと連絡を取る様子もない」

「望月かなりあのメールアドレスを洗い直した方がいいな」

真奈が提出した書類に記されていた望月かなりあのメールアドレスは、フリーメールアドレスだった。古池は律子との電話を切らぬまま、スマホで柳田に連絡を入れた。望月かなりあのメールが送信されたIPアドレスを探るよう、指示を出す。

改めて律子に「気を抜くな」と古池は言いながら、自分の中の緊張感が溶けていくのを感じた。律子が電話を切ろうとしたので、待て、と尋ねる。

「なんのキン消しを忘れていった？」

「十字マークの面を被ってるキャラよ。左腕がけん銃になっているけど」

「それはレオパルドンだな」

「強そうね」

「いや、アニメでは秒殺されたキャラだ」

律子がやっと少し、笑った。

「どうでもいいことを覚えているのね」

「今度、あいつに返してやろう。大丈夫」

またすぐ会える——そんな意味を込めて古池は言う。扉がノックされた。事務員が速達を届けに来る。

「切るぞ」

「ありがとう。私が大切に持っているね」

サンディエゴでは捨てようとしていたのに——古池は苦笑いで、電話を切った。速達を受け取る。通信会社からだった。セブのスマホの発着信履歴がやっと開示される。

古池は急いで封を切った。七か月分の発着信番号がずらりと記された紙が出てきた。古池は、四月三十日の夜に着信した03から始まる固定電話番号に注目した。通話時間は五分間だった。法務省を名乗り、セブを呼び出した番号で間違いないだろう。

03―3503―×××。

古池は背筋が粟立った。

これは、校長室の直通番号だ。

無意識に隣の壁を睨む。デスクの目の前の壁一枚挟んだ向こうに、乃里子が鎮座する校長室がある。

古池は感情で動いてしまった。立ち上がり、扉を開け放って隣の校長室へ飛び込む。乃里子は通常通り、未決書類に決裁印を押しているところだった。

「ノックぐらいしろ、なんだ」

開け放した扉から、電話が鳴っているのが聞こえる。古池の執務室の電話だ。言葉を発しようとしたとき「電話が鳴ってるよ」と乃里子にあっさり言われてしまう。

古池は言葉を飲み込んだ。

冷静になれ――。

この女が自分で自分に爆弾を送り、セブを陥れようとした?

なんのために?

直球で切り込んでいいわけがない。

古池は引き返し、自身の執務室に戻った。デスクでやかましく音を立てているのは、外線からの電話だった。古池は他者と通話することで、混乱を抑えようとする。

「もしもし」

「古池慎一警部でいらっしゃいますか」

「どちらさまですか」

「私、天方美月衆議院議員の第一秘書をしている者です。天方美月先生が、いますぐにあなたとお話をしたいとおっしゃっています。議員会館までお越し願えますか」

古池は冷静になるどころか、頭が真っ白になった。

「扉ぐらい閉めろ」

乃里子が入口に立っていた。わざわざ秘書官執務室の扉までも、自分で閉めてやろうとする。

「待て」

古池は乱暴に、校長を呼び止めた。

「〈ウサギ〉から呼び出しだ」

「なんだって⁉」

乃里子がつかつかと中へ入ってきた。古池の手から受話器を取ったが、もう、通話は切れていた。古池はすぐさまネクタイを引き出しから取り、首にかける。

「行くのか?」

「議員に呼び出された。行かない方がまずい」

ネクタイを結ぶ手を、乃里子が摑んだ。珍しく、逼迫《ひっぱく》した表情だ。

「行くな。嫌な予感がする」

古池は、速達で届いた通信記録の紙を乃里子の喉元に押し付けた。

「お前はこれを見ておけ」

乃里子が目をひん剝いた。部下の態度をなじる暇は与えない。古池は乃里子の鼻先に指をつきつけた。

「俺が戻るまで、これの言い訳を考えておけ！」


古池はタクシーを拾い、衆議院第二議員会館へ向かった。

常にテロターゲットとなる建物だ。警視庁第一機動隊が表玄関や周辺道路を警備する。ロビーではX線検査を受けなくてはならない。

古池は警察手帳を示した。十三階の爆破未遂事件以来、常に胸のホルスターにけん銃を入れている。いちいち取り外して預けるとなると、書類を書く手間がかかる。金属探知機ゲートを避け、脇を通り抜けようとした。警備の機動隊員に腕を摑まれる。

「困ります、ゲートを通って下さい」

「急いでいるんだ、議員先生から呼び出しを食らってる」

「規則ですから」

古池は仕方なく、ジャケットを脱いだ。警察官に怒られる。

「これは無理ですね。お預かりします」

古池はホルスターごとけん銃をトレーの上に置いた。隣のゲートを抜けようとしていた記者らしき男が、目を丸くしている。古池は警察官に囁く。

「俺は警備局の人間だ。ちょっとくらい大目に見てくれ」

「認められません。昨日も金属ゲートをくぐらないで強引に入っていった警察官がいて、騒ぎになったんですよ」

古池は眉を顰めた。

「帰り際に厳重注意しましたけどね。トイレが近くてどうのと言い訳してましたが」

「そいつがおとがめなしなら――」

「女性だったんですよ。トイレのこと言われたら、男性警察官は強く追及できませんよ」

女――。

古池は訪問カードに素早く記入しながら、尋ねる。

「その女、名前は？」

「さあ。私は直接対応していませんので」

「調べておいてくれ」

古池は訪問カードを窓口に出して通行証を受け取る。通行ゲートを抜けた。近代的なつくりだががらんどうの廊下を急ぎ足で歩く。エレベーターに乗り込んだ。美月の議員事務所は４２２号室だ。

かつてその部屋を使っていたのは、儀間という、律子が殺した男だ。扉が開いた。エレベーターホールを抜けたところで、仁王立ちしている女と行き会う。

天方美月だ。

不意をつくつもりだったのだろうが、古池は動じない。

今日も彼女は、十センチ近いご自慢のハイヒールを履いていた。古池と目線がほぼ同じ高さだった。

「あなたが古池さん？」

赤い唇から呼びかけられる。目が覚めるような、ビビッドな色の口紅をつけていた。日本人は敬遠する色だ。目鼻立ちのはっきりした美月には、よく似合っていた。

初めて相まみえる。

予想以上の美女だった。彼女の母親が、死体ですらも美しかったことを思い出す。ホテルの部屋で天方夫人が怪死した事案に対処したのは古池だ。

「お呼びいただきまして光栄です」

「ずいぶん待たされた」

「申し訳ありません。下でけん銃を預けておりまして」

「毎日ぶら下げているの？　ＣＩＡ帰りですってね。アメリカかぶれっていうのよ」

美月は気安い調子で、古池の右胸を突いてきた。予想外の感触だったのか、美月が変な顔をする。そこはテロリストに拷問されたとき、肉を削がれてへこんでしまった。

美月がくるりと背を向けた。こっちよと古池に流し目を送り、自らの事務所に向かう。

「御岳山では父のお世話をありがとう」

「どういたしまして」

美月は自身の事務所のドアノブを握ったが、くるりと古池を振り返る。

「あなたの奥さんは元気?」

古池は、答えない。

「黒江律子」

ぞんざいな口調だ。

「お子さん、あちらで亡くなられたとか」

その死に納得せず、方々手を尽くして探していたはずだ。そんなそぶりは見せずに、美月は言う。

「神様が罰を与えたの。人殺しの母親から一番大切なものを取り上げた」

それが古池のいちばん大切なものでもあったことに、美月はいま気づいた顔だ。慌てた様子で付け足す。

「大丈夫、赤ちゃんは天国で幸せに暮らしているわ。きっと……」

古池は無言で周囲に視線を走らせた。廊下を忙し気に行きかうのは、政治家に呼びつけられたどこかの省庁の官僚ばかりだ。こちらに気を配る様子はない。

「ごまかさなくていいの。なにもかも、全部、聞いているから」

「なんの話を? どなたから」

「私の新しい秘書。あなた方のことをよくわかっている人よ」

私ね、と美月は古池に向き直る。

「あなた方の大好物が、大嫌いなの。工作、根回し、内偵、盗聴盗撮。だからいま言わせてもらうわね」

美月は大きく息を吸い、宣言する。

「私、十三階を潰すから」

「わかりました」

古池は顔色を変えず、尋ねる。

「なぜ今日、いま、このタイミングで私に直接宣戦布告を？」

「お宅の黒江律子が宣戦布告してきたからでしょう！」

古池は全くわからない。

「なんの話です」

「とにかく来て」

古池は議員事務所の中に入った。こぢんまりとした待合スペースの壁に、風景写真が飾ってあった。ベージュ色の四角い建物がびっしりと並ぶ。金色に輝くモスクと、古びた城壁が写っていた。

エルサレムだ。

美月が得意げに説明する。

「キリスト教、ユダヤ教、イスラム教の聖地であり、中東で唯一、争いのない街。別の地域では対立してしまっても、この聖地だけはみなが共存し、隣人とうまくやっている」

右も左もないと美月は言い放つ。

「このエルサレムが私の理想郷であり、私の政治信条でもあるの」

古池は、背筋がぞっとした。

なんと浅はかで上っ面だけの理想論だろう。中学生レベルと言っていい。エルサレムは未だにガザからロケット砲が飛んでくることもあるし、パレスチナ人がイスラエル人に暴行される事件が当たり前のように起こっている。報道されていないだけなのだ。

かつてこの壁には、短歌が飾ってあった。上皇が沖縄の戦争で散った子供たちを憂えて詠んだ歌だ。沖縄の人に寄り添おうとした儀間の政治信条がここにあった。古池はその姿勢を敵ながら、評価していた。

美月のあまりの空っぽ具合に悪寒が走る。

本当にこの女ひとりが選挙演説を考え、ハイヒール外交を展開したのか？

必ずブレーンがいる。

誰だ。

「ここにはかつて、沖縄で戦死した子を憂えた上皇の歌が飾られていましたね」

美月は鼻でひとつ、笑っただけだった。目は軽蔑に溢れている。

「前の男のことなんか知らない」

その名を口にする価値もない、といった様子だ。

儀間の敵討ちをしようとしていたのではないのか。古池の前でそのそぶりを見せないようにしているだけか。だが、彼女はそこまで思慮深い女ではなさそうだ。

古池は美月を追い、秘書たちが集うデスクのシマを通り抜ける。眩暈を覚えた。なにか重大な見落としがあり、いま、自分は大きな陰謀の中に足を踏み入れてしまっている——そんな強い切迫感がある。

十三階に爆発物が送られ、新幹線でテロが起こると警戒したが、違った。米軍横須賀基地を狙ったテロが起こると警戒したが、謎に満ちたミリタリーマニアの女は帰国してこないし、残りのメンバーも無人島でのバーベキューを楽しんでいるようにしか見えない。

古池が予想だにしない罠が、全く別の場所に仕掛けられていたのか？

引き返せ。入ってはいけない。

だが――この吸引力に、抗えない。

真実を知りたい。

誰かが仕掛けたであろう美しい蜘蛛の巣の、その主を、見たい。そこにプロフェッショナルのにおいを感じるのだ。古池と同等のエスピオナージ能力を持った何者かの気配に、古池は魅入られ、背筋をぞくぞくさせてしまう――。

秘書の一人が一礼する。上席が空っぽだった。名札プレートが、氏名の書かれた面を下にして置かれている。新しい秘書を、そのデスクは待ち構えているのだ。

「話を聞かれたくないでしょう。どうぞ」

美月は執務室の扉を開ける。古池は先に美女を通し、後ろ手に扉を閉めた。

この部屋には本棚とデスクがあるだけで、客人をもてなすソファや椅子はない。応接スペースは執務室の右手にある。古池には座るところがなかったので、美月のデスクの前に立つしかない。カリモク家具か。頑強そうだが機能的には見えないデスクだった。

美月は座り、足を組んで古池を見上げた。必死に虚勢を張っている。カリモクのデスクが似合う年齢と容姿をしていない。どこかの大企業のスケベな社長秘書が「エッチなことをしましょうよ」と囁きそうな――そんな安っぽさが、にじみ出ていた。貫禄なし、知性なし。しゃべり方に知能の低さが出ている。それを、真っ赤な口紅とハイヒールで必死にごまかしている。

会うまでは、わからなかった。

会ったいま、それが手に取るようにわかる。

美月が切り出そうとした。古池は遮る。

「新しく就任される秘書の方について、お尋ねしても？」

美月は、それがどうしたの、という顔だ。

「私の師ともいえる人よ。中学生のころから導いてくれている。沖縄三区からの立候補についても、彼に薦められて出ることにしたの」

古池の頭に、ひとりの元警察官僚が浮かぶ。

「あなたにハイヒールを履かせたのもその方ですか？」

美月は口を歪ませ、少し、ニヒルに笑う。

「そうなのよ。いえ、ハイヒールは大賛成だったのよ。でも、ルブタンに対抗できる海外ブランドにしたかったのに、彼ったら、どっかの地方の皮革工場に特注させろと」

まあ正解だったみたいだけどね、と美月は納得しがたい様子で言った。

「そうですね。私もルブタンに対抗できる海外ブランドを履くべきだったと思いますよ。例えば、フェラガモとか」

「でしょう？　彼も愛用していたし、私もフェラガモで揃えたかったのに」

古池は、脳が一瞬で沸騰した。

あの男――!!

「これよ。あなたの奥様の宣戦布告」

なにも知らない美月が、宅配便の伝票が貼られた菓子折りを見せる。

「私にこんなものを送りつけてなんのつもり？　手土産でおべっかを使ってるわけない、挑発よね？　余計に不愉快だもの！」

美月が乱暴に包装紙を破り取った。『上田銘菓くるみおはぎ』の筆文字が引き裂かれる。古池は咄嗟に一歩、前に出た。

「ダメだ、触るな……！」

不用意にも美月は蓋を開けてしまう。箱から閃光がパパッと走り、破裂音がした。古池の耳から音を奪う。血と肉が目の前で弾けるのを見た。

古池はとっさに身を低くした。執務室の扉が開き、秘書たちがなにごとかとなだれ込んでくる。悲鳴と怒号が飛び交い、現場はパニック状態になった。

誰かが落とした真新しい名札プレートが、古池の目の前に転がってくる。新しい秘書の名前が、そこに記されている。

佐倉隆二。

文字面だけで、それは古池を、あざ笑う。

第七章　十三階の母

佐倉隆二は首相官邸三階の一室にいた。政務秘書官に当てがわれた執務室だ。官邸の中では最も狭い部屋ではあるが、ヒノキの壁に赤いじゅうたんと、それなりの設備は整っている。

佐倉は時計を気にしながら、テレビでNHKを流していた。ニュース速報を待っている。十三時になろうとしている。まだ爆発しないのか、と佐倉は少し苛立つ。

黒江律子から菓子折りが届いたと美月から電話がかかってきたのは、三十分前のことだ。佐倉はこの数か月、美月に忠告し続けている。十三階のこの夫婦が美月の失脚を狙っている、気を付けろ、と。こう指示した。

「古池君を呼びましょう。彼の目の前で箱を開けるべきです。彼の執務室の電話番号を教えます」

古池の到着が遅れたのか。世間話でもしているのか。もしくは、古池が佐倉の工作に気がついてしまったか。

衆議院議員第二会館がよく見える内閣府の建物から、美月のいる422号室を監視していたかった。爆発する瞬間を見られないというのは、全く、工作し甲斐がない。

佐倉は文具や書類を段ボールにひとまとめにした。残りの書籍等は業者に送らせる。引っ越し作業をしていた。

ノック音がする。天方総理が顔を出した。佐倉は元警察官僚らしく、最敬礼で出迎える。

「短い問だったが、世話になったね」

天方がねぎらうように佐倉の肩を叩く。佐倉は顔を上げ、柔和に微笑んで見せた。

「いいえ。大役を仰せつかったこと、大変光栄に存じます」

「そして見事に果たしてくれた――」

保守政権を毛嫌いしていた美月を説得し、民自党入りを了承させた。

「君の剛腕ぶりには全く目をみはる。あの頑固娘の心をよくぞ動かしてくれた」

実際は、簡単だった。

あの娘には、『タイスの瞑想曲』で協奏したとき以来の師弟関係が根付いたままだ。佐倉がGといえばG線を指で押さえ、Bと言えばBに弓を当てる。タイミングもやり方も全て佐倉の指示通りに動く。それで拍手喝采を浴びるという成功体験が染みついていた上、ハイヒール外交の成功で更にそれが強化された。

そもそも、あの娘はおつむが弱い。

思慮深く考えることが苦手だから、難しい言葉を連呼するだけで、途中で投げ出す。「佐倉さんの言う通りでいいわ」で終わる。あれほどまでに扱いやすい女はこの世にいないだろう。

佐倉は胸の内をおくびにも出さず、丁重に言う。

「引き続き、ご令嬢のお世話をさせていただく喜びで、胸を震わせております」

天方はニヒルに唇を歪ませる。

「本心か？　総理大臣政務秘書官から、なんの役職もない一国会議員の第一秘書に成り下がるんだぞ。周囲は転落と見るに違いない」

「いいえ。お嬢様と共に下剋上させていただくんです」

天方が口元を引き締め、握手の手を差し出す。佐倉は応えたが、骨を握っているようだった。

「頼んだよ、佐倉君」

「はい。わたくしめが必ずお嬢様を、総理大臣に育て上げてみせます」

天方は去り際、佐倉を振り返る。

「十三階のあの夫婦のことだ」

佐倉は深刻ぶって「はい」と答える。

「私はあの二人に大きな恩がある。決して彼らの不利にならぬよう、そして美月と対立せぬよう、君が間に入ってよく配慮してくれたまえ」

「引き続き努力いたします」

佐倉は頭を下げ、心の中でほくそ笑む。

とっとと消え失せろ、病人め。

扉を閉める。

ニュース速報を知らせる音が鳴った。

『衆議員第二会館の天方美月議員執務室で爆発騒ぎ。天方美月議員の安否不明』

やっと爆発したか。佐倉は歓喜でパンと手を叩き、ガッツポーズをしてみせた。

すぐさま表情を変える。佐倉は外に聞こえるように叫んでみた。

「おい、大変だ！　爆破テロだ……！」

佐倉は扉を開け放ち、小走りに廊下に出る。官房副長官の新田とぶつかった。一報を知ったところなのだろう、真っ青だ。

「新田さんはすぐに官房長官へ報告を。総理への報告は私が」

「ああ、頼んだぞ」

「天方議員の搬送先がわかったら連絡を！」

佐倉は現場へ向かうため、階段を降りる。ガラス張りの向こうの中庭が目に入る。美しい竹林の緑がみずみずしい。予備のスマホを取り出し、小声で電話をかけた。相手の女に言う。

「予定通りだ」

「了解しました！」

女が嬉々とした声で言い、電話を切った。佐倉は口元に手を当てて、ひっそりと笑いをこらえる。

階段に、吹き抜けから西日が射し込む。この階段は、組閣時に赤いカーペットが敷かれる。大臣たちが記念撮影を行う華々しい場所だ。暗転した舞台にスポットライトが戻ったようなまぶしさの中、佐倉は舞台の主人公になった気持ちで駆け下りる。

さあ。

第二幕の始まりだ。


鵜飼真奈は佐倉隆二との通話を終えた。スマホを顎ではさんだまま、猿島のボードデッキの売店窓口で、缶チューハイと氷を受け取る。予想以上に若者たちは飲む。買い出しで持ってきた酒類はもう全部空っぽだった。

予定通りと佐倉から聞いた。ボードデッキにいる防衛要員たちを横目で見る。

総理大臣の娘が吹き飛ばされたと、まだ誰も知らないようだ。

律子はいま休憩中だろうか。そこに姿は見えない。

十三階のモンスターと呼ばれた彼女は常に不安定だった。あれのどこが怪物なのだろう。子供と引き離されたことが原因なのだろうか。工作員としての勘は錆びつき、疲れ切っている様子だった。

悩みを吐露する律子にどう受け答えすればいいかわからなかった真奈に、佐倉はこうアドバイスしてくれた。

「手を取ってやり、無言でうなずいて、目を潤ませる。それだけでいい。たまに自分の苦しい生い立ちを挟むと、更に信頼が深まる」

佐倉の指示通りに振る舞ったら、律子は簡単に真奈を信用してくれた。新人の真奈が、十三階という特殊な工作員集団のベテラン工作員を――総理からの信頼も厚いという優秀な工作員を、あっけなく罠に落としたのだ。

律子はもう、十三階では使い物にならないだろう。息子はポート・ブレアにいると聞いた。引退して一緒に暮らせばいい。

大丈夫。

十三階の極左暴力集団担当については、これから私が仕切る――真奈は決意を新たにした。

もうすぐイレブン・サインズも逮捕できる。この実績で真奈は認められ、『第二の黒江』になれる。律子は心おきなく引退できるだろう。

元警察官僚の佐倉も後ろ盾になってくれる。律子の息子の保護を手厚くするため、居場所を知りたがっていた。報告するのが楽しみだった。ますます真奈に権限を与えてくれるはずだ。

真奈は階段を降り、砂浜のバーベキュー場へ戻る。

「飲み物お待たせ！」

テーブルの上に紙コップを並べ、氷を入れた。チューハイを次々注ぐ。若者たちの手がアルコールに延びてきた。

――最後の恵みよ、テロリストの卵たち。もうすぐお前たちにワッパをかけてやる。

真奈はスマホを出した。佐倉と通話をしたＳＩＭカードはすぐに捨てると決まっている。足元に落とし、さりげなく、足で砂をかけた。律子や南野とやりとりしているＳＩＭカードと取り換える。

バーベキュー台の周りには誰もおらず、網の上には野菜や肉が黒焦げになって転がっていた。お腹をぽんぽこにして砂浜に寝ている男たちと、おしゃべりしている女の子たちが、西日を背に受ける。

北上は波打ち際で投げ釣りにチャレンジしている。活き餌の青イソメを仕掛けるどころか、触ることもできないようで、大騒ぎだ。

満潮が近づいてきているのだろう、傍らに置いた荷物の目前まで、波が迫っていた。

「荷物濡れるよ、気を付けて」

真奈は北上のバックパックに近づいた。彼の荷物とサンダル、バスタオルだけ、わざと波打ち際へ移動させていた。真奈はそれをテントの方へ運ぶ。

「おっ、わりぃわりぃ」

北上が気安く、真奈に手を挙げた。

真奈は北上の荷物を抱えて運ぶそぶりで、こっそり中に手を入れる。スマホを手探りで確かめた。胸とバッグの隙間で、周囲から見えないように、ＳＮＳを開く。北上は二時間前に、自分が砂浜に埋まっている画像を投稿していた。

真奈は、過去に投稿した内容をざっと見て、バカっぽい画像や文書は削除していった。政治的な発言をしているものだけを残し、新たに投稿をした。【犯行声明】と一行目にタイトルを入れる。

『我々イレブン・サインズは、本日十二時五十分、天方美月衆議院議員の事務所を爆破した。天方信哉総理大臣はいますぐ退陣を！』

明日退陣表明することを国民は知らないから、皮肉に思えた。

あの爆弾は火薬の量を調整した。爆発は限定的で、開けた本人しか被害を受けない指向性のものだ。死人は出ない。

校長室に送った爆弾も真奈が作り、宅配便の山に混ぜた。結局、爆弾処理班が対処して爆発しなかったが、校長の指が何本か飛ぶ程度の威力だった。真奈が３・14で負った傷に比べたら軽い。

全てはイレブン・サインズの逮捕のためだ。

二度目のテロ対象を天方美月にしろと命令したのは、佐倉だ。

「天方美月は、十三階を消滅させようとしている。とくに、君が尊敬する黒江律子と対立関係にあるから、爆弾で脅せばおとなしくなる。一石二鳥だ」

最初は懐疑的に思っていたが、律子の口から真実を聞いて、ようやく、納得した。なにがあったにせよ、赤ん坊の命を狙うなど言語道断だ。律子には引退し、赤ちゃんと一緒に暮らして、幸せになってほしい。

もう、3・14を背負って欲しくはない。

律子は充分にやったのだ。

律子には幸せになってほしい。真奈は心から願っていた。

真奈は昨晩のうちに議員会館へ爆弾を持ち込んだ。X線も金属探知機ゲートも、警察官であることを理由に、強行突破した。追いかけてきた男性警察官には「生理になっちゃったんです、トイレ！」と叫んで黙らせた。エレベーターに駆け込んで四階のトイレに入り、上下黒のパンツスーツから細いストライプ柄のグレーのフレアスカートスーツに着替えた。どこかの議員秘書のふりをして、美月の秘書官へ菓子折り爆弾を渡した。

「すみません、誤配みたいです。うちの事務所に届いちゃってたので」

受け取った秘書は、荷造りで忙しくしていた。今日で退任なのだという。突然クビになったらしく、荷物の扱いもぞんざいだ。送り主が誰だろうと、どうでもよさそうだった。

無事、爆発してよかった。

これでようやくイレブン・サインズを逮捕できる。

真奈はビーチチェアに腰掛け、チューハイを口にした。

〝警察だ！　手を挙げろ！〟と言う叫び声が早く聞こえないかな、とほくそ笑む。旧日本軍が作り上げた無人島の要塞で、派手な逮捕劇がいつ始まるか。真奈はドキドキ、ワクワクしながら待つ。

西日が背中を照り付けていた。

いつまで経っても、誰も来ない。

十五時になろうとしていた。真奈の肩を叩いたのは、レンタルショップの店員だった。

「最終フェリーは十六時です。バーベキューのお客様は、そろそろ、お片づけを」

真奈は仕方なく立ち上がった。「片付けしてー」と波打ち際で釣りをしている男たちや、酔っぱらって寝ている男たちに声をかけた。女の子たちはタレントのメイク動画を見て、プチプラコスメについて熱心に話し込んでいた。いまや誰も、真奈の眉の上の傷やテロ被害の痕跡を気にしない。

いつかと変わらないな、と真奈は思う。

人は忘れる。

世間が北陸新幹線テロに遭った真奈に同情し優しくしたのは一年くらいだった。三年目には忘れ、三月十四日に思い出すくらいだ。四年目からは同じ警察官であっても「いつまでそのネタ引きずってるの」くらいの目で見られる。佐倉が声をかけてくれたのはそんな時だった。十三階という組織の存在を教えてくれた。卒業配置が終わったらすぐに刑事研修を受け、公安部を希望するようにアドバイスしてくれた。真奈が警察官でいることの意義を与えてくれたのだ。

西日の強さが増している。

真奈は食器をまとめた。洗いに行くそぶりで、ボードデッキへ上がる階段の脇にある水道へ向かい、絶句した。

誰もいない。

真奈は木の階段を駆け上がってボードデッキに出た。

空っぽだ。防衛部隊員が誰もいない。売店やレンタルショップの人、ゴミ捨て場の管理人くらいしか見当たらない。

――なんで？

置いていかれたの？

イレブン・サインズは天方美月に爆弾を送りつけたテログループと情報が入っているはずなのに。十三階はテログループの中に、投入作業員を置いていったということ⁉

肩を叩かれた。

はっとして、振り返る。背筋が粟立った。

全く気配を感じなかったからだ。

黒江律子が立っていた。


律子は真奈の耳を引っ張りながら歩いた。真奈の耳は小さくて、かわいらしい。指二本で引っ張り続けていたら、律子は親指の付け根が痛くなってきた。途中で、摑むのを彼女の髪に換えた。

「痛い。なんで！　やめてったら！」

真奈がわめいている。つい二週間前、彼女はセブに髪を摑まれたばかりだ。あの時の大男と同じことを自分がしているということが、律子はまだ、信じられなかった。

タブの原生林に覆われた切通しを通る。

東側に見える兵舎の小窓と金網で塞がれた弾薬庫の入口が、不気味に口を開けているのみだ。誰もいない。

苔むしたフランス積みのレンガを両側に、律子のサンダルの音と、真奈の裸足の足がペタペタと板張りの通路を踏む音がする。真奈は引きずられて歩くうちに、サンダルが脱げてしまったようだ。痛い、離せよ、と乱暴な言葉遣いで、歌舞伎の連獅子のように頭を振り逃れようとする。

愛のトンネルに入った。

全長五十メートルほどのトンネルの真ん中で、律子は真奈を離した。抵抗していた真奈はたたらを踏んで、湿った石畳の上に転がる。

誰もいない、薄暗いトンネルの中。

テロ被害者だったのに、たったいま、テロリストになってしまった女と。律子は二人きりになった。風が木々の葉を揺らす音と、波の音が穏やかに聞こえてくる。

野鳥が原生林で啼く声に、汽笛の音が絡みつく。最終フェリーの出港音だ。北上らイレブン・サインズの新メンバーたちは、今日の集まりで公安に囲まれていたこと、監視されていたことを、一生、知ることはない。

彼らは過激派でもなんでもなく、単なるちゃらついた団体だった。解散後に集まった学生たちは、真奈に扇動されて体制批判をしただけだ。そもそも、この決起集会をやろうと立ち上がり、体制批判のビラを作ったのが本当に北上だったのか、いまとなってはかなり怪しい。

真奈の工作だったのだろう。

柳田が望月かなりあから送信されてきたというメールの分析を済ませている。ネット上でやり取りした痕跡は一切見つからなかった。真奈が示したのはデータではなくプリントアウトしたメール画面だ。真奈が自作自演しメールアドレス部分を加工して捏造したものである可能性が高い。

律子は真奈を睥睨する。真奈は怖気づいていた。肘と腰をもぞもぞと動かしながら、後ずさる。立ち上がれずにいた。

律子は思い出す。古池が電話口で咳き込みながら、律子に指示した言葉を――。

「すぐに鵜飼を拘束し、尋問しろ。爆弾を〈ウサギ〉の事務所へ運んだのも鵜飼だ！」

爆発は限定的で、その場に居合わせた古池は煙で喉をやられただけだったという。爆発物を開けてしまった美月は――。

律子は、真奈に教えてやった。

「天方美月。指先が二本吹き飛んだってさ」

両手にⅡ度の熱傷を負い、左手の親指と人差し指の第二関節から上を失った。

真奈が目を白黒させている。なんの話かわからないふりをしているようだ。

「まさか。爆発物でも仕掛けられていたんですか！　ネットニュースで見たんです。北上がSNSになにか投稿していたようですし――」

嘘つきは言葉が多くなる。嘘を見破られたときこそ、言葉を慎め――十三階の教えだが、若い彼女は、忘れてしまっているようだ。すでに北上の投稿は十三階によって削除されている。

律子は投げかけた。

「バーカ」

野鳥が啼く。タブの木の葉もざわめいた。どこからかひんやりと冷たい風がトンネルに入り込んでくる。

真奈が、目尻をひくりと、不愉快そうに痙攣させた。律子は挑発する。

「全部わかってんだよ、この小娘が」

古池が、前日の夜に議員宿舎に押し入った女性警察官が怪しいと、記録を調べさせていた。やはり真奈だった。

「うまいこと美月の議員事務所に爆弾を置いたつもりだろうけど、自分の警察手帳見せて中に入るなんて間抜けすぎる。それで十三階の女？　警察手帳くらい十三階のソフトで偽造できる。お前はまだまだ工作が甘いんだ！」

真奈はわからないふりをするべきなのに、悔しそうに歯噛みした。あっという間に開き直る。

「結果的に、よかったじゃないですか。これでイレブン・サインズを逮捕できる。私はテロの芽を摘むための工作活動をしただけで――」

「あいつらはただの学生、テロリストじゃない！」

「でも反体制的な議論をしていた！」

「あんたが誘導しただけでしょう！　そもそも望月かなりあは？　セブにしろ、それっぽい人を見つけて十三階がテロリストと信じるようにアレコレでっち上げていただけじゃない！」

「でっちあげは十三階の常套手段です。古池さんも黒江さんも甘い！　そうやってテロリストの卵たちに対して甘い見方をしてきたから、北陸新幹線テロを防げなかったのでは？」

真奈のあまりに偏執的なものの見方に、律子は呆気に取られる。

「この程度の団体をテロリスト認定していたら、国民の半分を牢屋にぶちこむことになる」

「望むところです。私はまだ若い。テロリストによって傷つけられたこの体で、一生をかけて、テロリストを卵の段階から罠を仕掛けて捕まえまくります！」

「そんなのただの建前でしょう！」

爆発物は、またしても律子の実家がある上田銘菓のくるみおはぎの箱だったのだ。差出人も律子の名前が使われた。

「私を陥れようとした。北陸新幹線テロを防げなかった私が憎かったんじゃないの？」

「そんなことはありません」

「それじゃなぜ爆弾の差出人名を私にしたの？　こんなのはイレブン・サインズへの工作活動でもなんでもない。ただの私への当てつけじゃないか！」

真奈は悔しそうに唇を噛みしめ、律子の背中の向こうのフランス積みのレンガを見つめている。なぜ律子はわかってくれないのか、という顔だ。律子も同じだ。なぜ真奈は自分のしていることが間違っているとわかってくれないのか。

「私が告白する前から知っていたんでしょ。アリエル事件のこと。私を恨んでいたはず」

真奈は黙っている。

「誰から聞いたの。言いなさい」

律子は、ついさっき古池が電話口で言った言葉を思い出す。

〝天方美月は儀間の復讐など企てていない。彼女もまた、嵌められている可能性が高い〟

佐倉隆二に。

律子は真奈の背後に回った。

「これからなにが起こるか、教えてあげる」

真奈の腕を背中に回し、後ろ手に手錠をかけた。日本では、よほどの凶悪犯でない限り、後ろ手に手錠をかけることはしない。

真奈は抵抗しなかった。ここは周囲を海に囲まれた無人島だ。逃げ切れないと思ったのだろう。

「なにも知らない美月お嬢様は、私からの荷物が届いて困惑したんだって。誰に電話したと思う？」

真奈はなにか言いかけたが、結局、目を逸らす。

「佐倉だよね。あの娘も、あんたも、あの男に操られていたんだもの。美月お嬢様はこう言ったの。〝天敵から宅配便が届いたんだけど、どうしたらいい？〟」

それが、真奈の仕込んだ爆弾だと知っている佐倉はこんなふうに答えたのだろう。

「差出人の上司を呼べ、警備企画課秘書官の古池慎一だ、電話番号は――て具合」

真奈は目を丸くして、律子を見上げた。

「まさか。現場に、先生が？」

「いた」

「怪我は……!?」

「致命傷を負った。十三階の作業員としてね」

真奈は目を眇めた。

「佐倉は美月を使って、今回の一件を十三階の工作だと公表し、糾弾するだろうね。なにせその場に十三階のナンバー2がいたんだから！　しかも爆弾を作ったのも届けたのもあんた、十三階の作業員。これは事実でしょ！」

律子は真奈を、引っぱたいていた。

「テロリストを逮捕したい。その気持ちの裏に、あのテロを防げなかった私への憎しみもあったはず。その感情を佐倉に利用されていたのよ！」

「憎しみなんかない！」

「じゃあ、なんで私の名前を爆弾に使ったの！」

「使った方が律子さんも名前を利用された被害者っぽく見られるって、佐倉さんから指示が――」

言って真奈は、はっと口を閉ざす。

「やっぱり。バックに佐倉がいるのね」

真奈は、あくまで自分の意思だと言わんばかりに、主張する。

「私はテロリストを逮捕する。そして天方美月の民自党入りを阻止し、十三階を背負う第二の黒江になって、律子さんを――」

「言い訳は結構。本当は3・14を防げなかった私を心底憎んでいた。母親のご機嫌とりの北陸旅行だったのに、私のせいで台無しだったものね。赤子の時に首を絞められて以降、あなたは愛されていなかった。二十二年、あんたは必死に母親に愛を求めて――」

「言うな……！」

真奈は後ろ手に拘束されたまま、律子に頭突きする勢いで、突っ込んできた。律子はひょいと横によけた。真奈は足を滑らせ、頭から地面に落ちた。額をパックリ割り、顔を血まみれにさせながら、蛇のように体をくねらせ、泣き喚く。

「あんたは、同じだ！　私の母親と同じだ！　あんたのためにこんなに身を粉にしてがんばったのに、愛してくれないーーこのクソ女！」

律子は、鼻で笑った。

もうやめた。

ばかばかしいーーなにもかも。

律子は歩き出した。あとは南野に任せようと、スマホを出す。

ことり……と、ささやかで小さな小さな、愛しい音がした。

ポリ塩化ビニールでできた小さな人形が落ちて、石畳に弾かれた音だ。それはもはや、律子にとって、慎太朗の音だった。

愛のトンネルの真ん中に、ベージュ色のキン消しが転がっている。慎太朗の忘れ物のレオパルドンだ。蛍光灯の光を浴び、くっきりと浮かび上がる。

律子は拾おうとして、はっとする。

真奈は、慎太朗の生存を知っている。

居場所まで知っている。

律子が教えてしまった。

あと数センチでその人形に指先が届くという体勢のまま、律子はぎろりと、真奈を見る。

目が合った。

真奈がびくりと、肩を震わせた。

律子の目に宿ったそれに、彼女は気がついただろう。彼女は一度、それを母親から向けられている。彼女の最も古い記憶としてそれは鮮明に脳裏に刻まれている。テレビから流れていた歌、母親の肩パッドの入ったブラウス、逆立った前髪。

そして、母親の、殺意のこもった目。

真奈は体をぐるっと反転させた。後ろ手に手錠をかけられたまま、立ち上がろうとする。苔に足を滑らせながら、逃げ出そうとした。

律子は追いかけた。

あの口を封じてしまわねばならない。

真奈は知っている。十三階最大の秘密である、その〈血〉の存在を。居場所までも。

後ろ手に拘束されているから、真奈は逃げ足が遅い。何度も律子を振り返りながら走る。蛇行し、レンガの壁にぶつかり、ふらついた。必死に言い訳をする。

「言わない、絶対言わない！　私は本当に、律子さんと赤ちゃんに、幸せになってほしいの！」

律子は切り捨てる。

「誰が信じるの？」

愛のトンネルの出口が見えてきたところで、真奈が転んだ。律子は覆いかぶさろうとした。真奈が足を振り上げる。律子の左の眼窩に真奈の足が直撃する。視界に星が舞い、律子はふらついた。次に目を開けたときには、左側の視界だけ真っ赤になっていた。

逃げようとした真奈が、思わずといった様子で、足を止める。

「ご、ごめんなさ――」

律子は真奈を押し倒し、腹の上に馬乗りになった。その首に、両手を掛けた。

真奈の喉仏に両手の親指の腹をグッと押し込んでいく。女性が人を素手で絞殺するのは至難の業と言われるが、十三階の作業員ならできる。握力が弱くとも、喉仏に指を押し込んで骨折させ、気道を押しつぶせばいいのだ。

真奈の顔が、みるみる真っ赤に膨れ上がっていく。足をバタつかせ、時に律子の背中を直撃したが、律子は指に力を入れ続けた。なにかが折れる音がした。どこかで木の枝が折れたと思った。まだまだ、と律子は指に力を入れた。気が付けば、親指が皮膚の奥へ食い込んでいた。律子はとっくに真奈の喉の骨をつぶしていた。

律子の背中の向こうで、真奈の脚がバタッと落ちる音がした。

真奈の目に力がなくなっていく。真っ赤に膨れていた顔から血の気が失われ、やがて真っ青になっていく。

真奈の唇がずっと動いていた。本人の意思とは無関係で、筋肉の神経反射が残ってしまっているようだった。

おかあさん。

口の形がその言葉を発しているような気がした。

最後までパクパクと揺れていた唇も、動かなくなった。

それでも律子は、首を絞め続けた。

息子を守るために。

気が付けば、律子は両手が血まみれになっていた。地面についていた膝も、足も。

真奈は窒息死し、大きな外傷はないはずなのに、なぜか、律子は血だまりの中にいた。律子の二本の親指が、真奈の首の皮膚を突き破っていたのだ。両指とも付け根まで、真奈の肉に埋まっていた。

律子は、真奈の喉にあいた冥い穴から、そうっと、指を抜いた。ごぼっと音がして、血がまた、あふれ出してきた。

救急車を見送った古池はもはや、けん銃を隠さなかった。

議員会館のロビーで預けたベレッタを取り戻した。ホルスターを装着する間も惜しい。引き金を指に入れたまま永田町をつっきり、霞が関へ走って戻る。

十三階校長室の扉を蹴破った。

受話器を耳に当てたままの乃里子が「ひっ」と喉を鳴らし、立ち上がった。

「お前――」

古池のワイシャツには美月の血があちこちについている。古池は安全装置を解除し、乃里子に容赦なく銃口を向けた。

「なんで銃口を向ける!?　二度目だぞお前、いい加減にしろ!」

乃里子が受話器を叩きつけ、叫んだ。

「いい加減にしてほしいのはこっちだ。これで二度目だ!」

古池の罵倒に、乃里子が黙り込む。

「お前が方々に差し向ける連中は毎度毎度、裏切り者だ。お前は十三階の疫病神か!」

古池はデスクの上に駆け上がった。乃里子がのけぞり、椅子ごとひっくり返りそうになった。ブラウスの襟元を摑んでやる。椅子だけが倒れ、乃里子は腰が宙に浮いて滑稽な姿勢になった。その鼻先に、銃口を突きつけた。

「聞く。正直に答えろ」

乃里子は、何度も何度も頷く。涙目になっていた。

「なぜ佐倉を選んだ？」

乃里子の右口角が、ひくりと、動く。

「なぜ佐倉だったんだ、言え！」

「──愛していた」

「は？」

乃里子の顔は、校長のそれではなくなっていた。ちまたにあふれる、愛を欲しがる女の顔だ。

「私は、ピアノを。彼は、バイオリンを──」

そんな話を聞きに来たのではない。古池はちゃんちゃらおかしくなって笑い飛ばす。

「合奏を楽しみ、ついでに愛情もあった。だから信頼して、天方総理の下へスパイとして送り込んだというのか！」

乃里子が一瞬で、校長の顔に戻った。心外だと言わんばかりに目を剝いた。

「ふざけるな！」

乃里子が拳を突き出してきた。不意打ちが古池の左頰骨に入った。痛くはないが、不愉快な痒さが残る。

「私が総理にスパイを送り込むだと!? 一体なんの話だ! そんなことをするわけがないだろう! 天方総理は我々が命がけで守るべき国家元首なんだぞ!」

古池は、乃里子の襟首をつかみ上げる手に、力が入らなくなった。

へなへなと、校長のデスクの上に尻もちをつく。未決・既決ボックスがカーペットに落ちて、全国都道府県警で暗躍する十三階作業員からの『インテリジェンス』が散らばる。

やられた。

完膚なきまでに佐倉に欺かれたとしか、言いようがない。

榛名湖で佐倉を問い詰めたときの逃げ口上のうまさに、舌を巻く。

佐倉は、官僚が危うい物事については明言しない生き物であることを知っている。そしてそれに仕える公僕たちは常に『忖度』しながら業務を行う、ということも。古池はこれまで佐倉のことを乃里子に問い詰めたことはない。

古池や律子が騙されるずっと前から、あの男は十三階を統べる校長を『女』として支配していた。

愛人だから、佐倉のスマホに乃里子の番号が残っていた。佐倉はそれを利用し、乃里子から密命を受けた〝十三階の味方〟のふりをして、古池と律子の追及を逃れたのだ。

その後も味方のふりをして、古池と律子と会合を持ち、十三階の情報を探ってきた。

乃里子はここのところ帰宅がやけに遅かった。密会場所は隣接する休憩室だったのか。乃里子の隙をついて、校長室の固定電話からセブに電話をかけるチャンスは、いくらでもあっただろう。

校長すらも黒幕に仕立て上げたのだ。

古池は拳を握り、宙を睨む。

佐倉の目的はなんなのか――。

手始めに乃里子を骨抜きにした。捜査の目をイレブン・サインズに向けさせるために爆弾が届くタイミングでセブを法務省に呼びつけて桜田通りを歩かせた。次は自分か。まんまと策略にはまり、美月の爆発現場に居合わせてしまった。しかも、爆弾を美月の事務所へ持ち込んだのは、古池の部下である鵜飼真奈だ。

これが表沙汰になれば、当然、十三階に批判が殺到し、組織は存続が危ぶまれる。

つまり、佐倉は。

十三階を潰すつもりなのだ。

これまでの数々の茶番は、全て、十三階を潰すための工作だったのだ。

古池は、その長である女を、見下ろす。ペタンとカーペットの上に尻をつけて座り込み、めそめそと、泣いていた。

「おい」

乃里子が怯えたように肩を震わせ、古池を見上げる。

「〈血〉の話をしていないだろうな」

乃里子は首が外れるほどに横に振った。

「断じて話していない。確かに何度かは聞かれたが、〈血〉については、絶対に口外していない」

古池はデスクから降りた。愛という名の醜態を晒してしまった上官の腕を、引っ張りあげる。

彼女は持ち上げられたが、最後は自分の力で立つ。古池はひっくり返った革張りの椅子を片手で持ち上げて、彼女を椅子に座らせた。恭しく跪く。

「お気を確かに」

戦わねばならぬのだ。いま、この校長の下で。

乃里子はひとつ震え、古池を見下ろす。

「黒江を迎えに行ってきます。また殺したらしいので」

古池は立ち上がった。

「〈掃除班〉の手配を……」

乃里子が力を振り絞るように言った。受話器を上げる。古池はフックを切った。

「私が自分で〈掃除〉します」

美月だけでなく、真奈も乃里子も佐倉の毒牙にかかったのだ。

「いまはどこに裏切り者がいるかわからない」


再び神奈川県警横浜水上警察署の手間をかけさせることになった。警備艇で猿島へ渡る。古池がこの要塞に再上陸できたのは、二十時を過ぎたころだった。

二十四時間前にここに来た時とは、天と地ほどに世界が変わってしまった。

誰もいない。街灯も殆どない。桟橋を過ぎたら暗闇の原生林が広がるだけだ。

月あかりが頼りの切通しを懐中電灯ひとつで突き進む。誰もいないはずなのに、兵舎の小窓や弾薬庫の金網から誰かがのぞいているような不気味な空気を感じる。やっと暗闇に目が慣れてきた。レンガ積みの模様が見えるようになってきたころ、さらなる冥い穴が、ぽっかりと口を開けて待っていた。

律子はそのトンネルの真ん中で、膝を抱えて座っていた。革靴がやたら滑る。そこが血の海だったからだ。暗闇に溶けて血の色も見分けがつかないほど、闇に染まった場所だった。

古池は真奈の死体を担いだ。顔が背中に倒れてくる。喉からごぼごぼと音がした。いまにも「先生」と真奈から呼ばれそうだった。

立ち上がる。

「ここのトンネルの名前、知ってる?」

暗闇から、亡霊が囁くような声がする。律子の声だ。

「愛っていうんですって」

妻は笑った。正気を失っている。

「来い」

古池はトンネルの出口に向かって歩き出した。律子が生気のない歩き方でついてくる。

トンネルを抜けてもそこは暗闇だった。波の音が少し強くなっただけだ。砲台の台座が残る跡地を通り、オイモノ鼻と呼ばれる磯へ向かう。断崖絶壁だ。設置された階段で磯まで下りられるようになっている。

階段の手前に芝生の広場があった。古池はいったんそこに真奈を下ろした。懐中電灯で顔を照らす。繋がりかけた穴が二つ、喉骨のあたりに空いていた。律子の指がすっぽり二本入るくらいの大きさだ。親指で喉骨を潰したのだろう。とっくに窒息死していただろうに、皮膚を指で突き破るほどに強く圧迫し続けたと思われる。よほど真奈が抵抗したのか。死体を裏返し、真奈の両手を見た。抵抗して引っかいたりして、律子の皮膚片が混ざっていないか、懐中電灯で照らして確認する。

真奈の指先は乾いていた。

そもそも、後ろ手に手錠をかけられていた。抵抗できなかっただろう。古池は、ぼんやりと暗闇にたたずむ律子に訊いた。

「殺す必要があったか」

殺してしまったせいで、なにもかも藪の中だ。真奈はいつから佐倉に操られていたのか。佐倉の手先になったから警察官になり、十三階に入ったのか。十三階に恨みがあったからこんなことをしたのか。それとも、十三階の役に立っているつもりで佐倉にそそのかされてやってしまったのか。

「母になれって、言うから」

「ふつうの母は、子供を、殺さない」

「そうよ。殺されないために、殺したの」

律子が拳を震わせていることに気がついた。彼女の手の隙間から、ベージュ色のキン消しが見えていた。

古池は律子から鍵を預かり、真奈の手錠を外した。再び担ぎ上げ、広場を囲う柵を跨ぐ。腰丈まである雑草をかき分け、断崖絶壁に立つ。

真奈の体を落とした。それは十メートル下の岩場に叩きつけられる。ぐしゃっと潰れた音が波の音の隙間に聞こえた。

古池は鉄の階段で磯へ降りた。懐中電灯で真奈の死体を照らしながら、拳大の大きさの石を探す。真奈は手足を明後日の方向に捻じ曲げ、うつ伏せにへばりついていた。蹴って仰向けにさせた。鼻が潰れ、左目の眼球は破裂していた。顎はきれいなままだ。喉に開いた穴が不自然だった。古池は叩きつける波飛沫に体を濡らしながら、真奈の頭の横に膝をついた。石を振り上げ、真奈の喉を潰す。人の指がめりこんだ穴であるとわからぬように、ぐちゃぐちゃにした。

立ち上がる。もう一度、うつ伏せになるように真奈の体を蹴る。後頭部を摑み、顎を岩場に叩きつけ、破壊していく。

古池は腰をあげ、渾身の力で血のついた石を海へ投げた。ぽちゃんという音と白い水飛沫を確認した。古池は真奈の体を波打ち際へ蹴る。彼女の体が半分海水に浸ったところで、大きな波がやってきた。体は海へ運ばれていった。

古池は岩場のくぼみで手を洗い、階段へ引き返そうとした。駆け下りてきた律子とぶつかる。

「行かなきゃ……！」

律子が海へ入ろうとする。いや——真奈の亡霊に手を引かれているようにも見えた。

違う。3・14の七十三人の犠牲者たちに。暗闇の中、磯に叩きつける種々様々の白い波が、バラバラに吹き飛んだ犠牲者たちの手足に見える。

古池は慌てて律子を抱きかかえた。

「おい、しっかりしろ！」

「真奈ちゃん……！」

頬を叩いて律子の名前を呼び、古池の方を向かせる。律子はイヤイヤと首を横に振り、泣きじゃくる。

「あの子を育てると、母親になると決めたの。愛してあげると……！」

凄まじい力だった。こんな小さな体のどこに、古池を押し倒そうとする力があるのか。

「黒江、こっちを見ろ！」

古池は怒鳴り、律子の顎を摑み上げた。律子がカッと目を見開き、古池を見上げる。

「もう死んだ！」

「……」

「お前が殺した!!」

律子はみるみる目に涙をため、顔を歪ませた。ふえ〜んと情けない声を出し、泣く。慎太朗にそっくりだった。いや、昨日会った慎太朗は成長し、逞しかった。力強かった。

律子は——退化している。

古池は妻を抱きすくめる。壊れるな、と全身で包み込む。心を乱している暇はないのだ。暗闇に閉ざされた海を、見据える。

「終わりじゃない」

古池の胸でひくひくと体を震わせ、嗚咽する律子が、ふいに泣き止む。

「始まったばかりだ」

エピローグ

佐倉はノートにペンを走らせていた。

爆弾騒ぎから丸十時間経った、同日二十三時。都心にある大学病院の、美月の病室にいる。爆発物を開けた瞬間のことを美月に尋ねていた。監視カメラの映像は確認済だ。爆発後、古池が美月の応急手当てをし、彼女を抱きかかえて廊下に飛び出していく、一部始終だ。目撃者は五十人近い。

十三階は、古池がその場にいたことを隠蔽することはできないだろう。

さて。

佐倉の思惑通り、古池を現場におびき寄せることができた。あとは、彼の私物に起爆スイッチでも仕込んでおくか。

真奈には、箱を開けたときに導線が引っ張られたことによる起爆と、遠隔操作による起爆、両方を仕掛けさせた。警備専科教養講習にて爆弾の仕組みを学んだ真奈には、これくらいはお手の物だ。

あれが爆発したいま、真っ黒焦げになったバラバラの破片から、どちらの起爆で爆破が起きたのか、鑑識は判別できない。

息子を狙われていると勘違いした古池が、美月をひどい目に遭わせようとした。敢えて現場に居合わせ、ヒーローのふりをして美月を助けてみせた。古池慎太郎の生存は、真奈からの情報で確定している。このシナリオで、永田町も霞が関も納得するだろう。

十三階の存在が公のものとなり、そのナンバー2が逮捕、裁判に立たされるとなれば、十三階は内部崩壊していくはずだ。

ベッドの中の美月は、天井をじっと睨み、佐倉の質問に淡々と答えている。まだ警察の聴取はさせていない。佐倉がどう答えさせるか、美月に教え込まなくてはならない。

「では、こうしましょう。古池は議員事務所到着早々から終始、落ち着きがなかった。しきりに、手の中に握っていたなにかを気にしていた」

「彼は手ぶらだったわ」

「起爆装置を持っていたことに」

「なぜ嘘をつくの？」

嘘ではない、と佐倉は断固として言う。

「十三階は、あなたの民自党入りを潰そうとしていたんです。だからあそこの新人が、イレブン・サインズという組織の仕業を装って、爆発物を仕込んできた。それを見逃した時点で、古池がスイッチを押したも同然なんです」

「――この手」

佐倉の話を聞いているのかいないのか、美月がぽつりと言う。両手を重たそうに持ち上げた。ガーゼと包帯でぐるぐる巻きにされたその両手は、グローブを嵌めたように、重たそうだ。

「バイオリンはもう弾けないわね」

佐倉は心情を察するフリをして、沈黙する。心の中では笑った。

――お前の独りよがりでへたくそなバイオリンの音色を、二度と聞かなくて済む。

美月は涙を堪え、言葉を振り絞る。

「秘書たちは血を見て悲鳴をあげるばかり。すごい血で両手が焼けるように痛くて私は絶叫してしまったわ。あの古池さんって人だけよ、冷静だったのは」

美月は肩を少し震わせた。

「ネクタイで手首を締めあげて止血をしてくれた。私は、ブラウスが破れて胸元が丸出しだった。彼は、ジャケットを脱いで隠してくれた」

佐倉は彼女の髪を撫でてやる。

「騙されてはいけません。爆弾を仕込んだのは鵜飼真奈という十三階の作業員です。古池が知らなかったはずはない。あなたを救済したのは、疑いの目を逸らすためでしかない。もしくは、あなたに自分をヒーローとして印象付けたいだけだ」

「ヒーロー。あれが？　抱え上げられたときに顔が胸にあたったけど、なんだか感触がおかしかった。明らかに抉れてた。あの男は戦場にでも行っていたの？」

佐倉は答えなかった。

「きゃあきゃあ泣きわめく私に、表情一つ変えずに言うのよ、この程度では死なないから問題ないって。指先がなくなってるのに！　肉の塊になって、血と一緒にそこらに散らばってるのに。問題ない、ですって……！」

佐倉は、感情的に叫ぶ美月の横顔を注意深く見た。顔のあちこちに切り傷が残っている。痛々しい。

美月は、古池の冷めた態度を怒っているわけではなさそうだ。適切に応急処置したその冷静さを、評価しているのだ。

ノック音がした。美月の第二秘書が言う。

「内閣情報調査室の方々が、お見舞いにいらしてますが」

佐倉は立ち上がり、廊下に出た。

葬式の参列のように並ぶ男たちがいた。内閣情報調査室の幹部たちだ。手土産を持つ者、ハンカチを握る者——。

みな、神妙な顔だ。

内閣官房直属の情報機関が、総理大臣の娘へのテロを許してしまった。十三階が加害者として糾弾されるのはもちろんのこと、十三階と連携する内閣情報調査室の責任もまた、重い。そういうふうに、佐倉は美月に吹聴してある。

一同の中でも、国内情報部主管の栗山が、特に苦々しい顔をしている。彼は十三階の元校長だ。古池や律子の婚姻の証人でもあり、歴代校長の中で最も二人と親しい間柄だ。

「どうぞ、お入りください」

佐倉は彼らを促した。

誰も佐倉が黒幕だとは気がついてはいない。今後も、暴ける者はいないはずだ。口を塞ぐのが厄介だと思っていた鵜飼真奈は、勝手に死んでくれた。

猿島の断崖絶壁から身を投げたようだと、神奈川県警から報告が入ったばかりだ。磯に叩きつけられ、波に運ばれて何度も岩場にぶつかり、死体はぐちゃぐちゃだという。

たった一つ残念だったのは、古池慎太朗の居場所を摑んだという彼女から、詳細を聞く暇がなかったことだ。インドにいるとわかったのみだが、人口が十三億人もいるカオスの国では捜しようがない。

佐倉は病室の扉を閉じた。

日本のインテリジェンスを担うトップクラスの男たちが、美月のベッド脇に並ぶ。

さあ、打合せ通りの演技を――佐倉は合図のつもりで、美月の肩を叩き、ベッドをギャッチアップしてやった。

体を起こした美月へ、トップの室長が口を開いた。

「先ほど、お父様である天方総理大臣ともお話をしてきまして――」

美月は「はあ?」と返した。

「父がなんの被害を受けたというの? なぜ直接の被害にあった私の下へすぐに頭を下げに来ないの」

室長は戸惑い、部下に目をやる。部下たちは俯くばかりだ。栗山だけが長いまつ毛を微動だにさせず、美月を見つめている。

「私が無所属の左派議員だから?」

「いえ、決してそういうわけでは――」

美月が八人の男たち、ひとりひとりの顔を、吟味する。身を乗り出し、下から覗き込むような、非常に挑発的で失礼な態度だった。

「あんたたち――どいつもこいつも、表情がゆるっゆるねえ! だから私の指先が吹き飛ぶテロを許した！」

室長がさすがに表情を硬くする。

「今回のことは大変遺憾に思っておりますが――」

「遺憾？　そんな言葉でテロを防げるの？　毎日椅子に座って、末端から届く情報を見ているだけで、テロを防げるの？」

「我々は――」

「そうね、内調は実行部隊を持たない。だから、有名人のスキャンダルを追って、世論の目くらましのために使う情報をひっそりと集める。それくらいしか仕事がないのよね」

美月はあからさまに内閣情報調査室のあり方を否定し、侮辱していた。

「実行部隊を持たないから、探偵さんに仕事を頼んでいるんだっけ？」

美月は高らかに笑ったあと、怒鳴った。

「あんたたちには経験が足りない！　戦場に立つほどの血みどろの経験がないから、総理直属の諜報機関でありながら、ふやけた芋みたいな顔をしている！」

栗山が口を開いた。この男が反論すると佐倉は思っていた。

「我々は芋ではなく――」

「黙りなさい！」

美月が、テーブルに右手の拳を振り下ろした。火傷で水膨れした皮膚を切開した後だろうに、痛み止めのおかげか、威勢がいい。

佐倉はベッドフレームに取り付けられたテーブルを外した。

これが合図だ。

演出をつけられた美月が、佐倉の思惑通りに、ベッドから足を下ろした。佐倉は自分が黒幕であるとバレぬよう、ひっそりと隅に立ち、気配を消す。

布団の下から、グローブのように包帯が撒かれた左手が現れる。室長が美月を支えようとした。美月は右腕でそれを振り払う。

裸足のまま、窓辺に立つ。要人のみに当てがわれる豪華な個室には、バルコニーがついている。美月がカーテンを開け放った。

入口で立番していた丸の内署の警察官が、慌てて止めに入ってくる。

「お嬢様はいまやテロターゲットになっております。窓は絶対に開けないよう、上から強く言われておりまして」

「そう」と美月はすました顔で、内閣情報調査室の連中を見据えた。

「銃弾でも飛んでくる？　それならあなた方が盾になりなさい」

室長が提案する。

「SPをつけましょう。大臣でもない上、無所属の議員には通常つけませんが――」

「そうね。ふやかした芋みたいな顔をしたあなたがたには、直接私を守るのは無理でしょうね。お前たちには凄みが足りない！」

誰も反論はしなかった。美月が囁くように問う。

「でも十三階なら？　任務とあらば盾になり、銃弾をその身に受けてもテロを阻止するでしょうね」

栗山が答える。

「あそこはそういう組織です。そして我々は——」

「そしてそういう組織が、私を狙っているのよ！　佐倉から聞いてないの？　犯人はナンバー2の古池なのよ！　ならばどうする、十三階を？」

誰も答えない。みな話の流れについていけていない。美月は怒鳴り散らした。

「私に言わせるのか！」

えらい迫力だった。

さすが、女優の娘だ。何人かはあからさまに肩を震わせ、目を伏せる。佐倉は心でにやつきながら、肝を冷やしたような表情を作る。声をわざと震わせ、病室のすみっこから助言する。

「潰す？」

栗山が目を見開き、佐倉をぎろりと睨みつけた。室長は真っ青になっている。

「御冗談を。あの組織がなくなったら、地下で蠢くテロリストたちを——」

「それに代わる実行部隊をあなた方が持てばいい。十三階に勝る凄みを持った組織を」

室長はなおも首を横に振る。

「まずは法案を作成し、各方面に根回しをすることを始め、どこからどうやって人員をかき集めるのかも——」

「国会で議論するの？　内閣情報調査室内に秘密の諜報部隊を作ると。あんたバカなの？」

室長はプライドを踏みにじられたのだろう。あからさまに顔をしかめた。栗山が、我慢ならぬ様子で反撃に出た。

「僭越ながら、天方議員。あなたは無所属の国会議員でしかない。政権はおろか、民自党にすら入っていないあなたが、内調についてあれこれ言う資格は――」

「私、民自党に入る」

美月はあっさり言ってのけた。栗山は開いた口が塞がらないようだ。首を震わせ、説得するように言う。

「世論は許さないでしょう。政権との対決姿勢を前面に出して票を集めたあなたが――」

美月は内閣情報調査室の男たちを見据えたまま、右手でバルコニーへ続く窓を開け放った。病院の駐車場が見えた。黒山の人だかりができていた。フラッシュがひとつ、二つ、瞬き始める。マスコミだ。

美月の姿をとらえたのだろう、カメラのフラッシュが一斉に瞬く。人々がわっと建物の下に集まってくるのも見えた。『ハイヒール外交』で美月にハートを射抜かれた総勢数百人のバカな国民が、病院に駆け付けていた。佐倉が美月の入院先をSNSで拡散したのだ。

『天方美月議員を元気づけよう！　テロに負けるな！　声援を届けよう！』

世間は、若く美しい娘が虐げられると過剰に反応する。中年の男性議員ではだめなのだ。若い女性であってもそれなりの美貌がなくては無理なのだ。若く美しい女性の犠牲はなにかのシンボルになりやすい。国民はこれに心を動かされる生き物なのだ。

美月は裸足のままバルコニーに出た。本来ならここに備え付けのサンダルがあったが、佐倉が撤去した。裸足で病院着、両手に包帯というわかりやすいテロ被害者の実像を見せるのだ。国会議員が――究極のセレブリティである総理大臣の娘がその傷を負ったと、強く、国民に印象づける。傷を負ってもなお、国民の期待に応えようと、裸足でマスコミの前に現れる――高貴でありながら、傷だらけのその姿を。

美月は柵に左手首を置き、包帯でミイラのようにぐるぐる巻きにされた右手を振って見せた。大歓声が、病院の建物を包み込む。群衆が一斉に動き出した。警備の警察官たちが慌ただしく走り出すのも見えた。マスコミは群衆の熱狂にもカメラを向ける。

美月の圧倒的人気を、明日、テレビや新聞が大きく取り上げることだろう。そして天方美月はその国民的人気を不動のものとする。

政治は所詮、空気。風だ。

風を作ったものが、国を制する。

美月の指を吹き飛ばすことには、三つの意味があった。

へたくそなバイオリンを辞めさせること。

風を作り、民自党入りをスムーズにさせること――テロの被害に遭った議員がその思想を変えて与党入りするのだ、誰も文句は言うまい。

そして、三つめは十三階潰しの理由を作ること。

佐倉は、内閣情報調査室の幹部の前では慌てたそぶりで美月に近づく。美月には「もうよろしい」と厳しく囁き、室内へ促す。

内閣情報調査室の連中は、口を塞がれた状態だ。美月がエスピオナージのベテランたちを、一瞥した。

「私は、世論です」

室長が屈服したように、視線を床に落とした。栗山の顔は見ものだった。古巣をその手で潰せと〝世論〟から命令されたも同然なのだ。

「私は十三階を潰し、そして内調に、十三階に代わる健全な組織を作ります」

美月が堂々と宣言した。

「世論に従いなさい。それが民主主義よ」


内閣情報調査室の連中が退散したあと、警備態勢を整えた天方総理が、美月の病室にやってきた。天方は十三階を動かせる絶対的存在だ。十三階が娘の命を狙うなどなにかの間違いであってほしいとつぶやくのが精一杯という様子だった。

スーツに着せられてしぼんだ背中を、佐倉は哀れに思う。明日の退陣表明は延期できない。明後日から入院が決まっているのだ。

娘がテロの標的にされたことで、この十時間で十年は歳を取った顔をしていた。目の落ちくぼみ具合からも、顔に死相が出ている。この世からの退陣も近いかもしれない。

扉が閉められ、再び、佐倉は美月と二人きりになった。

「今日はこれで終わりです。大変お疲れ様でした。ゆっくりお休みください」

「なんでよ」

その悔しそうな口調に、佐倉は少し驚いた。これまで美月が佐倉に反抗したことはない。

「なにかお気に召さないことが?」

「十三階に行く」

佐倉は瞠目した。

「内調を叱り飛ばしたのよ。なぜ、十三階には黙っているの？」

「そのお体で敵陣に乗り込むというんですか。息子を狙われていると勘違いして爆弾を送りつけてきた工作員がいるんですよ」

「面白いじゃない。あなたも来たら？」

美月と共に行くなど、二重スパイだったことを表明しに行くようなものだが——。

悪くない。

一両日中に、佐倉が美月の第一秘書になることは表沙汰になる。

ここで宣戦布告に行くのも粋だ。

時計を見た。もう深夜だが、議員へのテロを許してしまった十三階の幹部たちが、自宅に帰っているはずがない。恐らく徹夜で執務室に居座り、今回の案件をどう処理するか、シナリオを練っているはずだ。

佐倉はロッカーを開けた。

「では、爆破被害直後の恰好でいきましょう」

爆発した際に着用していた美月のスーツや靴が、畳んで置いてある。血や爆炎の黒い煤がついたスーツは警視庁が押収したがっていたが、古池の仕業であるという工作を仕掛けるつもりだったので、佐倉が押収を待たせていた。

着替えの間、佐倉は一度、病室を出た。五分後に戻る。ブラウスは新調していたが、スーツは煤で黒ずみ、袖口が焦げて破れていた。戦場にタイムスリップしたキャリアウーマンのようだった。

佐倉はロッカーに入れていた、十センチのハイヒールを取り出した。白かったそれは煤がつき、血が垂れて薄汚い。佐倉は跪いた。シンデレラのガラスの靴のように、姫の足に履かせる。

佐倉は中央合同庁舎二号館に入り、エレベーターに美月を促す。『13』の数字を押した。

乃里子の反応が楽しみだった。

美月は心を、乃里子は体を支配している。

取り乱すか。取り繕うか。

佐倉が先頭に立ち、校長室に突き進む。アポもノックもいらないだろう。

佐倉は扉の脇に立った。美月が頷き返す。女優のスイッチが入っていた。佐倉は無言で校長室のドアノブをひねる。扉を開けた。

校長の席には思いがけない男が立っていた。

古池慎一だ。

昼間にテロの現場にいたとは思えない、下ろしたての真っ白なワイシャツに、光沢のある漆黒のスーツをまとっていた。公務員らしくない派手なネクタイをしている。ラディッシュカラーでプリーツが入った、ステファノリッチのネクタイだ。

古池がいま、〝芸術品〟とも称されることもあるイタリア高級ブランドのネクタイを締めている意味を、佐倉は察する。自分が首から下げているストライプのネクタイのことは考えないようにした。負けているからだ。

アポもノックもなくとも、こうして古池は待ち構えていた。

既に十三階が美月と自分に監視をつけていると、佐倉は察した。

つまり古池も、すでに佐倉の立ち位置を理解している、ということだ。

「なにか」

深夜の訪問にもかかわらず、古池はあっさりと尋ねる。美月は眉を吊り上げた。

「なにか、じゃない！　テロの被害者がわざわざ来てやったのよ。すました顔をしていないで、早く責任者を出しなさい！」

古池は美月を一瞥しただけで、再び佐倉を見た。佐倉は尋ねる。

「校長はいらっしゃらないのですか」

「もう帰られました」

信じられない、と美月は金切り声を上げた。演技ではなかった。感情丸出しだ。

「テロを防ぐべき組織が政治家をテロに巻き込んだ上、その実行犯がここの小娘だったというのに、責任者は自宅にのこのこ帰ったというの！」

「ええ」

「そんな無責任な話、あるわけない！」

「しかし、帰られました。今日こそお子さんたちに手料理を振る舞いたいと。長らく、家族には不義理をしていたそうで」

古池が意味ありげな表情で佐倉に言う。内閣総理大臣の娘に少しも取り合おうとしなかった。目すら合わせてもらえない美月は、かっと顔を赤くした。左手の包帯を、包帯でぐるぐる巻きにされた右手で、苦労してときはじめる。なにをするのだろう。佐倉はワクワクしながら、遠巻きにそれを眺める。

「指先が欠損したくらいでと思っているの？　見なさい、この傷を！」

美月は、痛みからか悔しさからか、時折歯の隙間から吐息をはきながら、指先が欠損した左手を、古池の眼前に突き出す。古池は顎を引いたのみだ。赤く腫れ上がり、傷口がギザギザに縫われた皮膚と、一部がむき出しになったままの赤い肉が、古池の眼前に突き出される。普通の人はうろたえ、目を逸らすだろう。

古池は無反応だった。

そこらへんの雑草を見るのと同じような目で、若い女の傷だらけの手を、見下ろす。

美月は怒りを倍増させたようだ。頭は悪いのに勝ち気でプライドだけは高い彼女は、足元にあったゴミ箱を蹴飛ばす。

古池は壁にぶつかったゴミ箱を、目で追っただけだ。

「校長を呼びなさい」

「明日の朝、もう一度いらっしゃってください」

「責任者を！　私に謝罪はないの！」

「いまは私がここの責任者です。今回の件は陳謝いたします」

古池の口調は滑らかだったが、頭のひとつ、下げようとしない。佐倉は促す。

「警察礼式はどうしたんだね。脱帽時の敬礼は十五度腰を折る。最敬礼は四十五度だ。この場合は、最敬礼をすべきでは？」

古池は佐倉を一瞥したあと、予想外の行動に出た。両太もものスラックスの折り目をつまみ、カーペットに、正座したのだ。両手をつき、額をこすりつけた。

「部下が起こしたこと。大変申し訳ありませんでした」

美月は口元をひきつらせた。ステファノリッチをぶら下げた男に、要求以上の謝罪をされてしまった。こちらの立つ瀬がない。なるほど、だからステファノリッチのネクタイを選んだのだ。最初からこの演出で、佐倉と美月を追っ払うつもりだった。

佐倉は、天を仰いだ。

つまらない。

わざわざ足を運んだ甲斐がない。

しかも相手が一枚上手だというのを印象付ける展開になってしまった。

古池は美月の許しが出るまで、土下座を続けるつもりのようだ。その広い背中、腕、後頭部に、少しの謝罪の意も見えない。きっとあの下で済ました顔をしているに違いない。面従腹背どころではない。そのたくましい背中に、たぎる反骨精神が垣間見える。

帰りましょう、と佐倉は美月に囁いた。美月は聞かなかった。どうしても、十三階を――いや、この男を、真に、屈服させたかったのだろう。それには時間がかかる。ゆっくり工作を練ればいいものを――。

「まだ足りない！」

美月は床に転がったゴミ箱を指さした。

「あれを拾ってきて」

古池は顔を上げ、無表情のまま、ゴミ箱に手を伸ばす。

「逆さまにして、目の前に置きなさい」

言われた通り、古池がゴミ箱を裏返しに置く。美月がその上に、右足を載せた。

古池の眼前に、血と煤で汚れたハイヒールの足が突き出された。

「大事なハイヒールが、汚れてしまったじゃない」

「……………」

「舐めて」

古池の表情に初めて反応がある。

「あなたの舌で舐めて、汚れをきれいにふき取ってくださらない」

美月は、上品な口調で、下品な要求をしてみせた。

佐倉はあっぱれと姫の背中を見る。おもしろくておもしろくて、心の中で小躍りした。

これは見ものだ。

佐倉は必死に笑いをこらえながら、古池の様子を見下ろした。古池は口を真一文字にして、美月を睨み上げている。あからさまな憎しみを、ようやく表に出す。女のハイヒールを舐めるなどこの上ない屈辱だろう。

さて、どうする。十三階の男よ。

カタリ、とかすかな音が、明後日の方向から聞こえる。

執務デスクの脇にある扉が、ゆっくりと開いた。別室に繋がるその扉から、誰かが現れた。乃里子か――。

現れた女は、血塗れだった。

佐倉はさすがに背筋が寒くなる。美月もあからさまに肩をびくりと震わせた。

黒江律子だ。

彼女はのっそりと前に出て、後ろ手に、扉を閉めた。ぼんやりとした目を宙に投げ出している。

左目は真っ赤に充血し、瞼が青黒く腫れあがっている。

「私がやりましょうか」

彼女は、ティシャツにハーフパンツという、全くこの場にそぐわない、海水浴場にでもいそうな格好をしていた。古池の服装とはあまりに対照的だった。その両膝頭にべっとり血がついている。ブーゲンビリアの花の絵柄が入ったティシャツも血で汚れ、顔にも、血が擦りついていた。時間が経ったせいなのか、血は鮮やかさを失い、茶褐色に黒ずんできている。

誰かを殺してきた。

今日死んだのは、鵜飼真奈だけだ。

真奈は猿島の断崖絶壁から身を投げたと聞いた。まさか、突き落としたのか？　だが、背中を押したぐらいでは、全身にあんなにも血がつかないだろう。

律子は亡霊のような足取りで、美月の前に立つ。

「天方美月先生。役職に就くものに、このようなことをさせてはいけません」

誰に言うでもなく律子は口にし、古池を立ち上がらせた。ゴミ箱の前に立膝でかがむ。美月のハイヒールを見据えた。細く長い指を柳の木の枝のようにしならせながら、律子は美月のハイヒールの足に触れる。

両手の親指にべっとりと血の跡が残っていた。律子が小さな口を開き、真っ赤な舌を覗かせる。顔を近づけていった。

視線は誰のこともとらえていなかったのに、律子は舌を出しながら、初めて――白と赤の奇妙なコントラストを持つ両目で、美月をとらえた。

そこにあったのは、ただの穴だ。

凶暴な鮫でもない。目をくり抜かれた人形でもない。確かにそこに眼球はあるのに――。

この女の瞳の奥に広がる果てしない絶望が、冥い闇となって、見る者を引きずり込もうとしている。

美月は図らずも異形のものを見てしまった恐怖からか、ガクガクと震えていた。ここで引いては絶対にいけなかったのに、慌てた様子で足を引っ込めてしまった。

「帰るわよ」

くるりと背を向け、校長室を出ていく。佐倉も退散せざるを得なかった。背を向けて後ろ手に校長室の扉を閉める。佐倉の手も震えていた。

勘違いしていた。

十三階を体とするならば『顔』は校長であり、『脳』は古池だと思っていた。『脳』すら機能を失えば、組織は死ぬはずだった。

違う。

佐倉は、『心』があることを忘れていたのかもしれない。

十三階の女。

あれが十三階の原動力となっている。だがあれは心臓ではない。心は概念であり、存在しない臓器だ。根でもないし、髄でもない。

そう、誰しもの人生に、美しくも醜くもそこに居座り、思考を左右する母親のような……。

そうか。黒江律子は、進化したのだ。

十三階の女から、母へ——。

・本書はフィクションであり、登場する人物および団体名は、
実在するものといっさい関係ありません。

・初出　「小説推理」二〇二〇年十一月号～二〇二一年四月号

吉川英梨●よしかわ・えり

1977年、埼玉県生まれ。2008年に『私の結婚に関する予言38』で第3回日本ラブストーリー大賞エンタテインメント特別賞を受賞し作家デビュー。著書に、「十三階」シリーズ、「ハラマキ」シリーズ、「新東京水上警察」シリーズ、「警視庁53教場」シリーズなど、警察小説の人気シリーズのほか、『雨に消えた向日葵』『海蝶』『感染捜査』などがある。

十三階《じゅうさんかい》の母《マリア》

2021年8月29日　第1刷発行

著　者――吉川英梨《よしかわえり》

発行者――箕浦克史

発行所――株式会社双葉社

東京都新宿区東五軒町3-28　郵便番号162-8540
電話03(5261)4818〔営業〕
03(5261)4831〔編集〕
http://www.futabasha.co.jp/
(双葉社の書籍・コミック・ムックが買えます)

DTP製版―株式会社ビーワークス

印刷所――大日本印刷株式会社

製本所――株式会社若林製本工場

カバー印刷――株式会社大熊整美堂

落丁・乱丁の場合は送料双葉社負担でお取り替えいたします。
「製作部」あてにお送りください。
ただし、古書店で購入したものについてはお取り替えできません。
［電話］03-5261-4822（製作部）

定価はカバーに表示してあります。

ISBN978-4-575-24431-1 C0093